中标 ❷

阁策 ◎ 著

广东旅游出版社
中国·广州

图书在版编目（CIP）数据

中标.2/阁策著.— 广州：广东旅游出版社，2023.10
 ISBN 978-7-5570-3105-3

Ⅰ.①中… Ⅱ.①阁… Ⅲ.①长篇小说—中国—当代 Ⅳ.① I247.5

中国国家版本馆 CIP 数据核字（2023）第 136154 号

出 版 人：刘志松
责任编辑：张晶晶　黎　娜
责任校对：李瑞苑
责任技编：冼志良

中标.2
ZHONGBIAO.2

广东旅游出版社出版发行
（广州市荔湾区沙面北街71号首层、二层　邮编：510130）
印刷：北京晨旭印刷厂
（北京市密云区西田各庄镇西田各庄村北京晨旭印刷厂）
联系电话：020-87347732　邮编：510130
787毫米 ×1092毫米　16开　20印张　285千字
2023年10月第1版　2023年10月第1次印刷
定价：58.00元

［版权所有　侵权必究］
本书如有错页倒装等质量问题，请直接与印刷厂联系换书。

序

招投标，表面上看似乎仅仅是一个有条不紊的采购流程，采购人用这个流程，公平、公正、公开地采购到性价比更优的产品或服务。然而，实际上的招投标过程并没有外人所看到的那么平静，与之相反，它是残酷的、血腥的，是一个拼杀激烈的角斗场。也有人把招投标比喻成是一个吃人的修罗场，我想这丝毫不算夸张。

招投标的战场里虽然没有硝烟，但平静的表面下总是暗藏杀机，所有投标人都在咬牙较劲，局势的转换也总是瞬息万变。如果说当下的社会已经"内卷"过度的话，那么招投标行业则是其中的典型代表。当我们在为降价一半而感到自鸣得意时，对手直接一个零元报价，瞬间把我们的优势打得荡然无存；当我们在为标书超过一千页而沾沾自喜时，对手直接甩出堪称百科全书式的标书，分分钟告诉我们什么叫"《永乐大典》式"投标。

为什么招投标的过程竟争如此惨烈？究其原因，主要是由招投标特有的规则所致。在招投标时，永远只有一个人能够最终笑着走出去——唯一的中标人。

所以在公司里做招投标工作，绝对不是一件轻松愉悦的差事。即使是实力雄厚的集团公司，也不敢保证自己次次中标，更何况是刚刚开办公司的创业者们呢！在创业路上，从来都不缺少优秀的创意和想法，也不缺少能够把优秀创意变成创新型产品的能人和团队，然而，很多创业者却被卡在了"如何找到产品销路"这一关键环节上。所以，在To B（To Business）的企业级产品市场中，学会招投标营销模式、掌握招投标知识，就成了所有创业者打开产品销路的一堂必修课。

  基于此，我产生了要为这些年轻的创业者写一本小说的想法。之所以有这样的想法，一方面是因为我也曾经是一名创业者，小说中的不少情节就取材于我自己的创业经历。就我个人的感受而言，创业之路艰辛异常，创业过程中各种意想不到的大坑小坑比比皆是。因此，作为过来人，我有必要为年轻的创业者们提供些许力所能及的帮助。另一方面，政府采购招投标的过程中，还会涉及一些扶持小微企业的政策。因此，从顺应时势的角度，我也有义务帮扶这些小微企业的创业者们，让他们了解政策，并通过这些政策帮助自己的企业走上正轨，顺利发展。

  客户在哪里？他们曾经采购过哪些类似产品？谁是关键决策人？产品更重要还是关系更重要？招标的标准是什么？投标的技巧又有哪些？类似上面这些创业者们未来会遇到的各种招投标方面的疑难杂症，都能在本书中找到答案。

  最后，请各位创业者坚定信心，一定要相信招投标也有美好的一面，虽然过程异常艰难，但所有的苦难都不过是辉煌的前奏曲。无论最终结果是不是中标，都请你不要抱怨。星光不负赶路人，生活是一面镜子，招投标也一样，你用什么样的态度对待它，它就会用什么样的结果回馈你。你埋怨它，它就会把你变成"怨妇"。你无怨无悔地擦干眼泪继续前进，相信终有一天，它会芝麻开门，让你感受到手握中标通知书的光芒万丈和辉煌夺目！

目 录

第一章 / "中年失业魔咒"

被公司辞退—— 002

站在十字路口—— 009

迈出创业第一步—— 014

第二章 / 挣第一桶金

远渡重洋—— 022

会见神秘人—— 027

初战告捷—— 033

第三章 / 职场新人的迷茫

不知路在何方—— 040

各有各的难—— 044

第四章 / 正式启航

确定创业方向—— 054

谈判桌上的斗争—— 061

科技创意脑洞大会—— 069

第五章 / 创业新人遇上职场新人

做不后悔的决定—— 076

促成项目交流会—— 084

为了梦想拼一把—— 091

初学招投标—— 100

第六章 / 初见曙光

前途一片光明—— 110

危险悄悄降临—— 118

救火队长的行动—— 126

第七章 / 被引爆的定时炸弹

传授招投标秘籍—— 134

意外突然出现—— 147

病急乱投医—— 158

第八章 / 创业之路陷入谷底

遵循内心的答案—— 166
解决问题的不同方案—— 174
除夕前的好消息—— 184

第九章 / 重整旗鼓

《苦难辉煌》带来的启示—— 192
新的一年新的开始—— 197
寻找新的机会—— 206

第十章 / 创业迎来新局面

努力不会被辜负—— 216
热火朝天地布展—— 223
有惊无险的参展过程—— 229

第十一章 / 创业再起波澜

招投标中的法律要点—— 240
钩心斗角的创业合作—— 254
不正常的人员流动—— 263
了解员工离职的秘密—— 271

第十二章 / 创业路在何方

  遭人暗算——282

  提前留了一手——291

  脚踏实地往前走——299

后记 / 满怀对未来的希望，继续前进——306

……

"他决定收手！"这句王思诚最不愿意听到的话还是来了，他心头一凉。

"他真的这么跟你说的？"王思诚仍然不死心。

"他就一句话：考虑到我们这边带给他的风险，即日起立即终止合作，不再发货！"

"一点商量的余地也没有吗？"王思诚的话音略带颤抖。

"他不是来找我商量的，而是来通知我的。"

"我靠，说散伙儿就散伙儿啊，这人也太不靠谱了。"王思诚心中大为不满，满打满算自己也就挣了不到半年的钱。

"刚才我们说的这些，只是我结合 M 国近期政策的变化，以及我们前期跟他接触的情况做的大致分析，希望你不要太钻牛角尖。"老领导石亦冰还是很仗义的，帮这一把也算是给王思诚扶上了马，后面的路要怎么走，就全靠他自己去蹚了。

江城的冬天很冷，特别是临近过年的时候，是一年中最冷的时节。而此时此刻，走在路上、打着电话、呼着白气的王思诚，感受到的是比天气还让人难受的刺骨之冷，是一种透到心底的冰凉，他心里仅存的那一点点希望之火也彻底被浇灭。这难道就是古圣先贤所说的，"天将降大任于是人也，必先苦其心志"的艰难过程吗？他苦笑一声，跌坐在路边的木椅上。

呆坐一会儿后，他叹了口气，从兜里摸出一根烟点上，一会儿拿起来，一会儿又放下，大脑仿佛进入了冬眠状态。他已经很久没有抽烟了，上一次还是在准备要二胎的时候，算算到现在已经一年多了。

王思诚抬头向前望去，路旁大树上的枯枝败叶，完全不见夏日时的柳绿花红。这时，天空中飘起了细细密密的雪花，冷飕飕的北风也跟着呼呼地刮了起来。

在一片苍凉、阴郁的画面中，他手中那根烟上的火光，成了唯一的亮点，它还在不断地燃烧着。虽然它的光亮越来越小了，随时可能熄灭，但在王思诚看来，它仍然在顽强地对抗着这个冰冷的世界，好像在对自己说：

"即使没有了希望，也要战斗到底，决不投降！"

第一章

"中年失业魔咒"

被公司辞退

新年后上班的第一天,唯创公司本该热闹的办公室里,却笼罩着一种怪异的气氛。

去年是唯创公司业绩飞速增长的一年,中国区的出货量第一次超越了老对手科林公司,成了国内 Wi-Fi 细分市场的老大。原本公司上上下下都对今年的前景充满了信心,希望能够延续良好的增长势头,但没有想到的是,突如其来的疫情给了他们当头一棒,完全打乱了公司的原定战略部署。

受疫情影响,唯创公司把新年后的开工时间向后推迟了两周,一方面,是为了积极响应政府控制疫情传播的号召;另一方面,公司的高层也在紧急研究对策。在这两周时间里,领导们紧锣密鼓地召开了多次电话会议,最终形成了对公司今年的经营战略进行重大调整的决议——缩减经费并进行裁员。

取得细分市场第一名的成绩虽然表面上看着不错,但因为国产品牌的迅速崛起,加上国际整体经济形势的下行,公司实际获得的利润已大不如前。领导们本来就有了裁员的心思,这下正好碰上了疫情,便顺水推舟地提了出来。

石亦冰算不上是唯创公司的高层,所以这种级别的会议也轮不到他参加,但是他却在第一时间就知道了这次决议的主要内容。这不得不归功于他高超的销售才能和过人的交流技巧。在得知了这份决议的内容后,石亦冰的心情变得格外沉重，虽然公司大幅度下调了今年的业绩指标，但同时也大幅缩减了团队人员的编制数量，这导致他手下的兄弟要被裁掉将近一半。更令他难受的是，具体的裁员名单高层已经敲定好了，他无权更改，只能执行。

要说公司裁人本来也不是什么新鲜事儿，有的时候公司战略调整，整个部门一锅端掉也不稀奇。大家按劳动合同公事公办就好，按照以往的规矩，公司要给员工 N+1 的补偿金。对于一些有过重大贡献的老员工，有的公司还会帮忙写工作推荐信，进行免费心理辅导，甚至还邀请猎头公司来为其匹配新的工作机会，努力把这些精英们包装好，从而"卖"个好价钱！这一整套标准流程走下来，大多数被裁的员工都能得到较好的安抚，有的甚至兴高采烈地拿着赔偿金，下个月就到下家公司去上班了。

但这次的情况完全不一样，因为这是受环境影响导致的裁员，至少在唯创成立中国公司后，绝对是第一次。南方地区的代工厂反应最为迅速，春节还没过完，就开始有动作了，退工的退工，延工的延工，关停的关停。看到这种情况后，唯创公司的高层也立即行动起来，他们感受到了巨大的压力，判断出市场即将进入严冬。《华为的冬天》虽然写于 2002 年，但现在读起来仍然字字入心，唯创公司必须要有壮士断腕的勇气，这是高层们经过热烈讨论后达成的共识，于是手起刀落，绝无拖泥带水地列出了裁员名单。

与公司高层的果决截然不同的是，石亦冰觉得，选择在这个时候裁员，公司简直太不是人了，至少要给别人一段时间过渡吧！这次裁员对自己手下的兄弟们来讲绝对是五雷轰顶，而他则即将扮演那个手拿锤子的雷公，亲自送他们离开。往年第一天开工时办公室里都是热热闹闹的，按照唯创公司的传统，还要组织集体聚餐。今年却喜日变哀日，想到这里，石亦冰心如刀割，夜不能寐。

开工这天早上，石亦冰缓步走进办公室，感觉自己的腿脚就像捆着镣铐一样沉重。坐定后，他叹了口气，泡好茶，稳了稳心神，然后调出电脑中的裁员名单，打算按照顺序依次通知员工进来面谈。这种类型的面谈也很有讲究，不是随便说说就成，既要稳定住对方的情绪，还要让对方心服口服，为未来双方可能的再次合作留下可操作的空间。

首先，要肯定员工过去的成绩，感谢其为公司作出的贡献。其次，解释裁员的原因，说明公司的难处，强调双方未来继续合作的可能性。再次，告知员工补偿金的具体数额，和后续可以提供的帮助。最后，递上所有已经办好的离职材料，让员工在解除劳动关系的协议上签字确认。当然，谈话的时间不能过长，变成哭哭啼啼地拉家常就麻烦了，最好速战速决，平均每个人15分钟左右即可。

绝大多数被裁的员工事先都不知情，只是觉得今天公司的气氛有些异样。可能是对疫情带来的冲击有所预感，被裁员工都表现得十分平静和配合，没有人因为忽然被解雇而出离愤怒。但越是这样，越让石亦冰的心里觉得不是滋味。其实，在面谈之前，这些员工的离职相关手续都已经办理完成，办公邮箱、座机电话、员工IC卡即刻全部被注销，当他们知道消息后，两个小时之内必须离开公司，这就是职场的残酷。

在所有被裁员的下属中，最让石亦冰心里过意不去的就属王思诚了，他是最后一个被通知面谈的。这个跟着自己的时间最长、关系最亲密，曾经多次和自己一起同甘共苦的好兄弟，马上就和公司没有一点儿关系了。回想起他们相互扶持、共渡难关，一起拿下大单的峥嵘岁月，石亦冰的眼眶瞬间湿润了。

王思诚前两年刚换了新房，去年下半年的时候，他的老婆周亚婷又怀上了二胎，为了让家人和孩子过上更好的生活，他感到肩膀上的担子更重了，也有了加倍努力工作的动力。开工前被封控在家的日子里，王思诚也没有闲下来，而是积极地研究应对市场动荡的对策，并多次跟石亦冰电话沟通想法。石亦冰刚开始时还很积极，两个人讨论得热火朝天，但从某一天开始，石亦冰的态度突然急转直下，接电话的次数变少，即使是接了，也是各种搪塞推托，顾左右而言他。这种态度由热变冷的情况，让王思诚逐渐有了一些不祥的预感。

带着忐忑不安的心情，王思诚最早来到了公司，因为他前一晚实在睡不着，总感觉心里很慌。公司里一上午都鸦雀无声，完全没有往年开工日的嬉嬉闹闹。而他也是沉默的一员，完全没有了以往热情的工作状态，眼睛时刻注视着领导办公室的情况。那里不停地有人走进走出，所有进去过的人，出来之后都面无表情地直奔自己的工位，匆忙收拾好个人的物品后悄悄离开。

时间已临近中午，焦躁不安的王思诚完全没有吃午饭的心情和胃口，他双手合十，祈祷着今天不要被领导叫进办公室。可惜，该来的总会来——

座机还是响了，他颤抖的左手伸出来，又马上缩了回去，这太残酷了！因为这个时间点，这样一通电话，显然不可能是客户打来的。

墨菲定律告诉我们：如果你担心某件事情发生，那么最终的结果往往是它必然会发生。这个该死的墨菲定律，真是阴魂不散，王思诚心里暗骂。

王思诚正纠结着，座机响了数下后终于停了，可紧接着，他的手机响了。他颤抖的食指在手机屏幕上缓缓地划出一道弯弯曲曲的汗线条，手机被接通了，那头讲话的正是他的顶头上司——石亦冰。

"兄弟，对不住！"进门坐定后，石亦冰的第一句话，让王思诚略感意外。

"怎么说我也是公司的老人了，这事儿我懂，不怪你！"王思诚并非职场菜鸟，对于职场的残酷，他并不陌生。

"唉！事情怎么突然成了这个样子……"尽管石亦冰之前做了很多准备工作，但真的面对这个和自己奋斗了多年的好兄弟时，他还是感觉有点不太真实。

"天灾人祸，这也不是你能控制的。"王思诚挺了挺腰，反倒安慰起了石亦冰。

"我原本觉得还能再拖一拖的，至少给你一些缓冲的时间。"石亦冰不想在这个时候还跟王思诚说客套话，直接把自己的想法和盘托出。

王思诚是个聪明人，他对这件事已经心知肚明，只是那层窗户纸没有捅破而已。"比起在生活中苦苦挣扎的其他人，我这点遭遇算不了什么！"王思诚说得轻描淡写，他接起电话的那一刻，心中的石头已然落地。

"那你的老婆、孩子怎么办？我知道你老婆又怀孕了。"石亦冰关切地问道。像王思诚这种家庭负担重的男人，绝不能轻易断了经济来源。

"停停，老大，你不能总惦记着兄弟的老婆、孩子吧！"石亦冰没有忍住，两人对视着笑了，令人窒息的气氛稍有缓和。

王思诚不想气氛搞得太尴尬，这件事现在的主动权在他，如果注定要走，为何不能昂首挺胸、大步流星地离开呢？

"都什么时候了，你还有心情开玩笑。"

"放心吧！我是做销售的，到哪儿都饿不死。"

话是这么说，但谁都知道，IT 行业的圈子非常小，被一家辞退了，直接应聘到竞争对手那里是最简单的。一旦换了专业领域，比如你从一家硬件厂家出来，想应聘到一家软件厂家去，就没那么容易了。而如今的局面是，竞争对手不跟着裁员就不错了，招人是万万不可能的。所以，王思诚今天所表现出来的豁达，让石亦冰更加内疚了。

"因为你的情况特殊，我特意向公司申请了 N+2 的补偿，比其他人多一个月的工资。"然而事情的真相是，多出的那一个月工资是石亦冰自己拿的，大概只有这样做，他才能够好受一些。

"谢谢老大，这时候我还能够受到优待。"

"希望可以帮到你。"

"天下没有不散的筵席。老大，以后咱们江湖再见喽。"王思诚随即在离职文件上飞速签了字。

"后面有什么打算？"看到王思诚签完字，石亦冰又挑起了新的话题。

"还没想好，不过天生我材必有用，不担心！"王思诚点了点头，准备起身离开。

"稍等。"石亦冰摆摆手，示意王思诚不要急着走。"我跟老舒打个招呼，看看他们那边……"

石亦冰话刚说到一半儿，王思诚马上做出摆手的手势。"别别别！我没兴趣。"

老舒，即舒文斌，是华夏数码江城分公司的副总经理，分管销售部门和市场部门。华夏数码的总部在北京，全国几乎所有的省份都有他们的分公司，主营业务是信息系统产品分销及信息系统集成，是国资委控股的大型国有企业，也是唯创公司在中国区的总代理商。

一般而言，在总代理公司做出点成绩的人，都梦想着找机会跳槽去厂家，尤其是外企厂家。那不仅意味着收入的成倍上涨，也意味着个人职业生涯迈上一个新的台阶。从厂家的角度来讲，他们并不排斥接收从总代理公司跳槽过来的人，有时甚至很欢迎他们的加入。因为他们对产品已经了如指掌，到了厂家完全可以即插即用。但是，主动从自己的总代理公司挖人，在IT行业里是大忌，厂家怕这么做会影响自己与总代理之间的合作关系，所以，厂家对于从总代理公司跳槽过来的人，总有一种"犹抱琵琶半遮面"的羞涩和遮掩。

反过来，对于总代理公司而言，接收被厂家裁掉的人，通常不会有太多的心理负担，关键是看薪水待遇能不能谈得拢，以及从厂家降级到总代理公司所产生的职场生涯倒退的心理落差，当事人是否接受得了。

石亦冰当然知道王思诚心气一直比较高，但去华夏数码那边短暂过渡，也算不上什么倒退，虽然工资比现在低一些，但从养家糊口的角度来看，也不失为权宜之计。"疫情对国企的影响最小，他们不但没有裁人计划，据传有的公司还准备增加招聘岗位。我觉得以你的能力和经验，去了完全不用担心，没准过两年还能升职……"

"别！让我去给老舒当手下，还是算了吧。"要去给以前向自己点头哈腰的人点头哈腰，那谁受得了，王思诚没等石亦冰说完，便断然拒绝了这个建议。

"大丈夫能屈能伸。"石亦冰试图让王思诚放下身段，先找个稳定工作度过这段特殊时期再说。

哪知，王思诚的脾气很倔，想了想，还是坚定地摇了摇头。

"那么……"石亦冰感觉自己似乎多虑了，"你是已经有合适的下家了？"

"没有。"王思诚不假思索地回答道,他之前确实没想过自己会被辞退。

"这就是你的不对了。"石亦冰批评道,"你为了面子,即使不考虑自己,也得为弟妹、孩子考虑考虑吧。"

"我想正好可以趁着这段时间,休整一下。"王思诚淡然回复道,"我在销售战场上拼杀这么多年,也是时候该停下来,对我这外企十多年的职场生涯做一个思考和总结了。"

"行,既然你已经想好了,那我就不多说了。"石亦冰觉得话也算说到位了。

王思诚站起身,准备离开。石亦冰快步走到王思诚身边,给了他一个大大的拥抱:"以后你有困难,如果我能帮上忙的,绝不推辞。"

"一定。"王思诚走出办公室。

站在十字路口

被辞退后，王思诚并没有马上开始找工作，而是四处溜达散心，这可把周亚婷急坏了。刚开始，周亚婷觉得王思诚休息两天也好，之前工作老是出差或者加班，好不容易才有了休息的机会，可以好好陪陪自己和孩子。但是随着时间的流逝，半个月过去了，眼瞅着王思诚还是没有找工作的想法，周亚婷有点着急了，毕竟他们是典型的中国家庭模式，上有老下有小，一大家子人都指望着他们两个人的工资生活，现在只有她一个人有工作，这种压力不言而喻。

在王思诚又一次"闲逛"了一天回家后，周亚婷决定找他好好聊聊。

"思诚，你和我说实话，你现在对找工作是什么想法？"

王思诚皱了皱眉头，说："其实我从被辞退的那天起就在想这个问题。"他心里早就有了想法，但还没想好怎么开口。

周亚婷听完眼睛一亮，原来是自己多虑了，王思诚看样子已经有了目标。还没等周亚婷说话，王思诚深吸一口气，坚定地说道："我想创业，自己开公司。"

说完，王思诚等待着周亚婷的反应，不出所料，周亚婷对这件事表达了强烈的反对。站在她的角度，一个正值职场黄金年龄段的精英人士，到哪家公司都能拿到一份不错的 offer，非要一根筋地跑去创业，说起来好听，是要做时代的弄潮儿。但创业过程的辛酸与苦累，又岂是一般人能承受的，依她看，成为时代的"嘲弄儿"还差不多。

周亚婷是做财务工作的，除了本职工作外，她还在外面给几家创业的小老板做兼职会计，哪个老板没有为账上没钱发不出工资而发过愁呢？哪个老板没有为活儿干完了但钱收不回来而发过愁呢？这些她都看在眼里。她自认为是一般人，一般人就应该过一般人的生活，何必去遭那个罪，小康之家也一样能丰衣足食。所以，创业在她心里那就是跳火坑。

"现在的经济形势这么差，还有疫情的影响，绝对不是创业的好时机。而且咱们以后要养两个孩子，万一你创业失败了，家里的压力得多大！你之前工作很忙，大部分时间都不在家，我要一边工作一边照看孩子，已经快累死了。如果你去创业，十天半个月不着家，难道要我一个人带两个孩子吗？"

眼瞅着周亚婷越说越激动，王思诚赶紧拉着她的手坐到沙发上，给她倒了一杯水，说道："你先别着急啊，听我慢慢说。"

周亚婷摸了摸肚子，做了几下深呼吸，感觉好一点之后，用眼神示意王思诚接着说。

"我每天出门，并不是单纯地闲逛，而是去收集信息，并思考未来该往哪里发展。"王思诚说道，"根据我的调查结果，我所在的行业未来几年都不会有太好的发展前景，如果我继续在这个行业内工作，那么有可能过一两年就要换一次工作，工资也没有保障。如果我去创业，刚开始的几年肯定会比较困难，但是只要过了前面难的阶段，后面运行起来了，赚钱自然不成问题，我对自己很有信心。"

周亚婷知道王思诚的脾气，他认准了的事情八头牛都拉不回来，既然他已经明确自己的想法，而且不是一时冲动做的决定，自己再怎么劝也没用，就只好和他"约法三章"，期待着他能早日创业成功。

安抚好了老婆，王思诚终于松了一口气，但马上新的问题随之而来，那就是创业具体应该做什么。这个几乎困扰着每一个创业者的问题，也同样困扰着王思诚。

如果要做什么事情，一时半会儿想不清楚的话，那么可以先反过来想一想，即：什么事情是坚决不能做的？首先，没有市场前景的行业坚决不做。古人云：识时务者为俊杰。现在疫情当前，要说前景，各类医疗物资可是供不应求啊，但这只是短期前景，过段时间疫情一结束，一切又都会恢复常态。所以，想要创业成功，得看中长期的前景如何。如果你怕自己看不准，可以参考一下国家级的科技产业园最近几年重点发展的领域和行业，这就是最好的风向标。比如，乾江高新科技园区的四大产业基地就给王思诚这样的创业者指明了方向。

其次，行业有前景未必你能做得成啊！所以，不熟悉的领域也坚决不做。创业不是儿戏，商场如战场，容不得你犯半点错误。一位资深医生去教育领域创业，这不是跨界创新，这是"作死"。不要相信那些所谓的专家给你讲的激动人心的创业故事，因为创业之路是极其艰难的，对于大多数人而言绝对是九死一生，这时候你还偏偏选择一个你不熟悉的行业和领域，那无异于在喜马拉雅山上裸奔！

最后，不赚钱的行业坚决不做。兵马未动，粮草先行。创业开公司也一样，门一打开，房租、水电、工资、社保、税费，到处都是要花钱的地方，如果公司没有持续的现金流入账，再宏伟的理想、再壮丽的蓝图，都不过是镜花水月罢了。也有人说，可以进行互联网创业，只要有投资人投钱就行了，天使轮、A轮、B轮、C轮，一轮一轮融资呗，这些投资人看的是估值，投的是未来。但王思诚觉得他肯定不行，因为他驾驭不了这种创业模式，他的习惯是把东西卖给客户，并从客户兜里掏钱出来。而互联网思维下的创业模式是：羊毛出在猪身上，让狗来买单。这都哪儿跟哪儿啊，他不是互联网的原住民，也理解不了这种互联网逻辑。

这么一圈分析下来，王思诚的创业方向其实挺清晰的，那就是——信息科技行业。在这个行业里，他已经积累了一些人脉资源，而且对行业的情况也相当熟悉，行业本身的整体前景也符合国家的产业发展政策。通过查阅资料，他发现各地高新科技产业园区在招商引资时，也都将这个行业作为发展重点。所以，唯一的问题就是公司的早期生存问题，即：如何让现金流源源不断地流进来，让公司先活下去。

王思诚算了算账，把手上的客户资源变现，撑个半年应该不成问题，但半年之后呢，日子怎么过？所以，必须要走一步看三步。自己创业不比在知名外企打工，品牌影响力、产品声誉度这些一概为零，如果公司再待在那些犄角旮旯的地方，客户可能都不拿正眼看你。

以销售的眼光来看，良好的外部形象能够极大地提升客户第一次见到你时的信任感。个人如此，公司亦不例外，等有了信任感，业务层面的工作也相对更容易开展。业务方面的问题解决了，公司的现金流自然也就不成问题了。

综合以上分析，王思诚打算把公司放到乾江高新科技园区，在这里正式开启自己的创业生涯。

乾江，流经江城市的心脏地带。如果说黄河是中国的母亲河的话，那乾江就是江城市的母亲江，这条江贯穿全城，江面宽阔，水流平缓，把江城市一分为二。这也导致江城市的经济发展一直存在不平衡的问题，乾江的西岸由于地处内陆，与其他城市连接紧密，商贸活动更频繁，因此发展速度明显更快一些。而乾江的东岸因为交通不便，一直发展不起来，所以直到20世纪60年代，还到处是成片的农田，更因此成了该地区贫穷和落后的代名词。直到20世纪90年代初，随着乾江隧道一线和乾江大桥的先后建成，将东岸和西岸连成了一体，才打破了不均衡的发展格局。

从此，乾江东岸的发展就像安上了加速器，在追赶的道路上一路狂奔。为了更好地开发这个区域，政府特意在乾江边上划出了30平方公里，设立了国家级高新科技园区，又给足了各种政策和资源，一时间，世界500强巨头们纷纷来此设立中国分公司。此后，经过20多年的高速发展，乾江高新科技园区形成了生物医药产业、文旅动漫产业、软件及信息产业、集成电路及半导体产业等四大产业基地，整个园区的年产值已经从成立之初的30亿元激增到如今的 3000 亿元，是最初的 100 倍，堪称"乾江奇迹！"

在网上查看完乾江高新科技园区的发展历程后，王思诚的心里更有底了。这是他做销售工作后养成的第一个好习惯——"知己知彼，方能百战不殆。"

明天下午，他就要跟园区管委会的副主任马东明见面了，尽管他不需要向马主任推销什么，但多了解一些对方的背景情况，对于谈任何事情都有可能是有帮助的。

迈出创业第一步

如果仅仅是想到园区落户开公司,那王思诚完全可以直接去招商窗口递材料,公事公办即可。但那样的话,成本就低不了了。这些年,随着乾江高新科技园区的飞速发展,入驻园区的成本也水涨船高,其中租金就是最大的一块,按照目前3.5元/平方米/天的价格,200平方米的办公空间,一个月(按30天算)的租金就是21000万元,对于新创企业而言,这是不可承受之重啊。

王思诚自认为销售能力突出,这事儿必须要想办法解决,而且要解决好。常言道:鱼与熊掌不可兼得。他却偏要兼得,既要入得了园区,又要把成本降下来,最好是零元入驻。所以,这才是他必须找马东明面谈的根本原因。

当年在唯创工作时,王思诚跟马东明打过几次照面,但也说不上非常熟。这不,约好的下午两点,王思诚提前半小时就到了,却在园区招商部门的会议室里干坐了快一个小时。王思诚对此一点怨言都没有,他很想得开,领导这时候可能是在故意考验你,所以,宁可干等,也不能玩手机。

终于,两点四十五分——"王总!"马东明快步走进会议室,"实在不好意思啊,区领导临时下来检查工作。"

"理解,理解。"王思诚嘴上说理解,心里却说"怎么就我这么倒霉啊"!"马主任,您叫我小王就行。"

"好的,小王。"马东明抬手看了看表,"不好意思,我等会儿还有另一个会要开。现在还有十几分钟的时间,你就挑重点的说吧。"

王思诚霎时间呆住了。

他原本准备了将近一个小时的说辞,怎么暖场、怎么抛出话题、怎么层层深入、怎么拉近共识,最后怎么达成协议。这些他都演练了好多遍,万万没想到会遇上这种突发情况。

好在他以前在唯创工作时,接受过这方面的训练——电梯演讲。电梯演讲,也称一分钟演讲。这是麦肯锡公司的一名咨询顾问根据自己的亲身经历总结出来的理论,这名咨询顾问某次为一家重要的大客户做咨询,咨询结束后,他在电梯中偶遇了客户公司的董事长,这位董事长让他在电梯运行的这段时间里说一下咨询情况。这名咨询顾问当时大脑一片空白,结结巴巴,还没怎么进入正题,电梯就到了,这位董事长微微摇了摇头,走出了电梯,麦肯锡公司也因此丢掉了这个大客户。由此,诞生了"电梯演讲"方法。

王思诚此时遇到了同样的情况,他在脑袋里飞速过了一遍电梯演讲的要点,同时端起水杯,缓缓地喝了一口,一边喝一边整理思绪。

"马主任,那我们就长话短说,我简单说三点。"

"请讲。"

"据我所知,咱们园区去年的收益已经突破 3000 亿元,占江城 3 万亿元 GDP 的十分之一。"王思诚明白,即使只有几分钟的时间,也不能完全没有开场白,重点是通过这两三句话,抓住对方的兴趣,吸引对方的注意力。"今年要在此基础上达到百分之十以上的增长,恐怕很难实现吧?"

"小王,你在电话里说,想来我们园区办企业是吗?"马东明一下就猜到了王思诚的套路,所以他迅速拉回话题,直奔主题。

"跟这个有关。"王思诚痛快地承认道。

"哦?"马东明顿时来了兴趣,"所以,你要讲的第二点是?"

"根据我了解到的情况,疫情目前扩散速度很快,尤其是国外,后面肯定会变得很严重。"王思诚进一步制造悬念。

"然后呢?"

"所以我的判断是，受其他国家的影响，国内的疫情短期内结束不了。"

"嗯！"马东明对于王思诚的这个判断还是比较认同的，但他还没摸清王思诚找自己的真正原因。"那你想办企业，是想具体做什么呢？"

"行程一码通！"王思诚从口袋中掏出事先准备好的资料，向马东明解释道，"上面的这个绿色圆形符号表示该人无感染风险，可以随意出行；下面的红色方形符号表示该人可能感染病毒，需要送去医院治疗；方形符号边上的黄色三角形符号则表明该人与确诊人员有密切接触，存在一定的感染风险，需要立即隔离观察。"

马东明饶有兴趣地翻了翻资料，发现王思诚在这方面确实做了不少功课。

"如果后面能把医保、公积金等数据都打通放到这里的话，那用途可就大了去了，疫情结束了也可以继续使用，是一个可以长期发展的可持续项目。"说到这里，王思诚有些得意，"到时候叫行程一码通就有些不合适了，我还特意给它想了个好名字，就叫江城一码通！"

"嗯。你说的这个确实是个好项目，当下确实需要对疫情风险人员进行更为科学的管理。"马东明点了点头，接着说，"今天时间紧迫，后台数据来源的准确性，以及你的软件开发团队的情况，这些细节问题我就不一一问你了，我就问一个最关键的问题。"

"马主任，您说。"

"这个程序，你预计最快什么时候能上线？"马东明很清楚，现在的创业大多是快鱼吃慢鱼，很多事情大家都能想到，问题是你能不能比其他创业者更快地做到。根据他的观察，这些年在园区里失败的创业案例中，90%都是输在了速度上。

"很快，目前已经在做最后的测试了。"王思诚不敢给出具体的时间表，只能把话题向后嫁接，"如果能够入驻到马主任您这个园区里来，我相信速度会更快。"

"嗯。"马东明不急于表态，"那你要讲的第三点呢？"

"我们这么有意义和社会价值的创业项目,如果来咱们园区入驻,是不是可以给一些优惠政策呢,例如,税收减免或房租减免?"

"小王啊。"马东明听到这里算是彻底明白了,这个第三点才是王思诚今天要说的重中之重,"实话实说,我倒是真想支持你这个项目。"

这话一出,立刻让王思诚的内心凉了半截儿。

"但这个项目我认为你没多大的机会。"马东明继续分析道。

"哦?"这下轮到王思诚摸不着头脑了,"这是为什么呢?"

"据我所知,国内的互联网巨头也盯上了这个项目,并且他们的速度也不慢。"马东明进一步分析,"人才、资本、数据,哪一样都是碾压你啊。所以,就算我给你了优惠,到头来你也只有当炮灰的份儿啊。"

马东明并没有说假话,他见过太多像王思诚这样的创业者,他们一开始都是斗志昂扬、踌躇满志,结果因为没有分析好市场形势,盲目投入,最后被残酷的现实碰一鼻子灰,输了个垂头丧气,甚至倾家荡产。

"小王啊,今天时间紧迫,具体原因我也来不及跟你细说。"看到王思诚似乎有点不服气,想要反驳,马东明赶紧把话题一转,"你要是听得进我一句劝,我可以给你一点建议。"

"哦?"王思诚心想,这是山重水复疑无路,柳暗花明又一村啊!他顿时来了兴趣,"马主任,您说您说。"

"华康视讯,这家公司你知道吗?"马东明一边说,一边翻找边上的名片夹。

"当然知道,国有上市公司嘛,我还看过它的财报,去年赚了500亿元呢,应该是咱们园区里产值最高的一家企业吧。"

"是的。"马东明一边回应,一边将一张名片递给了王思诚,"现在不要说中国了,就连M国那边,很多视频监控摄像头也都是它家的。"

王思诚拿起名片,上面写的是:华康视讯集团采购与供应链负责人——康广源。

"这张名片,我可以拍照吗?"王思诚一边问,一边举起手机。

"当然可以。"马东明点点头,"就是让你拍的。"

王思诚拍完,马上将名片双手递回给马东明。马东明收起名片,又感叹道:"树大招风啊。去年年中,它上了M国对中国的实体贸易制裁名单。"

"这事儿我知道。"王思诚心想,满大街都是它家的摄像头,人家要制裁它也不奇怪。

"这件事情对它的影响非常大,它原先的芯片供应商迫于政府的压力,现在只能给它提供数量很少的芯片,据小道消息,今年M国会加大力度,很可能全面禁止芯片出口。"

"我看过它近三年的财报,从业绩增长的角度看,它去年的营收好像还在等比例增长,并没有出现断崖式下跌的情况啊。"王思诚是做销售出身的,所以对行业内各家企业的基本情况都略有了解。

"它去年下半年的生产没有受到明显影响,是因为它一直在消耗之前的芯片库存。"马东明一语道出其中的原因。

"那它还能撑多久?"王思诚的提问直击关键点。从销售的角度讲,能撑多久直接关系到其需求的紧迫程度,它的需求越紧迫,意味着生意越容易谈成。

"具体我也不太清楚,那是人家企业的商业机密。"马东明没有直接给出王思诚想要的答案。

"所以,康总就来找您了?"王思诚知道问不出具体的数字,就只能换个话题继续旁敲侧击。

"你也知道,国内的芯片产品,短期内还有明显的技术瓶颈,暂时还不能完全代替原来的芯片。"

"那马主任,您的意思是?"王思诚大致猜出了马东明的想法,但他仍然想听马东明亲自说出来。

"据我所知,你是'老外企',当年也曾借调到M国工作过一年多的时间。"

"需要我做什么?马主任,您尽管差遣!"王思诚马上表了忠心。

"我希望你能利用自己在那边的资源，帮它打通新的供应链。"马东明终于把最关键的一句话说了出来，"这样不仅能够解决它的芯片供应问题，也能为你的企业挣到第一桶金。"

"这是个好主意。"因为这件事执行起来难度不小，王思诚没有十足的把握，所以并不打算马上答应，"但具体能不能做成，我需要先回去合计合计。"

"当然，当然。"看事情谈得差不多了，马东明站起身，准备出门，"我还要赶下一个会，你考虑好了打电话给我。"说着，匆匆离开了会议室。

第二章

挣第一桶金

远渡重洋

随着时间的推移，M 国各地的疫情开始蔓延。与此相反，国内的疫情被迅速控制住，人们的生活也在逐步恢复正常。

面对这样的局面，王思诚就比较尴尬了。在做了很多的准备工作后，他已经决定接下马东明交代的任务，去 M 国为华康视讯寻找新的芯片供应链。没想到，M 国的疫情发展速度跟坐了火箭一样，他这次去简直是火中取栗。以往每次去 M 国，无论是去轮岗工作，还是学习培训，他都满心欢喜，但这次却变成了愁眉苦脸。

王思诚觉得自己不能再等下去了，周亚婷也劝他赶紧出发，早去早回。看 M 国官方的态度，疫情肯定会越来越严重，他必须马上动身去一趟。

"石总，上周跟你沟通的那件事怎么样了？"他拿起电话，马上打给了石亦冰。

"我昨天刚跟那边联系上。"

"哦？"王思诚急切地想知道进展，"情况怎么样？有戏吗？"

"让我们到赌城去见他。"

"赌城？"王思诚摸不着头脑，"这事儿为什么要去赌城谈？"

"他在电话里没多说，就让咱们赶紧过去。"

让过去，应该是有的谈，但是为什么要定在赌城呢？王思诚有些疑惑，但此刻他知道不便多问。"那我们什么时候动身？"

"越快越好。"

"那我马上去订票。"

"记得多换点美元。"

"明白。"王思诚搁下电话，立刻忙碌起来。

石亦冰对此次M国之行忧心忡忡。之前王思诚来家里找他帮忙的时候，他内心其实是不太赞同的，甚至也不太理解王思诚为什么做这个选择。挣钱的道路有千万条，为什么偏偏选择这么一条险路？既然M国政府已经杀鸡儆猴的重罚了一家供货商，那么其他供货商大概率也不敢把货卖给你，你现在上赶着蹚这趟浑水，不是刀尖舔血嘛！即使江城一码通搞不成，也不用铤而走险啊。想要第一桶金，可以从熟悉的唯创代理商起步，先挣点差价，活下去也不是问题，后面再找其他机会。最重要的是，他现在主管唯创的销售渠道，给王思诚一个金牌代理商，还不是分分钟的事！

但无论石亦冰怎么苦口婆心地劝王思诚都没有用，他这次是王八吃秤砣，铁了心要干这件事。当着王思诚的面，石亦冰并没有马上答应，但也没有一口回绝。他的内心很矛盾，一方面，他不想掺和进这件事里，尤其是疫情当前，让这件事办起来的难度陡然增加；另一方面，他又心有愧疚，当初唯创裁员，他没有保住王思诚，心里始终觉得欠了他一个人情。

送走王思诚后，石亦冰又仔细想了想，觉得如果站在王思诚的角度，他的想法好像也有几分道理。按照他的说法，这是他能够接近马东明这棵大树的最好机会了，树大好乘凉啊。创业初期，人家看得上你，给你指出了前进的方向，这是绝对不能错过的。而且，跟华康视讯扯上关系，肯定比跟唯创混个金牌代理商有前途，更何况站在华康视讯的立场，这是在给他们雪中送炭啊，事情如果能办成，王思诚以后的创业之路会好走很多。所以，综合利弊分析，这绝对是件一箭双雕的好事。

石亦冰想通了，他决定帮兄弟一把，也算是对自己的良心有个交代。也正因为石亦冰下定了决心，要和王思诚一起去M国，所以他挂电话后才会忧心忡忡，他怕这次无功而返，加上M国的疫情，会不会不能顺利地回到国内？这些都是未知数啊。

　　三天后，两人如期来到江城国际机场T2航站楼，拿着核酸检测报告，他们很快就通过了安检。现在的机场真是门可罗雀，这萧条的场景与疫情前的喧闹形成了鲜明对比，餐厅、商店也都是大门紧闭。三三两两的旅客不仅"全副武装"，而且基本都是间隔而坐，石亦冰和王思诚也同样没有坐在一起。

　　坐定之后，王思诚有了更多的思考时间。他最初打算去M国时，周亚婷和他吵了好几次，甚至连创业都不打算支持了。他只能一遍又一遍地解释，在他坚持不懈地努力下，周亚婷终于勉强同意让他去M国。看着包里周亚婷给他准备的各种防护用品，他不禁鼻子发酸，还是老婆心疼自己，这就是最亲密的家人啊！这时，他又想到了石亦冰，他是为了自己才去冒这个险，而石亦冰呢？则是为了他人，为了他这个好兄弟。这样想着，王思诚不禁眼角也湿润了，他马上给石亦冰发了条微信："石总，谢谢！"然后又发，"如果不是实在没辙，我是绝对不会向你开口的，也绝不会让你一起去M国。"

　　王思诚在M国有资源，那是马东明以为的！估计像他这种情况的，马东明也没少托请，反正是把需求说出来而已，多一个不多，少一个不少，而且种子都撒出去，指不定哪颗就发芽了呢。所以王思诚很清楚，这事儿的确是个机会，但是机会也是有时间窗口期的，因此大家都在跟时间赛跑。

　　所以，王思诚从马东明那里出来后，第一时间就和康广源取得了联系。等拿到详细的需求清单之后，他把所有自己在M国能够说上话的人，都打听了一圈儿，但是，没有人接他的茬儿。

　　无奈之下，王思诚只能开口向石亦冰求助。石亦冰比他的职位更高，而且硅谷的三教九流他都有接触，再加上正牌销售出身的经历，也比王思诚这个技术转销售的半路出家的更灵光。结果，石亦冰不但帮忙联系上了人，而且还愿意陪着他一起去M国。对于王思诚来说，石亦冰就是他创业路上的最大恩人，以后怎么报答都不为过。

　　"咱们这么多年的兄弟，不说这个了。"石亦冰回道。

"大恩不言谢。"王思诚打完字,又在后面加了一个拱手的表情。

"希望结果能如我们所愿。"

"我内心还是有些过意不去。"

"没事儿。"石亦冰安慰起了王思诚,"换个角度想,如果不是现在这么极端的局面,这好事儿也轮不到咱们呀。"

这倒是事实,王思诚也好,石亦冰也好,其实都不是芯片这个圈子里的人,正常情况下,这个地儿即便有黄金,也轮不到他们来捡。所以啊,这就是时势造英雄。

"老大,我此生永远也不会忘记咱们这一趟行程。"

"你非要把场面讲得跟咱俩要去'就义'一样吗?"这回轮到石亦冰来活跃有点沉重的气氛,"还记得咱俩一起在巴厘岛机场候机的那次吗?"

"当然记得!时间过得太快了,咱们一起参与招投标,和对手大战三百回合的情景仿佛就在昨天。"王思诚感叹着,眼角已经噙满了泪水。

"感谢一路有你,这么多年,一直跟着我并肩作战。"

"我才要感谢老大不嫌弃我愚笨,手把手带了我这么多年,也教了我这么多年。"

石亦冰又回忆起王思诚之前在自己的家事上,对他施以援手的点点滴滴,两人的情感早已超越了一般的同事关系,亲兄弟之间亦不过如此。

"从公司走的时候,你一句怨言也没有!"这是石亦冰的心结,也是他决定陪王思诚一起去 M 国的重要原因。

"这大概也是我最后一次向石总学习的机会了!"回完这句,王思诚一眨眼,眼泪从脸颊上滚过。

这时,登机口广播通知旅客开始登机了,王思诚赶紧胡噜一把脸,平复一下激动的心情,和石亦冰一起站了起来。

王思诚和石亦冰站在队伍的最后,他打眼一估,感觉也就二十来人。看来,疫情不仅重创了信息科技行业,对航空业的影响更是直接的。

登上飞机,这种感觉更直观了,能够容纳一百多人的机舱里空空荡荡,这样的乘机体验大多数人一生中也很难遇到几次。王思诚心说，真是浪费啊，如果把内部结构重新布局一下，每个人都能躺着睡到 M 国，该多好啊！

落座后，两人拿出早已准备好的靠枕，套住脑袋，靠向后背。

飞机滑出跑道，飞向蔚蓝的天空。

会见神秘人

经过 20 多个小时的漫长飞行后，石亦冰和王思诚终于到达赌城的机场。虽然当地时间才早上十点，但两人的体力已经透支严重，感觉下一秒就会昏睡过去。

机场出口处的接机区里，站着一位戴着墨镜、身材壮硕的中年男人，举着写有王思诚和石亦冰的中文名字的牌子。"这就是 Simon LAO 吗？"王思诚看到字牌，疑惑地问石亦冰。

"不是，他是来接机的。"石亦冰摇摇头，"我们先去酒店休息一下。"

"这次来 M 国，感觉跟前几次来有点不太一样了啊。"看到对方安排了专人接机，这让王思诚心情大好，感觉事情有戏呀！

"什么意思？"

"感觉这里的空气更加香甜了！"王思诚紧绷的神经略有放松，开起了玩笑。

"扯淡！"石亦冰知道王思诚的想法，故意逗逗他，"有本事你把口罩摘下来猛吸啊！"

"别别别！"王思诚连忙拒绝，"这都还没出航站楼呢，现在摘口罩，那不等于是'裸奔'嘛。"

"你看这儿，'裸奔'的人还少吗？"石亦冰继续调侃道。

"我可不想跟他们一起奔，我这条小命还得留着回国呢。"

"那你就少嘚瑟。"石亦冰正言道,"艰苦的事情还在后面等着呢,到了酒店好好养精蓄锐吧。"

"明白。"王思诚狠狠点了点头。

赌城是全球知名的度假胜地,这里号称是人一生一定要来体验一次的人间天堂。王思诚是来了,但显然不是对的时间,他完全没有欣赏美景的心情,对事情能否顺利办成十分忐忑不安。

不多时,汽车稳稳地停在一家酒店门口。走进酒店,抬头就能看见大堂顶上的水晶灯饰,尽显高端大气;天花板上则布满了绚丽夺目的玻璃花,五颜六色,足足有上千片,尽显低调奢华。这里是赌城最负盛名的豪华酒店之一,也因此成为赌城的地标性建筑之一。

王思诚还在欣赏漂亮的酒店装饰时,石亦冰已经开始办理入住了。此刻的石亦冰没有欣赏美景的心情,他满脑子都在想如何跟对方对接,线是他牵的,最后一公里务必要顺利接上。

"Simon 也住这个酒店吗?"王思诚走到石亦冰身边,一边掏出护照递给前台,一边问道。

"他没说。"

"这人什么来头?怎么搞得这么神秘!"王思诚之前就一直想问清楚,但基于对石亦冰的信任,他始终憋在肚子里,这时彻底忍不住了。

石亦冰摇摇头,说:"具体我还不太清楚,他是我一个在这边的朋友介绍的。"

"靠谱吗?"

"应该靠谱,不然我就不会答应你跑这一趟了。"

"你在电话里,跟他谈得怎么样?"

"没谈,他就让我们来这儿见他。"

"这也太吊胃口了吧!"王思诚有点不满,这八字都还没有一撇呢,这么贵的高端酒店就住上了,创业者的钱可不能这么乱花啊。

"没有哪笔大生意,是在电话里三言两语就谈成的。"

"我懂,你教过我的。可是之前的生意都还有点眉目,这次感觉是两眼一抹黑啊。"

"还不是因为目前情况特殊,有些钱是省不下来的,省了,事情可能就办不成了。"此一时彼一时,石亦冰也明白,王思诚作为创业者,肯定是想花小钱办大事的。

"嗯是。"王思诚点点头,接着问道,"碰头的地方在这个酒店里吗?"

"对方没说,只是让我们休息好了再联络他,地点他会再通知我们。"

谈生意的地点很有讲究,一般而言,能够在自己场地谈的尽量不去对方场地,这叫主场优势,但是这一次没辙,是他们求对方,主场客场的,轮不到他们来选择。对此,王思诚翻了个白眼,忍不住在心里默默吐槽了一句,搞得这么高深莫测,不会是为了谈判的时候多抬点价吧?

"那他什么时候通知我们?"

"具体不清楚,只说我们休息好了,他自然会通知我们。"

"啊?"王思诚顿时感觉后背发凉,"难道咱们的一言一行都在他的监控之下?"

"嘘!"石亦冰作了一个手势,"这里人多嘴杂,一会儿到了房间再说。"

"没事。"王思诚向四周打量了一圈,周围都是金发碧眼的外国人,"他们肯定听不懂中文。"

"你确定所有外国人都听不懂中文吗?"

这倒是个问题,随着近些年中国的国际地位不断提升,很多国家都兴起了中文热。这时,办好入住手续的前台小姐,递出房卡,用不太标准的中文发音说了句:"祝两位先生入住愉快。"

这脸打得也够快的,王思诚倒吸一口凉气,接着和石亦冰相视一笑,拿着房卡向电梯走去。

来到房间,丢下行李,躺在柔软的高级床垫上,王思诚昏睡了过去。

朦朦胧胧中,一排挡板似乎挡在了王思诚的眼前。这一排共有10多个紧密相连的挡板，每块挡板的宽度差不多略宽于一个人的肩膀。而与王思诚并排站着10多个人，后面还有不少人在排队。只见一人走向挡板，挡板向内打开，他走进去，挡板又关闭了，等着下一个过关的人。这好像是在过安检嘛，王思诚小声嘟囔着。

这时，"嘀嘀嘀"，王思诚眼前的挡板亮起了红灯，他走了进去，里面是一个狭窄的通道，光线幽暗，但王思诚能感觉到，脚边身前都设有障碍物。他拼命向前挤去，但身体显然没有脑子那般快。时间在一分一秒地流逝，广播提示他要尽快通过安检门，他急了，使出了吃奶的力气，侧着身体拼命向前挤，但障碍物仍然将他死死卡在这个通道里。终于，时间到了，安检门的出口关闭了，他被永远地卡在了这个该死的通道里。

"嘶！"王思诚倒吸一口冷气，从床上弹起来，额头上满是豆大的汗珠。

这是什么破梦啊，王思诚心想。他走下床，定了定心神，感觉时间已经到了晚上。拉开窗帘，果然夜幕降临，窗外是那个让人心生向往的不夜城。音乐喷泉表演正在进行中，王思诚耳边轻声传来迈克尔·杰克逊的经典歌曲 **Billie Jean**，从落地窗向外眺望，眼前是一场光与影的视觉盛宴，红黄蓝三种灯光在人工湖中相互交织，高低错落的水柱左右摇摆着，随着音乐翩翩起舞，简直美轮美奂。

王思诚来不及欣赏美景，拿起手机看了看，已经到了和石亦冰约定的时间。他赶紧抽出纸巾擦了擦汗，换好外衣，走到隔壁敲开石亦冰的房门，两人随即又开始商量了起来。

"这 Simon 是挺神秘的。"石亦冰知道王思诚的疑惑一直没有解开，就把自己知道的情况和王思诚大致说一下，"他是 M 籍华人，父亲那一辈来的 M 国，能说一口流利的中文。"

"他是半导体芯片圈子里的人吗？"

"我朋友的说法是，这哥们很邪乎。这里很多很难办到的事情，你去找他，他总能给你想办法办到。所以，向我推荐了他。可是……"

"可是什么？"王思诚追问。

"可是他又不是那种标准的科技人。"

"难道是？"王思诚顿了顿，"掮客？"

"我也是这么想的。"石亦冰点头道，两人想到了一处。

"在国内，能靠这个挣钱的，都不是一般人。"王思诚补充道，然后又问，"他在这边有什么背景吗？"

"这我也不知道。"

"你的朋友也不知道？"

"做这种事情的人，通常都是讳莫如深，不会把自己的门路透给下家的。"

"这倒是。"王思诚点点头，然后又邪邪地笑笑，"那你的高端销售技巧难道一点作用也没有发挥？"

"有些事情，你知道了，反而对你未必是好事啊。"

这句话有哲理，王思诚心想，嘴上却说道："哇！这么邪乎？"

"做销售，除了要学会打探情报，更应该知道，哪些情报是绝对不能随便打探的。"

"又向老大学了一招儿。"王思诚面带诚恳状，"我得拿手机记在备忘录里。"

"这事儿能不能办的成，我不好说，机会一半儿一半儿吧。"石亦冰也有点犯愁。

"不会是忽悠咱们吧？"王思诚又紧张起来。

"不会，M国不是没有骗吃骗喝的，但我还不至于着了这个道儿。"石亦冰这点自信还是有的。

"那你干吗不早跟我说？"

"之所以现在才跟你说，是怕你对他没有信心。"

"怎么会呢？我只要对老大你有信心就行了！"

"走，咱们先去吃点东西。"二人都饥肠辘辘了。这时，石亦冰的手机响了，他拿起手机，看了王思诚一眼，"来了。"

"这么快！"王思诚顿时来了精神，立即站起身来，"在哪里？"

"就在楼下的酒吧。"

"饭都没吃，这就要去酒吧？"王思诚略感不悦，"这是谈生意呢，还是折腾人呢。"

"赶紧走吧，事情要紧。"

石亦冰换好衣服，向外走去。王思诚见状，赶紧跟了上去。两人一边说话一边走进了酒吧，烟酒味道扑鼻而来，即使是戴着口罩也依然闻得出来。

"这样的环境，还这么多不戴口罩的，不感染才怪。"王思诚提高了分贝。

"别说话，降低你的呼吸频率，保护好自己。"石亦冰提醒道，"去前面拐角的1号包厢。"

穿过舞池，二人来到了1号包厢，包厢里灯光昏暗，走近了才能看清楚，眼前是一个戴着方框眼镜，身着风衣，立着领子，短发齐整的中年男人，跟《黑客帝国》里的Neo完全一个造型，唯一的区别就是他戴了口罩。

Neo的中文谐音就是"鸟人"的意思嘛，还真巧了，千辛万苦，终于见到这个"鸟人"了，王思诚心想。

只见对方主动热情地走上前来："两位远道而来，一路上辛苦了。"这动作完全出乎王思诚的预料之外，跟此前神神秘秘、遮遮掩掩的形象简直判若两人！

初战告捷

"您就是刘先生吧?"石亦冰走向中年男人确认道。

"叫我 Simon 好了,别客气。"中年男人并不摆架子。

"Simon 哥。"王思诚应和道。

"这位是王思诚,我在电话里跟你提到过的。"

"疫情当前,咱们就不一一握手了吧。"Simon 倒是很注重疫情防控。

"那咱一起碰下胳膊肘呗。"王思诚不想错过这个拉近距离的机会。

"好提议。"三人伸出胳膊肘碰到一起,然后呵呵笑了。

"来,请坐。"Simon 招呼道。

"还没点单吧?要不我来。"石亦冰坐下,顺手拿起酒水单。

"酒就不用了,你们俩应该还没吃东西吧,我刚才叫了两份简易汉堡,应该马上就送进来了,你们俩先垫垫。"

居然一切都被他精确计算好了,刚醒就被叫过来,吃没吃东西他都知道,真是山外有山,人外有人,王思诚心想,嘴上却说道:"边喝边聊嘛。"

"真不用,事情并不复杂,应该很快就能说完。"

事情不复杂电话里说不就完了,非要三缄其口,电话里一个字都不肯透露,让我们跑这么惊险的一趟,王思诚愤愤地想到。但转念一想,一进来对方就热络地打开话题,完全不像以往客场谈判那般艰难,这 Simon 葫芦里到底卖的是什么药?

"事情本身并不复杂,唯一复杂的是必须要让你们跑这一趟。"Simon 补充道。

但这一补充,却把事情说复杂了,王、石二人都有点发蒙。

"噢?此话怎讲?"石亦冰先问了出来。

"需要哪些规格的芯片,你们带来了吗?"Simon 并不着急解释。

王思诚马上掏出康广源给的手抄清单,递了过去,Simon 迅速扫了一眼。"就这么多吗?"

"目前就这些。"王思诚没把话说死,凡事留一手。

Simon 把清单揣进兜里。"芯片这个事,说麻烦也麻烦,说简单也简单……"

王、石二人不自觉地上身前倾,感觉要进入正题了。不凑巧的是,服务员这时敲门把汉堡送了进来,打断了三人的谈话。

"那就先吃点吧!"Simon 示意服务员把汉堡端给两位客人,"边吃边聊。"

二人的"胃口"刚刚被吊起来,居然这时候送吃的进来,真是太倒"胃口"了,现在他们哪里有心情吃啊!

王思诚一边将小费放在餐盘上,一边着急地"护送"服务员出门,然后他扫了外面一眼,随即又把门反锁,他不希望关键时候又被打断。

"中国是芯片需求市场,而 M 国刚好是供给方。一个有需求想买,一个有需求想卖,这事能有多复杂?不是简单得很嘛!"Simon 开始进入正题,"而且 M 国是资本主义国家,资本家一般都是利益导向的,有钱谁不想挣啊!"

王、石二人点点头,此刻早已忘记了饥饿。

"问题是,现在两者之间的关系变复杂了。因为中国发展太快了,M 国已经将中国视为最大的战略竞争对手,当然要处处打压。"Simon 继续说道,"最关键的,还不是 GDP。"

"那是什么?"王思诚关切地问道。

"科技!"

这时,王、石二人的肚子咕咕叫了起来,声音大到不只是自己能听见了。

Simon 随即开起了玩笑："我说什么来着——科技，你看看，你们对科技是多么饥渴！"

三人不约而同地哈哈笑了起来。王、石二人摘下口罩，拿起汉堡啃了一口，王思诚一边吃一边说道："那 Simon 哥，我们就不客气了，边吃边聊。"

"请便。"Simon 作了请的手势，然后继续说道，"M 国称霸全球，靠的是军事、金融、文化和科技。军事就是军队武器，金融就是石油货币，文化就是图书电影，这三个的根基是科技，没有科技的领先，这个体系分分钟土崩瓦解。而中国要在科技上赶超 M 国，那对 M 国就是釜底抽薪啊。"

王思诚插话道："但是中国的科技水平目前还远远赶不上 M 国吧？"

"差距是不小，但在一些领域，M 国已经感受到了中国的威胁。"

"Simon 哥是说华康视讯吗？"王思诚正是为这家公司而来。

"不仅是它，像 5G、无人机、短视频，这些都让 M 国惶惶不安啊，你看那个实体制裁名单，基本上都是对 M 国有威胁的。"

"所以，M 国对中国下重手，在所难免。"石亦冰总结道，"我们也就没办法在电话里说，必须见面，而且不能在其他地方见面，是这样吗？"

"厉害！"Simon 朝石亦冰竖起大拇指。

石亦冰马上问道："那这个地方，安全吗？"

"中国有句老话，最危险的地方就是最安全的地方。"Simon 满脸自信。

"这倒是。"王思诚点点头。

"既然这么难，这个芯片的通道该怎么打通呢？"石亦冰不失时机地抛出核心问题。

"松本隶仁。"Simon 一边说，一边从风衣口袋里掏出一张照片，照片上是一个 40 多岁，前额已秃的 R 国男人，长着一张玩世不恭的脸。

王、石二人拿起照片看了看，但对于 Simon 想说什么，他们完全摸不着头脑，只能继续听。

"这小子从小就生性顽劣，书也不好好读，早早就辍学混社会，盗窃、诈骗、打架，什么都来，35 岁之前，有一半的时间都是在局子里蹲着的。"

"这不是人渣嘛！"王思诚感叹。

"对，就是人渣。所以松本集团对他非常头疼，这小子还经常以松本集团的名义在外招摇撞骗，搞得松本集团还要替他背锅。"

"你说的松本集团，是松本兴之先生创立的，总部在 R 国的，那个松本集团吗？"石亦冰问道。

"正是。"

"那他跟松本集团的现任社长松本仕吉是什么关系呢？"石亦冰又追问道。

"族兄弟。"

"真是家门不幸啊！"王思诚再一次感叹，名门望族也有败家之子啊。

"但是事情在他 35 岁之后，出现了转机。"

王、石二人一听，知道重点来了。

"松本仕吉不愧是个帅才，他居然把这个人渣收编了，而且还用得有声有色，这小子不仅咸鱼翻身，现在更是混得风生水起。而松本集团呢，也因为这小子获益匪浅啊。"

死棋都能下活，这用人水平得好好学一学，对创业有用，王思诚暗暗记下了这句话。

"M 国限制芯片出口中国，但 R 国的电子厂商们没有，所以在芯片这一块儿，他们可以出力。"

"于是松本仕吉就让松本隶仁去卖芯片，挣了钱算集团的，万一出事被 M 国抓住了，就把他交给 M 国谢罪？"王思诚接话道，心想，这真是高招儿，两头通啊，用死了那是为家族清理门户，用活了那是废物利用，怎么着他都不输。

"应该没那么简单！"石亦冰不以为然。

"是的。先是松本集团，后来，日芝集团、索芯集团也都看到了油水，于是纷纷跟进。"

"啊？他们的集团也有这么个败家子吗？"王思诚这一问，大家差点没笑喷。

"哪有这么巧。"Simon 笑着摇摇头,"松本隶仁在苏州成立了一家公司,他是法人代表,松本集团先把芯片卖到 R 国若干个小公司去,然后由它们卖到离岸公司,再从离岸公司卖给苏州这家公司,通过这家公司卖给中国的厂商。日芝集团、索芯集团也都是走的这个通道。"

这弯儿转的,做生意真不容易,王思诚心想,嘴上却说:"所以松本隶仁就赚得盆满钵满了,难怪你刚才说他混得风生水起。"

"是啊,正好印证了中国那句古话,天生我材必有用!"Simon 也感叹一句。

石亦冰隐隐感觉到他们这件事可能要跟这家公司打交道,于是问道:"苏州这家公司全称叫什么?"

"苏州日隶仁株式会社。"

"如果我没有猜错的话,我们芯片供应的通道,是不是就跟苏州日隶仁株式会社有关?"

"正是。"Simon 点点头。

谈话进行到这里,石亦冰觉得,眼前这个 Simon 来历绝对不简单,这些离他十万八千里的事情,他都掌握得这么精确。但是一时半会儿,石亦冰还摸不透他,于是便试探道:"他是你的下家,你对你的下家这么了解,我想问的是,你对我们也这么了解吗?"

"Sure!"谈了这么久,Simon 第一次脱口而出了一句英文,而且表情显得非常自信,"对你们越了解,对我越安全!需要我再说一遍吗?"

"不用!"石亦冰感觉对方是有备而来的,于是又问道:"为了今后双方更好地合作,我们是不是也应该了解一些您的情况?"

"我的情况你们就不用了解了,知道得越少,对你们越安全。"Simon 坚决不肯透露。

王思诚想起了此前石亦冰跟他说的那句话:"有些情报是绝对不能随便打探的,因为你知道了反而不是好事。"

"你只要知道我能帮你们弄到芯片就行了,其他的你们真不需要知道,免得引火烧身。"Simon 又补充道。

嘣嘣嘣,门口传来敲门声,粗暴、急促、短暂。三人的事情已谈得差不多,石亦冰还差最后一个问题,他提高分贝问了出来:"我们是不是马上要去趟日本?"

"不用,那小子常年在苏州,怎么找他,等我给你的单线信息。"Simon 回道。

"赶紧开门!"门外高喊,似乎非常着急。

王思诚打开包厢门。

几个身着警察服装的壮汉冲了进来:"这是州政府的宵禁令,所有人全部回家!"

"好的!好的!"三人齐声回道,纷纷拿上衣服,戴好口罩,冲出了包厢。

第三章

职场新人的迷茫

不知路在何方

春节刚过，齐可欣的大学生活即将迎来最后一个学期，对于一个已经签订《普通高等学校毕业生、毕业研究生就业协议书》（即三方协议），确定工作单位的即将毕业的应届本科生而言，这本来是一个很轻松的学期，可以提前去未来的工作单位岗前实习，体验即将到来的职场生活。

然而，疫情的发生打乱了一切，随着时间的推移，齐可欣越来越感觉到不安了。按照原计划，她要先返回学校，把三方协议交由学校填写盖章，然后再去工作单位报到岗前实习。但现在她没办法按时返校，只能先暂时待在家里；快递业务因为疫情暂时停止，邮寄资料到学校这条路也行不通了，似乎除了等，一点儿办法都没有。

起先她还担心用人单位会着急催她去实习，但后来一想，用人单位这会儿也开不了工啊。果然，用人单位的步调跟学校惊人的一致，一点儿动静都没有。

法学界今年的头等大事——《中华人民共和国民法典》的颁布，也因为全国人大会议延期而被迫推迟，她只好在网上刷着以律政为题材的电视剧，以打发无聊的时间。

当年上小学时，她就是因为一部律政剧而爱上了法律，爱上了律师这个职业，爱上了那种为了正义、为了保护弱者，而在法庭上慷慨陈词、奋起对抗恃强凌弱者的感觉。因此，填高考志愿时她毫不犹豫地选择了法律专业，但自从她考上大学并学了法律，参加过辩论赛、旁观过法庭、起草过判决书之后，她发现现实生活中的律师工作，远远没有电视剧中看到的那样光彩夺目，这导致她在择业时十分纠结，甚至一度想放弃成为一名律师，转而去大公司做个公司法务。

最终还是闺蜜苏玺儿的一番话，让她坚定了要成为一名维护社会公平正义的好律师的想法。随之而来的问题是，顶级"红圈所"超高的招聘条件她并不具备，她只是一所普通法学院的本科生，于是退而求其次，她只能在中等规模的律所中进行选择。

好在功夫不负有心人，她与本地一家实力还不错的本土律所签订了三方协议，但她毕竟是学法律的，她很清楚，三方协议不等于劳动合同，只是学校、学生、用人单位三方签订的就业意向书，只有毕业生到单位报到，并与单位签订了劳动合同后，才能和用人单位正式确立劳动关系，所以仍有很大的风险和不确定性。虽然违反三方协议也需要承担违约责任，但违反三方协议的代价要远远低于违反劳动合同的代价，再加上疫情这样的不可抗力，用人单位真要是违反也未必会被法院判处重罚。

还有一个问题，按照律师行业的规定，成为一名正式的执业律师之前，要先在律师事务所实习一年，早一天完成实习期，就可以早一天拿到正式执业律师证，这也是齐可欣着急的主要原因。律师在实习期间基本相当于很多传统行业的"学徒工"，简单来说，就是拿最微薄的收入干最脏最累的活儿。

其实，很多行业的收入结构都遵循着二八定律，即：20%的人拿走了这个行业80%的收益。律师行业更是将这个定律发挥到极致，甚至有业内人士认为律师的收入分配水平其实是一九定律，声名远播的大律师接案子接到手软，年收入上千万不在话下，活儿多到来不及做，甚至不够优质的客户都敲不开他们的门。而默默无闻的小律师很多都是吃了上顿，还不知道下顿在哪里，收入很不稳定，甚至有些律师最后坚持不下去被迫转行去了其他行业。

跟齐可欣一样，闺蜜苏玺儿的心中也有一个律师梦，但不同的是，她清楚自己没有实现这个梦的机会，因为她的学历不够，压根儿没有参加法考的资格。所以，当齐可欣说想放弃成为一名律师时，她感到非常不理解。人很奇怪，当你拥有了一样东西时，你不会觉得它很珍贵，反而觉得习以为常。相反，当你越想得到某种东西而又无法得到时，你对它的渴望就越强烈。因此，她非常希望齐可欣可以实现她们俩心中共同的那个梦。

苏玺儿和齐可欣是同年生人，两人自小学时就认识，那时候她们是同班。因为齐可欣身形瘦小，所以老是有调皮的小孩儿捉弄她。齐可欣被捉弄后，也不会反击，只会哭着去找老师，次数多了，老师就会说："玺儿，你去安抚一下欣欣。"

苏玺儿是个大大咧咧的女孩，性格像个男孩子，头发也从不留长，身材在班里也属比较高大的，她拍拍齐可欣的肩膀，说："咱们俩以后就不分开了，一起上学、一起放学、一起吃饭。他们要敢再来欺负你，我挡住他们，你去告诉老师。"

"你挡住他们，我去告诉老师？那我们不是就分开了吗？"齐可欣的思维方式从小就有点与众不同。

"嗯？"苏玺儿疑惑了一下，但很快又反应了过来，"对！就这个时候分开，其他时间都不分开。"

久而久之，个性迥异、身形也截然不同的两个女孩，成了无话不谈的好闺蜜。后来，她们中学时虽然不是同班了，但也在同一所中学，一起参加高考，梦想都是报考法律专业，但可惜苏玺儿的分数不够，被调剂到一所专科院校读了人力资源管理。

比齐可欣早一年毕业的苏玺儿去了本地一家餐饮企业做HR，本来工作得挺顺利。结果疫情一来，繁荣的商业街顿时空无一人，餐饮业赖以生存的现金流瞬间就消失了，原先十几家连锁店以及几百名员工，很快就成了公司的负资产。至于什么时候能够解封，以及解封之后整个行业什么时候能够复苏，甚至多长时间能够恢复到疫情前的水平，这些都不可预知。

很快，公司就作出了决定，所有高管全部不拿工资，中层管理干部以下到普通员工，工资减半发放。工资本来就不高，现在还要减半，这让很多平常花钱如流水的年轻人们，一下子从"月光族"变成了"月欠族"。

苏玺儿是 HR，这么一条不幸的消息，必须由她负责发邮件通知所有人。虽然月薪减半的决定不是她做的，但是这个鼠标点起来，还真不是完全没有心理负担。

后来随着疫情精准防控的加强，情况逐渐好转，但恐怕短时间内还无法马上恢复到疫情之前的客流量，以餐饮业来看，即使陆陆续续开门迎客，但顾客依然非常稀少。

所以，接下来的一个多月，苏玺儿的主要工作都是裁员，这对所有 HR 而言都是一项颇为棘手的工作，更何况是一个新人。制定方案、准备文件、面谈沟通，一开始她还能平常心面对，但接触被裁员工的负面情绪多了以后，她也没那么淡定了，毕竟她还是资历尚浅的职场新人，经历的事情也并不算多。

在沟通裁员过程中，绝大多数员工对公司的决定都表示能够理解，只要赔付相应的金额即可。但还是有少数被裁员工感到面子上挂不住，甚至去申请劳动仲裁，更有对仲裁结果不服者，还起诉到了法院。

虽然出庭的事情是公司法务负责，苏玺儿并没有去法院，但在与法务交接相关资料的过程中，她还是真刀真枪的实战了一回《中华人民共和国劳动合同法》(以下简称《劳动合同法》)，当然，由此也带来了诸多困惑。

于是，苏玺儿想了解一下法律人士对疫情期间的裁员问题怎么看，齐可欣也希望听听专业 HR 对她目前所处的困境有什么高招儿，两人决定周末约着在咖啡厅见一面。其实，双方还有另一个共同的目的——发一发牢骚，吐一吐苦水。

各有各的难

苏玺儿提前到了咖啡厅，选了店里一个角落的位置，这里比较安静，适合谈话。点好咖啡后，她打开杯盖，拿起搅拌棒，将咖啡顶上的奶油全部戳进咖啡里，这样可以减淡咖啡的苦味和涩味，口感会好很多。

"欣欣，这边！"苏玺儿刚弄好咖啡，抬眼正好看到了齐可欣，马上站起来向她招招手。

"不好意思啊，我来晚了。"齐可欣一边坐下，一边把包放到旁边的椅子上。

"不晚，我也刚刚到。"即使是闺蜜，也不要让对方尴尬，职场历练了近一年，苏玺儿学会了一点说话的艺术，"喏，这是你的咖啡，香草拿铁，热的。"

"哇，太谢谢了，玺儿！"齐可欣摘下口罩，端起咖啡抿了一小口。

"你电话里说的那么难过，我当然要安抚一下你喽！"苏玺儿接着问道，"律所那边还没有消息吗？"

"是啊。"齐可欣狠狠吸了一口咖啡，愁眉苦脸地点点头。

"依我看。"苏玺儿手指敲了敲桌面，"这是律所的缓兵之计。"

"有什么好的对策吗？"齐可欣放下咖啡，着急地问道，"我们优秀可爱的 HR 大人，拜托给我支点高着儿呗。"

"兵贵神速。"

"嗯？"齐可欣面带疑惑。

"直接杀过去，冲到律所问他们。"

"这不妥吧？"

"难不成他们还会把你赶出来？"

"这样硬来感觉会破坏本来的行业规矩，我觉得不行。"

"两害相较取其轻。"苏玺儿举起两根手指，"破坏规矩'活了'，遵守规矩'挂了'，你选哪边？"

"那要万一破坏规矩后，也还是'挂了'呢？"齐可欣反问道。

"那也没什么好可惜的。"苏玺儿耸耸肩膀，"等死、找死都是死，不如拼一把，死马当活马医呗！"

"不不不，'死马当活马医'，这句话我一直不太赞成。"齐可欣摆摆手。

"哦？难道死马当死马医？"苏玺儿开起了玩笑，"那也用不着医了啊。"

"马都已经快死了，为什么不能让它享受最后的快乐时光，然后安详地死去呢？非要把它医得那么痛苦，让它在痛苦中死亡，多残忍啊。"

"放弃治疗？"苏玺儿听出话外之音，"这么说，你是打算主动放弃喽？"

"我还没考虑好，所以想听听你的意见呀。"

"你怎么能主动放弃呢，你们都签过'三方协议'了。"

"也就是一张纸而已。"齐可欣说得轻描淡写。

"这难道不是有法律效力的文件吗？"

"那也要双方遵守才行。"

"他们可是法律人啊！自己都不遵守的话，还怎么让别人信任他们？"

"他们可没有说不遵守。"

"如果遵守的话，就应该赶紧和你签正式的劳动合同呀！"

"他们是说还要等一等。"

"这都等了多久了！好几个月了吧！"

"所以我也着急啊。"

"依我看，他们显然是想赖掉。"苏玺儿说出了问题的关键，"熬得你受不了了，然后逼你主动提出来，他们顺势借坡下驴。"

"我也这么觉得。"两人想到了一起,齐可欣无奈地耸耸肩,"但是除了等他们的通知,我也没有什么好的解决办法。"

"也是,激进的办法你也不敢用。对方还都是高手,律所啊!什么地方,个个都懂法。"

"所以啊,现在我又被欺负了,你得帮帮我嘛!"齐可欣不自觉地又向苏玺儿撒起了娇。

"嗯……行,那我先跟你讲个和招聘有关的故事吧。"

齐可欣期待地点了点头。

"世界500强企业在中国的招人标准通常都很高,但它们却发现,即使是中国最优秀的高校毕业生,到公司后也无法马上胜任其工作岗位,需要先对他们开展为期三个月的针对性岗前培训,培训后考核通过才可以上岗。"

"那如果没通过呢?"

"没通过,还有一次补考机会。"

"那如果补考也没有通过呢?"

"淘汰。"苏玺儿双手交叉放在胸前。

"还算蛮合理的。"

"那为什么不给两次补考机会呢?又为什么不直接淘汰呢?"苏玺儿反问。

"嗯。"齐可欣思考了一会儿,答道,"直接淘汰有点残酷,有可能是没发挥好;补考一次还不过,说明水平确实不行,是这样吗?"

"对是对。但用你们法律人士的说法,不仅要说得出法条,还要讲得清法理。这件事背后的'法理'呢?"

齐可欣摇了摇头:"想不出来。"

"还有一个问题。"苏玺儿继续发问,"如果培训合格后,上岗一个月,发现有人居然用的是假学历,应该怎么办?"

"马上开除呀。"

"如果立即开除的话,公司可就亏大了。"苏玺儿进一步补充道,"从人力资源管理的角度，员工招聘进来后，在职时间少于 1 年，公司在他身上的投资就是亏钱的。"

"难道就因为这一点儿小利，而忽视他此前的不诚信行为？"

"你还别说，前些年真有一家世界 500 强企业，就作出了'继续留用'的决定。后来事情被曝光，迅速在业界引起了轩然大波。"

齐可欣睁大了眼睛，觉得不可思议："那还能不被骂！"

"那位 HR 总监后来的一番话，更是将事情推上了风口浪尖。"

"他怎么说的？"

"咖啡喝完了，能帮我续一杯吗？"苏玺儿晃了晃手中的咖啡杯，故意卖起了关子。

齐可欣撇了撇嘴，把手伸过去接过杯子，向柜台走去。

不一会儿，齐可欣将满满的咖啡端了回来，双手奉上，笑着说："现在可以说了吧？"

"他说上四年的大学，还抵不上我们这里三个月的培训。"苏玺儿抿了一口热咖啡，润了润嗓子，"这两件事其实都在说沉没成本的问题。也就是说，你想做一件事情，你开始投入金钱、时间，但结果没有达到你的预期，这时候你将面临一个两难选择，如果放弃，那你前面的投入将完全打水漂，你肯定心有不甘；而如果继续投入，可能还会造成更大的损失。"

"嗯，就像有些人参加法考，考了一回又一回，放弃就意味着前面的努力都白费；不放弃，那谁也不能保证下一次就一定能过，左右为难。"

"你现在面临的局面也一样，如果现在选择放弃，会觉得很亏，因为已经浪费了那么多的时间；而如果继续等下去，可能损失会进一步扩大。"

"嗯。"齐可欣急切地问道，"那如何破解呢？"

"提前设定好规则，例如：就考三回，就等两个月。"

"这是临界值的概念吧？"

"对的，临界值一过，立马放弃！"

"那前期的损失呢？"齐可欣还是有点不甘心。

"认了。"

"也有可能多坚持一会儿，就成功了呢？"齐可欣食指拇指一夹，笔划了一下，"那多可惜啊。"

"那要是不成功呢？"苏玺儿反问。

"你怎么知道一定不成功呢？"

"你怎么知道一定成功呢？"

两人语速越来越快，但谁也无法给出肯定的回复。苏玺儿话锋一转："为什么有的人会在赌场里输到不能自拔！如果提前设定好临界值，例如：输到1万拍屁股走人，并坚决执行的话，不至于输个精光。但人性永远是贪婪的，赢的时候总想多赢一点，输的时候总想着翻本，不知不觉中就越陷越深了。"

齐可欣点了点头。

"炒股也一样。"苏玺儿继续举例，"涨的时候总想着还能再涨，6000点还不卖出，以为还有7000点，甚至8000点，但现实是很快就跌回到4000点，此时很多人已经赔钱了。如果提前设定了临界值，4000点认赔出场倒也损失不大，结果大多数人仍然心有不甘，又想着还能再涨回去，于是补仓，结果越补越跌，越跌越补。他们以为都跌到地板了，不能再跌了吧，后来惊奇地发现居然还有地下室，最终一路跌到了3000点以下。"

"嗯。有道理。"齐可欣又打趣道，"没看出来，你还有炒股的经历啊？"

"我爸！"苏玺儿摇了摇头，"我看他的账户，那都不叫腰斩了。"

"那叫什么？"

"跌掉了80%。"苏玺儿咽了咽口水，"应该叫颈部以下，全部截肢。"

"啊？这不是斩首吗？这么惨！"齐可欣苦笑道。

"所以啊，要提前规划好临界值，命里有时终须有，命里无时莫强求。"苏玺儿又拉回了话题。

"哎呦！"齐可欣开始接受苏玺儿的说法，"想不到你还是宿命论？"

"嗯，有些事情就是命中注定的。并不是你尽了最大的努力，就能够得到最好的结果。"苏玺儿想起了自己的高考经历，拼尽全力也没有考到理想的大学。

"那就把最后这一学期过完，到 7 月 1 日。"齐可欣听完后认真想了想，终于作出了决定，"过时不候。"

"人性的弱点啊。"苏玺儿感叹道，"同样的道理，说别人时理直气壮，轮到自己时，就完全不是那么回事了。"

"哦？"齐可欣关切地问道，"你也遭遇了左右为难的事儿？"

"你说疫情期间裁员，在法律上应该怎么认定？"虽然人社部（即人力资源和社会保障部）早在春节时就发了有关疫情防控期间如何处理劳动关系的通知，但具体如何操作，苏玺儿还是有些摸不准。

"很简单啊，这是《劳动合同法》的问题。"

"嗯。"苏玺儿点点头，表示同意。

"先说清楚啊，我的意见仅供参考。"

"嗯，好，快说吧，别磨叽了！"

"还有一个问题。你想从哪个角度分析？是用人单位还是劳动者？"

"嗯，企业角度吧。"

"那问题就应该是，在疫情之下，企业应当如何合理合法地解除劳动合同，对吗？"分析问题是解决问题的第一步，齐可欣努力分析着问题的焦点，"《劳动合同法》中，用人单位单方面解除劳动合同，共分成三种情况，过失性辞退、无过失性辞退以及经济性裁员。"

"直接说第二种情况吧。"苏玺儿选择性忽视第一种情形，因为她之前特意了解过《劳动合同法》，过失性辞退对企业是最有利的，不需要支付任何成本，但前提是员工在工作期间有重大过错，所以在这里不太适用。

"无过失性辞退需要支付经济补偿金，按劳动者在本单位工作的年限，每满一年补偿一个月工资。另外，还要提前 30 天书面通知劳动者或者额外补偿一个月工资。"

"这就是我们 HR 常说的 N+1 嘛，我了解。"

"对的。再提醒一句，这还得是劳动者同意的噢！"

"那如果不同意呢？"

"不同意的话，要么继续履行合同，要么违法解除，翻倍支付赔偿金。"

"第三种情况呢？和第二种有什么区别？"

"经济性裁员，你们公司应该算这种情况，经济形势不好，企业批量性减人。"

"那补偿金呢？"

"补偿金就是 N，没有加 1，但要提前 30 天向工会说明情况并听取意见，同时向相关行政部门报告。"

"那如果工会的意见是不同意呢？"

"那就继续履行合同呗。"

"现在的情况，还怎么履行啊？"苏玺儿不解，"按老板的说法，公司都没有现金流了，怎么发得出工资？"

"因为店还在，店里的物品也都在，食材也肯定买得到，工商局又没有禁止你们营业，所以这合同可以履行啊。"齐可欣分析得头头是道。

"他们倒是可以来上班，问题是没生意啊，疫情导致没人上街吃饭。上千平方米一家店，几十个服务人员，稀稀拉拉三五个客人，吃起饭来一群服务员站旁边看，这叫可以履行合同？"

"哎呀，你自己都说了，他们倒是可以来上班！"齐可欣抓住了苏玺儿前半句的漏洞。

"没有入账，只有支出，公司分分钟倒闭啊。"

"那就直接解除合同，翻倍支付赔偿金。"齐可欣完全是站着说话不腰疼。

"老板的想法当然是能少赔就少赔。"

"我就知道。"齐可欣摇摇头，"但事情哪有那么简单，他想少赔就少赔？"

"我们公司的劳动合同大多是 2017 年、2018 年签订的，当时经济情况良好，但谁也想不到疫情一来，情况发生了重大变化，合同难以继续履行，难道法律对公司的处境就不管不顾了？"

"既然是两三年前签的，那补偿 N+1 和赔偿 2N，差别也不是特别大。"

"那也架不住人多啊。"

"这就不好办了。"齐可欣嘟了嘟嘴，想了想，"实在不行，公司全部亏空，走破产清算程序呗。"

"这也太惨烈了，难怪网上新闻报出来，有的公司老总都被逼到去跳楼了。"苏玺儿感叹道，"我看我们老板也差不多了，公司里传言他在变卖家产填公司的窟窿，希望能保住公司。"

"正常，投资有风险，办公司嘛，哪有包赚不赔的。"齐可欣不以为然，"再者说了，市场好的时候，老板们挣大钱的时候爽着呢，你不能'只见狼挨揍，不见狼吃肉'呀。"

"我说，你还有没有点同情心！"

"这不是同情心的问题。"齐可欣在手机上翻出一个司法判例，"你看这个案件，跟你们情况差不多。这家公司买了2020年欧洲杯的新媒体版权，但因为疫情欧洲杯延期了，于是公司用无过失辞退条款解除了运营总监李某的劳动合同，想补偿N+1了事，但李某不服，最后双方闹到法院。"

"法院是怎么判的？"

"判公司违法解除劳动合同，赔偿2N。"

"具体是怎么说的？给的什么理由？"苏玺儿追问。

"本院认为，"齐可欣读起了判决书中的一段，"客观情况是指发生不可抗力或出现致使劳动合同全部或部分条款无法履行的情况，用人单位因疫情导致业务受到影响，但依现有证据难以认定用人单位与李某的劳动合同无法继续履行。"

"这说得不够清晰呀！"苏玺儿没有完全被说服。

"这么说吧。"齐可欣也学起了苏玺儿，开始打比方，"如果你们那个店被人炸塌了，那么劳动合同肯定就无法继续履行了。"

"这也太夸张了。"苏玺儿惊讶道，"再者说了，谁那么闲的没事炸龙虾店啊？"

"不夸张。"齐可欣淡然道，"《劳动合同法》，你觉得，主要保护的是用人单位还是劳动者？"

"弱小的劳动个体怎么对抗强大的公司机器呢？"苏玺儿也明白这个道理，"肯定是要保护劳动者。"

"试想一下，如果只是因为疫情影响，就准许公司以此为由解除劳动合同，那社会上的失业人口不是要暴增吗？"齐可欣进一步补充道。

"那倒是，这可是关系到社会稳定的大问题！"苏玺儿想到了自己也是个劳动者，"我也是个打工的，对劳动者有利，也是对我有利，只是我才工作了1年，2N 和 N+1 对于我而言，没有任何区别。"

"哈哈哈。"齐可欣笑了起来。

"我看他们都走完了，最后一个也就轮到我了，人都裁光了，HR 还管理啥呀。"

"难不成你也跟我一样，要纠结了？"

"我跟你不一样，你还有一线生机，我的未来注定要重新规划。"

"那有方向了吗？"

"迷茫啊。"苏玺儿叹了口气，"实在不行，咱俩一块儿去一线城市找找机会？"

"啊？"在齐可欣的计划里从来没有过这个选项。

"别那么大惊小怪，我也就这么一说。"苏玺儿捧起咖啡喝了起来。

"这我得好好想一想。"齐可欣还真有一点动心。

"别太当真，我们公司的那堆破事儿，还没那么快扫尾呢！"

苏玺儿喝完最后一口咖啡，两个人默契地站起身，一块儿走出了咖啡厅。

第四章

正式启航

确定创业方向

在费尽了九牛二虎之力之后,王思诚和石亦冰终于登上了回国的飞机,这趟航班与从中国飞来 M 国时的稀稀拉拉不同,整架飞机 200 多个位置,座无虚席!

王思诚紧绷的神经也渐渐地松弛下来,此刻他的心境和其他人大相径庭,虽然都是归心似箭,但他想到的却是著名的好莱坞大片《胜利大逃亡》,也许创业才起步的他,离"胜利"二字还十分遥远,但目前取得的阶段性成果带给他的喜悦,让他兴奋不已,着实感受了一把什么叫"开场即高潮"!

当然,他已经感受到了自己的能力不足,如果这次不是石亦冰帮忙,恐怕事情十有八九会折戟沉沙。可见,仅仅具备销售能力,远不足以让他创业成功,甚至就连销售能力本身,他的功力也都还欠火候,他必须要学习,而且要快速学习。至于到底要学哪些东西,他一时还无法完全想清楚,"战略?管理?团队?财务?法律?"想着想着,他开始感觉到累了,渐渐进入了梦乡。

王思诚回国后,和家人小聚了一下,好好陪了老婆孩子几天,便马不停蹄地又回到了创业的问题上。他必须马上跟那个 R 国人碰头,同时,要向马东明详细汇报情况。之后,要尽快与康广源见个面,判断一下华康视讯具体有多少生意可以做。

思绪还没有整理完,马东明的电话就打进来了。

"马主任，您好，您好！"王思诚热情地打起了招呼。

"小王啊，回来这一路上，还顺利吧？"

"顺利，顺利！再次感谢马主任的帮忙。"

"小事，小事。"

"主任您也许是举手之劳，但对我来说，这可是绝对的救命稻草啊。"

"你这一趟冒险，不也是替我解燃眉之急嘛！"

"哪里，哪里，多亏了主任给我指明方向。"

"那行，你先休息一下，过两天记得到我这儿来一趟。"

"主任放心，我一定第一时间去您那儿报到。"

没过两天，王思诚如约赶到乾江高新科技园区，一本装订精美、封面华丽、内容翔实的汇报材料摆在了马东明的桌子上。马东明一边看着材料，一边听着王思诚的汇报。

除了凸显自己的作用，淡化石亦冰的作用，以及隐去松本隶仁之外，王思诚材料中的其他内容基本属实，而整个过程更是被王思诚讲述得跟商业大片一样跌宕起伏。马东明时不时微微点头，但他并不傻，王思诚的话里有几分虚实，他还是心中有数的。

王思诚原本以为只是做个汇报就结束了，但万万没想到，马东明还有另外的安排："小王啊，今天特意叫你过来还有一件事。"

"哦？主任您说。"

"让肖总到我的办公室吧。"马东明拿起座机，给助理拨了个电话。

随即，一位四十岁左右的中年人敲门进来。"马主任好。"中年人毕恭毕敬地和马东明握了握手。

"来来，我介绍一下，这位是肖总，安泰科技的副总裁；这位是小王，王思诚，我跟你提过的。"马东明一边说着，一边倒了杯水。

"安泰科技，肖国清。"中年人跟王思诚握手过后，递给王思诚一张名片。

"我是王思诚，我公司的名字叫思诚腾达。"王思诚也掏出名片。

"噢？这公司名……"肖国清似乎看出些端倪。

"本来想直接用自己名字的，结果有人捷足先登了，我只好再加了两个字。"

"创始人用自己的名字命名公司，王先生有魄力。"肖国清的话很客套。

"哪里哪里，名字土气得很。"

"小王啊，安泰科技是一家医疗器械领域的高科技企业，他们的胶囊胃镜机器人……"

"马主任，还是由我来详细介绍一下吧。"肖国清主动接过话茬。

"嗯嗯。"王思诚品过一口茶，点点头。

"安泰科技是一家从事创新医疗器械研发、生产、经营的高新技术企业，公司的'磁控胶囊胃镜系统'开创了不插管做胃镜检查的全新模式。"

"噢？不用插管？"王思诚顿时来了兴趣，在IT行业泡了多年，他已经形成了对新事物天然好奇和感兴趣的习惯，"我母亲以前得胃病，就是做的插管检查。"

"插管检查，患者会非常痛苦。"

"是的，是的。"王思诚清楚地记得那一次母亲在检查的10多分钟过程里持续地呻吟。

"我们这套系统，患者在检查过程中，包括检查结束后，都没有任何不适，不会反胃，咽喉也不会作呕。"

"这个好啊，那具体是什么原理呢？"

"用一颗胶囊状的摄像头代替传统插管，患者只需要提前30分钟把胶囊服下，当胶囊进入胃部以后，我们就可以用它进行高精度的拍片了。"

"胃部拍片要360度无死角的。"这也是传统插管检查之所以痛苦的原因，因为那个器械要来回地转动，王思诚追问，"那胶囊到了胃里，你们怎么控制它来回翻转呢？"

"隔空磁控。"

"那检查完了之后呢？"王思诚顿了顿，他发现肖国清好像没有明白他在问什么，又补问道，"我的意思是，那胶囊怎么办？"

"噢。原来你问这个。"肖国清反应过来,"当然是随它去了。不管它,让它随人体粪便排出。"

"一次性的呀?"

"嗯,是的。"

"哇!这个创意好!"王思诚忍不住叫了声好。

"这款产品的早期原型,就是在长江学者的带头下完成开发的。"马东明补充道。

"那就难怪了。"王思诚朝肖国清竖起了大拇指,"佩服!"

"前几年,我们的年产量还只有1万颗,远远满足不了巨大的市场需求。"

"那是,这么好的东西,必须扩大产量,造福更多百姓。"

"当时是马主任力排众议,坚持要把我们引进到江城来。"肖国清品了品茶,继续说道,"当时我们的实力还比较弱小,与乾江高新科技园区的央企、国企、世界500强总部的高端定位明显不符,而且当时我们的胶囊检查比传统器械检查要贵好几倍。但马主任非常看好我们,尤其是在产业扶持资金上对我们大力支持,我们才能顺利发展起来。"

"我是发自内心地看好你们。"马东明是个实干家,平易近人,不喜欢摆官架子,"都说要将中国制造升级为中国创造,我看你们就是中国创造的典型代表。"

"绝对是中国创造!"王思诚附和着马东明,但绝对没有故意拍马屁、说场面话的意思,他内心里对马东明的认可度越来越高,同时,他也从心底里认可胶囊胃镜机器人这个创意。从做生意的角度,固定资产肯定干不过耗材,安泰科技未来说不定比华康视讯更赚钱;从社会价值的角度,这款产品可是造福胃病患者的好发明,如果提高产量,拉低成本,那绝对是老百姓的福音啊。"而且将来还可以卖到国外,甚至是卖给发达国家。"

"是的,我们在乾江高新科技园区投资的厂区,设计产能是年产100万颗,今年年底就将达成建设目标,这其中15%的产量将用于开拓国际市场。"

三人边喝茶边聊天,谈话进行到这里,王思诚还是不太明白马东明安排这场会面的用意是什么。他仔细揣摩着，会不会是安泰科技也缺芯片？但马东明没有明确提出来，他也不敢贸然先提。

"我也是临时起意，本来是两个时间一前一后，跟你们俩各谈各的事。后来一想，择日不如撞日，既然都来了，那不如一起聊一聊。"

"马主任有心了。"肖国清的话语依旧沉稳。

"哎！我看见小王啊，就想起了五年前的肖总。想干事，也有干事情的胆识和能力。所以就想干脆让你俩见一见，互相认识一下。"

"主任过奖了，我哪能跟肖总比啊。"王思诚快人快语，"肖总是事业有成，成功人士，我还只是万里长征第一步。"

"革命不分先后，大家都是同路人，都是为社会主义事业添砖加瓦。"肖国清滴水不漏。

"这样吧，"马东明站起身去拿外套，"肖总，厂区的事情我们路上边走边聊。"

"没问题。"

"小王，你也跟着一起去吧，顺便到他们未来的厂区参观一下！"马东明招呼着王思诚。

"我去合适吗？"王思诚小心翼翼地问道。

"走吧！"肖国清确认道，"马主任认可的人，就没什么不合适的。"

"那行，我去好好学习学习。"王思诚不再推辞。

三人一块儿坐上肖国清的商务专车，司机开了将近两个小时，其间马东明和肖国清坐在第二排，一路上两人都在沟通着厂区建设的事宜。王思诚坐在第三排，插不上话，只好数着时间，越数他越纳闷，厂房不是说在乾江高新科技园区里吗？怎么会开这么久？

下了车王思诚才发现，这里已经是很远的郊区了，向园区大门走几步，就能看清园区门口挂着的招牌：乾江高新科技园区金湖园。原来政府的高新科技产业园也在搞"兼并收购"啊，王思诚此前还真没有想到过这一点。

"这是我们园区在金湖区的分区，安泰科技的厂房就在第一排第一个。"

马东明顺手指过去，"他们也是第一个在这里落户的高端智能制造企业。"

王思诚抬头看过去，偌大的厂房映入他的眼帘，外观看上去就十分现代化，外墙高处的正中央，印着蓝黑相间的安泰科技四个中文字，下面紧挨着一排四个大写的字母ANTO，也是蓝黑色相间，公司的LOGO非常醒目。

"蓝黑两色就是安泰科技的识别色吧？"王思诚问道。

"是的。"肖国清微笑着点点头，"其实我们公司一开始是准备用纯蓝色的，但是科技型公司用纯蓝色的太多了，我就提议不如加一抹黑色，蓝黑两色，设计得好也一样很有科技感。"

三人边走边聊，很快就来到了厂房正门，走入其中，映入眼帘的是一番繁忙的工作景象，大家都有序地坚守在自己的工作岗位上，头顶上是一个醒目的红色横条幅，上面写着："质量就是生命！"

"小王，你可以随意逛逛，我们过去走一圈，看看工程进展。"马东明拍拍王思诚的肩膀。

"主任先忙。"王思诚会意地点点头，一旁的LED大屏引起了他的注意，一位工作人员正在调试着设备，画面里出现了一颗闪闪发光的小胶囊。这明显是关于磁控胶囊胃镜系统的宣传片，王思诚饶有兴趣地看了下去。

这是一颗神奇的小胶囊，它的出现让您的胃镜检查再也没有任何痛苦。喝一口水，等它进入您的食道后，就开始了高速拍摄的"生命"旅程，螺旋式扫查，全景式拍摄，10小时的"生命"里，它竭尽全力，留下的清晰画面足以让医生明确您的胃健康状况。胃部疾病和胃癌有着千丝万缕的关联，无论是胃出血、胃溃疡，还是糜烂、息肉，在它眼里全都纤毫毕现。安泰磁控胶囊胃镜为人类贡献所有智慧和能量，短暂的"生命"旅程留下几万张人体内医学照片，科学探索永无止境，今天，它就在你身边。

伴随着精美的画面和动情的解说，还有贯穿始终的优雅的背景音乐，王思诚全神贯注地看完了一遍。多么美妙的意境，多么伟大的一颗小胶囊，"生命"虽然短暂，但"活得"那么有使命感、成就感和贡献感，王思诚幻想着，如果他的生命也能像这颗神奇的小胶囊一样，闪亮而光辉，该是多么美好！画面在他的眼前反复地播放着，他的双脚像被施了魔法一般，被牢牢地钉在了原地。

"怎么样，小王！"马东明拍了拍王思诚的肩膀。

"主任忙好了？"王思诚醒过味儿来，"肖总呢？"

"他还有些事情要处理，我们先走。"马东明手一扬。

二人向厂房外面走去。一边走，马东明一边说道："我在你的眼神里，看到了一团熊熊燃烧的烈火，就像几年前我在肖国清眼里看到的一样。"

"哦？"

"直觉告诉我，你会干出一番自己的事业。"

"谢谢主任的抬爱。"王思诚拱了拱手。

"所以，今天特意带你来体会一下。你的公司也得有自己的创意，挣快钱不是长久之计啊。"马东明的话让王思诚渐渐明白了他今天的用意。

"我会努力的。"王思诚当即表达了决心。

"很多科技企业早期都是通过贸易挣到第一桶金，安泰也不例外。"

"嗯。"王思诚明白马东明的所指所想。

"但并不是每个挣快钱的，都会创下自己的事业，更多人只愿意安于现状。"

"主任放心。"王思诚更加坚定地表达决心，"我决不会躺在历史的功劳簿上。"

走出园区，出租车驶来，载上两人向市区驶去。

谈判桌上的斗争

经过一段时间的锤炼,王思诚觉得创业者最稀缺的资源,其实不是资金,而是时间,一天只有二十四个小时,为了让自己可利用的时间更多,他不得不压缩自己吃饭、睡觉的时间。其间还得抽空陪周亚婷去医院做产检,随着怀孕月份越来越大,王思诚的压力也开始变大,工作时间逐渐变长,每天的生活都是两眼一睁,忙到熄灯,整个人累得跟狗一样。

在顺利地跟松本隶仁做完沟通和交流后,今天上午王思诚要登门拜访康广源,约的时间是上午十点。九点半,他就提前到达华康视讯公司总部的办公大楼,前台接待问明情况后,将他领到了一间小会议室。王思诚终于感觉快要到达胜利的彼岸了,他深吸一口气,心中自我鼓励着:坚持就是胜利!

不一会儿,康广源带着另一个同事一起走了进来:"王总好。"

"康总好。"

双方握了握手,摘下口罩。

"我来介绍一下,这是我的同事,招标部的负责人安志轩,安总。"

王思诚微笑着向新朋友递上名片,心中却是一片愁云,这商务谈判打"客场"本来就够困难的了,对方还来个双打对单打,而且还不提前打招呼,情况大为不妙。

"今天我们一起沟通一下。"康广源说罢,三人围着小圆桌坐下。

"嗯好。"王思诚附和道。

"马主任把情况都跟我说过了，真没想到，王总您能把难度这么大的事儿给办成了。"康广源特意用了敬语，他的开场白让王思诚有些措手不及。以往都是王思诚这些做销售的，去拍采购员的马屁，今天整个翻转了，看来康总在家里也没少练习谈判技巧啊。

还好王思诚身经百战，他很快反应过来，回道："康总太过奖了，我只不过是跑了一趟腿而已，不值一提，这事儿最终能不能成，那还不得康总您说了算吗！"王思诚迅速地学会了康广源的说话方式，并借势把马屁拍了回去。

这句话说得康广源很受用："你之前提交过来的资料我们都研究过了，内部也开会讨论过了，大方向上没问题，可以合作，但有些细节，我们今天还需要详细沟通一下。"

"嗯。"王思诚身体前倾，表现得很专注，而且拿出笔和记事本，"具体沟通什么？康总请说。"

"鉴于马主任的这层关系，我们绝对相信你这边货品的质量肯定没问题。"

"谢谢信任。"

"但是基本的程序我们还是要履行一遍。"康广源话锋一转，"研发部的同事需要提供相应的样品进行测试，这个你之前知道的？"

"噢，明白。"王思诚立即从包里拿出早已准备好的样品盒子，这是他昨天刚从松本隶仁那里拿到手的，"这是样品，总共 16 种规格，每种 2 片。"

"行。"康广源接过盒子，扫了一眼，随即放在手边。

"你也知道，我们这边的需求量比较大。一旦合同签订后，你们这边供货及时性，应该没问题吧？"康广源需要得到一个肯定的答复，至少先是口头上的。

"这点康总请放心，供货的及时性我可以保证。我们公司也在咱们这个园区里办公，随叫随到，货品仓库离你们的生产基地直线距离不超过 10 公里。"

"嗯。还有最关键的价格问题，王总您看看？"康广源把皮球先踢了过去。

价格谈判是所有商务谈判中的核心，甚至可以说是商务谈判领域的最高峰，是王冠上最闪亮的那颗明珠，同时也是很多销售新人以及创业者们不约而同一起栽倒的地方。但王思诚早已胸有成竹："不瞒您说，这次我们九拐十八弯，能把芯片买回来就谢天谢地了，所以我真是一分钱都没有给您多开，都是实价，尽管可能会比你们以前的常规渠道要贵很多。"

这是充分向康广源表达自己的原则性，紧接着，王思诚话锋一转，"但是，鉴于华康视讯这么大的集团企业，您又向我开了口，那我也不可能一毛钱都不让，毕竟在中国，即使是老百姓上街买个菜，那还能抹个零头呢！"这是向康广源表达自己的灵活性，面子也还是要给一点的。总而言之就是一句话：大的利润不能砍，小的零头可以抹。

"如果咱们之间一对一地谈，这都好办。但是你也知道，我们是国企，签合同之前必须要招标，程序要合法嘛。"康广源换了一个说法。

"这我知道。"王思诚对招投标并不陌生。

"这也是招标部安总今天一块儿来的原因。"康广源给了安志轩一个眼神，示意让他接过话题。

"王总，我这边还有几个小问题，想跟你沟通一下。"安志轩接过话茬。

"嗯，安总请说。"

"我们粗略地算了一下，涉及你能够提供的这些芯片的采购金额，一年下来大约有大几千万。但我们发现，思诚腾达公司好像是今年刚成立的新公司，而且注册资金只有500万而已，签这么一份大几千万的合同，在我们集团法务那边，可能过不了审。"

王思诚听完，内心喜忧参半，喜的是这个巨大的采购量，忧的是这确实是个不好解决的难题，虽然公司出资已由实缴制改为了认缴制，理论上他可以把营业执照上的注册资金放大10倍且不需要实缴更多钱，但真要这么干内心多少还是有点惶恐不安的，更何况一个注册资金5000万的公司，在一个只有200平方米的Office里办公，实在不像那么回事。

"只有这一个问题吗？"王思诚并不急于回答，这其实也是一种沟通谈判技巧。当问题不太好回答的时候，干脆让对方把全部问题都先提出来，一来可以给自己一个缓冲的时间，二来也可以更整体地把握问题回答的方向。

"第二个问题是贵公司的经营范围里，好像没有半导体芯片、电子元器件这些类别，对于你们而言这是超范围经营，对我们也存在风险，集团法务肯定会提出异议。"这个问题王思诚之前就意识到了，其实就是把经营范围做个修改即可，但问题是受疫情影响，新设公司量和注销公司量双双暴增，每天预约去市场监督管理局办事的人络绎不绝，把市场监督管理局的网站都挤崩溃了，王思诚抢了两次才拿到号。

"第三个问题，就是康总此前提到过的，招投标程序要合法的问题，而且投标企业需要至少3家，这个你也是了解的吧？"

王思诚一边记笔记一边点点头："主要就这几个问题吗？"

"目前就这些。"

"这样吧，我们先易后难。"商务谈判和考试做题的思路是一样的，把容易得的分先拿下，后面难啃的骨头能啃多少是多少，"经营范围的问题，我们的变更登记申请已经在网上向市场监督管理局提交过了，预计2周左右的时间，新的营业执照就会下来。"

"嗯，OK！"

"招投标的问题嘛，就是走个程序，3家肯定没问题。"王思诚觉得这次肯定不会有竞争对手，无非就是他另外找2家公司过来帮忙陪个标，走个过场的事情。

"王总可能没有完全理解我的意思。"安志轩随即补充道，"我的意思是，你公司的整体情况，要想中这个标，可能会有难度。你想想，你们公司今年刚成立，业绩、资质、人员这些肯定都不占优，如果价格又是最高的话，最后让你们中标，这个我们很难操作的，而且年底集团审计我们也会很麻烦。"

这一番说辞听起来像是为对方着想，但细品起来却是绵里藏针啊，王思诚没有直接回应。"如此说来，这个问题和第一个问题还存在一点关联。"

"是的。"

"难道这次，市场上还有其他人可以卖同样的芯片？"王思诚也懒得说些藏头露尾的话绕来绕去了，他下午还有另一个会场要去，所以干脆直接就挑明了，而且他自信这次绝不会有竞争者。

"我们的程序要求是公开招标，任何合格的供应商都有报名参与投标的权利。"安志轩没有正面回答王思诚的反问。

"供不了货的人，来搅个什么乱啊！"王思诚心里清楚，用子虚乌有的竞争对手来砍价是采购人员的惯用套路。

"如果真出现有实力的供应商硬着头皮来投这个标的话，到时候局面可不是我们所能控制得住的。"安志轩不甘示弱。

"还有那个签合同的事，也很简单嘛，如果一份合同金额太大，那就按16种规格，每种规格签一份，这样每份合同不都在500万以下了吗？"王思诚越来越感觉，安志轩就是来找事的，果然是：阎王好见，小鬼难缠！不过最近他对这句话又有了新的理解，阎王为什么不难缠呢？他都当到阎王了，那些鸡零狗碎、婆婆妈妈的小事情，当然是吩咐给下面的小弟呀，自己做那不是太掉价了嘛！再说小鬼，没有阎王的撑腰，他敢指手画脚吗？所以，看问题还得要透过现象看本质，今天的本质就是一出双簧，一个唱红脸，一个唱白脸。

"这个问题就更大了，同一个品类的大合同，被打散成若干小合同，这是标准的'应招未招'的规避招标的违法行为，是集团审计部门严查的重点对象。"安志轩感觉，王思诚完全是各种野路子，把风险全部转嫁给了他们甲方。

看到谈判局面陷入了僵持，康广源又出场了："王总，我这边是力挺你中标的，这一点你可以放心。"

"嗯！"王思诚没好气地点点头。

"但你可能对安总这边的情况不太了解，他是招标部的，他们强调的是合规，用大白话说就是，面儿上要过得去，不然他也不好做。"

在王思诚看来，招标只是采购的一个环节，那么招标部就应该是采购与供应链部门下面的一个执行部门而已，所以他一直觉得，今天康广源是"阎王"，安志轩是"小鬼"，两个人上下级，一个红脸，一个白脸。但现在听康广源这么一说，顿时又感觉他们俩似乎不是一个部门的。"难道你们两个部门之间不是上下级的关系？"

康广源笑了笑，解释道："安总负责的招标部是隶属于集团合规部的，合规部再往上就是集团董事会了。所以，他们部门和我们部门是平级的，工作上是分工负责，互相配合，互相制约的关系。"

"哦，原来是这样。"这样一来的话，今天的局面就得重新分析了，王思诚脑子里高速地回溯着前面的谈话过程。

"集团这两年非常重视合规经营制度的建设，考虑到你这边的情况确实有些特殊，所以，今天我特地邀请安总一起参与。"

"这么说的话，我就能大致理解了。"王思诚嘴上应承着，但具体问题应该如何解决，他一时也想不出有效的对策。

"这样吧，王总，我有个提议。"康广源抛出了新的方案，"如果你的上游实力比较强的话，可以让他们直接过来跟我们对接，至于你的那一份儿，我们可以另外签一个形式上的咨询服务合同给你。"

王思诚面露难色，这可是赤裸裸地过河拆桥啊，理由还给的那么冠冕堂皇，不愧是大公司做派。还好当时给马东明汇报的时候留了一手，把松本隶仁这个环节给隐去了，否则今天他还有没有资格坐在这儿都是个问题。"康总，您也知道，我们是新公司，新公司最需要的就是销售额，利润倒在其次，有销售额才有银行授信，有银行授信才能拿到贷款，公司才能转得起来，您这一跳过，我们可就直接洗洗睡了啊。"

"这样，还有另一个方案。"安志轩提议道，"你这边另外找一家实力强的大公司，你交易给他，他再转卖给我们。"

这等于整个交易环节平白无故又多了一层，王思诚大概在心里算了一下，至少又要损失3至5个点，本来价格就很吃紧了，这下就更困难了。但除了这个办法能够解决所谓的合规问题，王思诚一时半会儿也想不出其他更好的招数了，他陷入了沉思。

康广源以为王思诚资源不够，又补充了一句："如果你手上没有合适的公司的话，我们可以给你推荐几家。"

王思诚心想，那我不是成傻子吗？用你推荐的公司，不是分分钟等着被出卖吗！"公司有的是，我考虑的是另一个问题。"

"那是？"两人齐声问道。

"越大的公司，交易成本越高，咱们这个价格恐怕是不降反升了。"

安志轩不以为然，他并不对价格负责。"没事。到时候咱们公开招投标，评标办法用综合评估法，不用最低价中标法。只要综合实力足够强，价格不是全场最高，它中标，程序上也能讲得过去。"

"王总，价格方面你回去后再仔细核算一下吧，如果确实有压力，到时候我们再跟集团申请，毕竟非常时期，可以用非常办法。"康广源的话算是给王思诚吃了一颗定心丸。

"我还有最后一个问题。"王思诚提出。

"嗯，你说？"

"招投标程序什么时候可以启动，有具体时间表吗？"

"我是需求部门。"康广源强调，"当然希望越快越好，样品测试应该一周内就可以完成，其他的就看招标部那边了。"

"我们这边前置手续已经准备得差不多了，到时候你把投标供应商的信息报过来，我们内部先做个审核。"安志轩跟王思诚说完，又转向康广源，"项目预算上限需要你们负责敲定。"

"预算的确定也看王总这边的进展。"康广源又把皮球踢回给了王思诚，事情推进快慢的关键一环，转了一圈后又变成王思诚的了。

会谈结束后，王思诚仔细回想整个过程，对方两人似乎并不是刻意组合起来要杀他的价格，且他们向成交方向谈的意向也比较强烈。至于在谈判过程中，两次提议都把他往坑里带，难道真的只是为了合规吗？还是想借合规这个名头，搞点暗箱操作？他一时想不透。如果说第二个提议有搞暗箱操作的空间，那么第一个提议则完全不可能。

深呼一口气，王思诚快步走出了华康视讯的总部大楼，今天的谈判虽然艰苦，但结果已然算得上非常成功，双方在多个事项上达成了共识，也形成了积极的建设性成果，不过也留了一个不大不小的尾巴，这等于又多了一件事啊，创业者的时间永远是不够用的！

他拿出手机，拨给了一个久违的老朋友，同时急匆匆地赶往下午的会场。

科技创意脑洞大会

有两个猎人，他们分别住在相邻的两座山上。两座山之间有一片狩猎的区域，经常有猎物出没，于是两个猎人每天都会在差不多的时间去那里打猎，久而久之频繁相遇的他们便成了好朋友。就这样，日子在每天重复地打猎中不知不觉地过了五年。

突然有一天，左边这座山的猎人没有去打猎，右边那座山的猎人心想：他大概睡过头了，不以为然。哪知道第二天左边这座山的猎人还是没有来，第三天也一样，过了一个星期仍然如此。直到过了一个月，右边那座山的猎人终于忍不住了，他心想：我的朋友可能生病了，我要去看他，看能不能帮上什么忙！于是他便爬上了左边这座山，去探望他的老朋友。

等他到了左边这座山上，看到他的老朋友之后，却大吃一惊，因为他的老朋友正在悠闲地打着太极拳，锻炼身体，一点也不像生病的人。他很好奇地问："你已经一个月没有去打猎了，难道你这段时间不吃东西了吗？"

左边这座山的猎人说："来来来，我带你去看看。"于是他带右边那座山的猎人走到后山，指着一片地说，"这五年来，我每天打完猎，回来都会抽空开垦这片荒地，即使是再忙，也没有间断过，如今我终于在这里种出了粮食，以后我就不用再去冒险打猎了，可以有更多时间练我喜欢的太极拳了。"

打猎是为了活下去，但活下去的意义却不仅仅是为了打猎，还有更多。

这是王思诚小时候对这个故事的理解。但如今作为创业者，重温这则小故事，他又有了新的感悟，卖芯片就像打猎，如果运气好，可以大赚一笔，很长时间不劳动也不愁吃喝；然而运气不可能永远那么好，如果打不着，猎人可能就要挨饿。而做产品就像种田，一开始很辛苦，要不断地持续开垦荒地，忍受长时间无收益的状态，然而只要坚持下去，后期的收益就会成倍地增长。

用马东明的话说，倒腾芯片是挣快钱，挣快钱只是一种手段，不是目的。真正的创业者绝不能安于现状，必须要回归产品这个本源，只有创造出好的产品，才能为自己开创出一番真正的事业，也为这个社会创造出更高的价值，最终为中国创造走向世界贡献自己的一份力量。

王思诚在唯创公司干了这么多年，也一直是在跟产品打交道，他出来创业，心底本身也是有一个产品梦的，只是从专业的角度，他除了 Wi-Fi 产品，其他都不太懂行。那天参观安泰科技的工厂，的确给了他强烈的冲击，原来这个世界上有这么多敢想敢做的追梦人，他的内心兴奋不已。但兴奋归兴奋，至于今后具体要做什么样的产品，王思诚暂时还没有找到明确的方向，也正因如此，马东明邀请他参加"科技创意脑洞大会"时，他毫不犹豫就答应了，也希望通过这次大会找到一些灵感的火花。

"乾江杯"科技创意脑洞大会，前身是一些在乾江高新科技园区内工作的青年技术员们自发组织的技术创意交流会，后来马东明知道了，觉得这个形式很好，如果把它常态化、正规化，说不定能够碰撞出更多的商业火花，为国家孵化出更多的中国创造。于是在2015年，他牵头组织了第一届科技创意脑洞大会，并冠名"乾江杯"，之后每年定期举办两届，每届设一等奖一名，二等奖两名，三等奖三名。

至2019年底，大会共举办了9届，单届最多参会人数已经突破了千人，在华东地区小有名气，大会的参会人员也从早期的单一化技术人员，发展为投资人、企业家、技术人员、科研教授、政府官员等各界人士共同参加，当然唱主角的还是技术员们，他们把自己的创意搬上舞台，脑洞越大下面反馈越热烈。这里没有路演时的那种紧张和窒息，也没有学术报告会时的那种严谨和缜密，有的只是极致的创意和肆意放飞的灵魂。

今年正好是大会的第 10 届，受疫情影响，今年的参会人数明显较往年有所下降，嘉宾席上所有人都自觉地戴着口罩，严格地执行着防疫政策。

大会下午一点准时开始，为了及时赶到会场，王思诚的中饭都来不及吃，只能买几个包子垫垫肚子。幸运的是，十二点五十五分，他总算及时赶到了会场。马东明向他招招手，示意他到 1 号桌就座，落座后王思诚主动向马东明表达歉意："马主任，不好意思，我来晚了。"

"上午谈得很艰苦吧？"马东明关切地问道。

"晚一点跟您详细汇报。"王思诚指了指手表，示意时间快到了。

一点钟，主持人准时上台，一番激情洋溢的开场白之后，随即宣布：掌声有请马东明主任为本次大会致辞。

马东明摘下口罩，站起身，整理了一下西装，在聚光灯的包围下，在礼仪小姐的引导下，缓步走上了主席台。台下立即响起了一片热烈的掌声，马东明微笑着挥了挥手，闪光灯咔咔作响，此起彼伏、接连不断。

1776 年，英国人詹姆斯·瓦特改良了蒸汽机，人类社会由此从农业文明走向工业文明，从手工劳作走向机器大生产。可以说，近代史的本质其实就是工业化，而工业化进程中，最早完成工业革命的西方国家，生产效率完全碾压了当时的东方国家，也由此开启了我国 100 多年的屈辱近代史，这是每一个中华儿女心中不可磨灭的痛苦记忆。

新中国成立之后，在中国共产党的领导下，我们经过几代人的艰苦奋斗，才算逐渐赶了上来，到目前为止，我们已成为全球唯一拥有联合国产业分类中全部工业门类的国家，220 多种工业产品的产量位居全球第一，单论制造业 GDP 我们已经是全球第一！

在人类历史上，一共经历了三次工业革命，蒸汽机、电气化、计算机，每一次都带来生产效率的质的飞跃。这三次工业革命有一个共同的特点，就是被西方国家垄断，而中国则完全没有机会占据主动，一直在苦苦追赶。

现在，人类历史即将迎来第四次工业革命，谁能率先掌握第四次工业革命的核心技术，谁就能真正地在科技领域主导世界。这一次历史机遇，我们绝不能错过，也绝不会错过，我们要牢牢地把开启未来命运的钥匙掌握在自己的手里，这是时代给予我们这一代人的光荣与梦想，也是我们这一代人义不容辞的责任与使命，中华民族伟大复兴的历史画卷上，必将谱写属于我们这一代人的华彩篇章！

马东明的演讲激情洋溢，最后几句更是鼓舞人心，全场立即响起了雷鸣般的掌声，经久不息。

今年，"乾江杯"科技创意脑洞大会来到了第10届，这是一个了不起的里程碑。细数以往的诸多创意，不少已经变成了现实，为我国科技的发展和进步作出了积极的贡献，也为推动第四次工业革命奠定了坚实的基础。未来，基因工程、人工智能、新材料、可控核聚变、量子科技等新兴领域，每一个都蕴藏着点点星火，等待着大家用无限的想象去点燃它，希望大家能够在这里尽情地挥洒创意，也希望大会现场能够激荡出别样的火花。最后，预祝这次大会能够取得圆满的成功！

全场再一次响起了热烈的掌声。

马东明在掌声的环绕中走回了1号桌。王思诚双手向他竖起了大拇指，他没有想到，马东明的发言跟一些喜欢讲套话、官话、空话的领导完全不同，不仅站位高，而且对新时代的创业者们也是满怀着殷切期望。

"小王，你好好听一听，有些创意真的很不错！"马东明叮嘱道。

"一定一定。"王思诚应允。

"我先回办公室了，后面还有一个会要开。"马东明站起了身。

"主任先忙。"王思诚马上跟着站了起来，送马东明从会场的侧门离开。

大会正式开始，主角们一一登场，各种脑洞大开的创意轮番上阵。组织方为了让大会的气氛更热烈，别出心裁地设计了战队PK模式，一个红队、一个蓝队。两队你方唱罢我登场，双方都有专人对对方战队的创意发出高难度的挑战性问题，甚至是恶意满满的吐槽，观众则可以根据自己的喜好和判断进行投票，得票最高的创意即为冠军，依次类推。一时间，大家玩得不亦乐乎。

把整个大会听完后，王思诚感慨万千，彻夜难眠。他不后悔选择了创业这条路，他更庆幸自己推掉手头的其他工作而在这里整整坐了5个小时，这是他第一次感受到，原来身边还有这么多的同路人，他们都在挖掘着自己的创意，追寻着自己的梦想，实现着自己的人生价值，他第一次感到自己在创业路上并不孤独。

第二天，王思诚早早就来到新办公室，这幢楼坐落在乾江高新科技园的孵化园里，是马东明特意留给他的。上一家企业发展壮大后刚刚搬走，这里空置了出来，他觉得接盘这个地方很是吉利，而且位置的风水也很不错，甚至都没怎么重新装修，只是换掉了公司铭牌，他就搬进来了。

站在最里面的总经理办公室里，王思成于落地窗前向远处眺望，眼前是一段宽阔平缓的乾江，船只在江中穿梭，他终于可以享受片刻的悠闲，追忆起小时候在长江边看船的时光。经过前一段时间的奔波，他总算可以喘口气了，正好也能坐下来好好思考一番，后面的路要怎么走。

创业需要的不仅是激情，还有理性。昨天的很多创意固然很有趣，但是，有些事情注定就是，听听激动，想想感动，但千万不要乱动。创业不是儿戏，一定不要选择远远超出自己能力范围的事情。

真正让王思诚感兴趣的，觉得凭自己的能力能够驾驭的，反而是一个在现场完全不出彩的创意——毫米波人体安检仪，虽然它平庸得让人不忍直视。之所以这么说，是因为他发现国外已经有这种安检仪了，前段时间从M国回来的时候，登机前的安检设备好像就是这种安检仪。当时他也没有特别在意，现在回想起来，安检员好像没有在他身上摸来摸去，而是让他脱掉外套，走进一个白色的像八角笼一样的设备，双手举起做"投降状"，等待机器扫描，十几秒钟之后扫描完成，没有问题就可以通过了。整个过程，除了那个投降式的安检姿势让人感觉怪怪的以外，其他体验王思诚都感觉还不错。

猛然间，他脑子里闪过一丝很不愉快的记忆，关于安检，他好像在 M 国梦到过，自己被卡在一个该死的安检通道里，拼命向前挤，却始终无法通过，那记忆好像并不来自于真实世界，却让他很是挣扎。难道冥冥之中，安检仪就是他奋斗追寻的事业方向吗？

第五章

创业新人遇上职场新人

做不后悔的决定

比利时杂志《老人》曾在全国范围内对 60 岁以上的老人开展了一项题为"你最后悔什么"的专题调查活动,结果显示,排名最高的选项是:后悔年轻时努力不够,以致事业无成,占比高达 72%。这调查结果并不令人意外。

在今天,努力奋斗仍是每一个年轻人实现自己人生价值的不二法门。从餐饮公司离开的苏玺儿,经过一段时间的思想挣扎,终于下定决心,前往江城市发展,尽管那里工作压力大、生活节奏快,而且房价奇高、生活开支大,但那里有更多的就业机会、更优质的教育资源,以及更优秀的高端人才。

人就是应该这样,不逼自己一下,怎么知道自己不行呢?在苏玺儿看来,真正能够让她奋斗的,也就是这几年的时光,趁着年轻,父母的身体也还好,她想为自己活几年,感受一回别样的奋斗人生,不管结果成功与否,至少将来老了不会是那后悔的 72%。

当然,理想很丰满,现实很骨感,去大城市奋斗也是要有本钱的,以苏玺儿的大专学历以及区区一年的工作经验,放在如今的江城市就业市场完全没有任何竞争力,所以她的父母一开始坚决不同意:"现在外面的竞争多激烈啊,哪有那么好混啊,我在网络上都看到了,现在有些大企业,在一线城市招个扫地的,都要清华、北大的研究生啊。"

"我的亲娘呀,这你也信!"

"阿姨啊,我也觉得不靠谱,清华、北大的能安安心心当保洁员吗?"

齐可欣也加入说服苏玺儿父母的队伍。

"他们也就是哗众取宠而已，要我说，当时的互联网环境宽松，他们这么口无遮拦也就过去了，放在今天，那还不得被网民们的唾沫星子给淹死！"

"这事的确。"齐可欣又继续说服，"退一万步说，就算学生肯干，那学校也不干啊，教育部更加不干了，我堂堂的顶尖高等学府，就是为你们培养保洁员的吗？"

"小欣啊，你怎么也不帮我劝劝玺儿啊？"

"因为我已经决定，要跟玺儿姐一起去江城了。"

"啊？这是真的吗？"苏玺儿母亲很是吃惊。

"阿姨，您放心，我会帮着玺儿姐的。"

"从小到大都是我帮着你，好不好。"

"这次我们相互帮助呗。"

终于，在几次三番的软磨硬泡之下，家长们终于还是松口了，一方面是实在磨不过自己的闺女，另一个方面也是看在两人一同前往，相互有个照应的分儿上。走的时候，两家父母还再三叮嘱，如果不顺利就赶紧回来，千万别硬着头皮死扛到底。

老人虽然对新事物的接受能力不如年轻人，但对大局势的判断还是比较靠谱的。苏玺儿到江城后，果然如他们所预料的那样，四处碰壁。她在前程无忧上投了一堆简历，基本完全石沉大海，连面试的机会都没有，再加上受到疫情的影响，线下的招聘会大幅减少，这让她的焦虑感与日俱增。

齐可欣倒是比较顺利，她主动退出三方协议后，律所的合伙人特意为她做了推荐，这也是她信心满满，敢来江城闯荡的主要原因之一。她到江城后，很快就跟这里的律所沟通好了——江城德胜律师事务所，一家规模不大的本地律所，执业律师不到30人。因为有了推荐人，所以面试进行得很顺利，她成为阮维宏律师的助理，7月就开始了实习生涯。这家律师事务所虽然不在高端的金融区，但经济型写字楼的办公环境也还算凑合，至少要比路边开小店或九拐八弯的弄堂律所要强出不少。

今年阮维宏的商事法律业务大涨，公司破产、合同纠纷、股东散伙等等业务，他一个人已经完全忙不过来，说来也怪，都是受疫情影响，有的律师业务量大幅度缩水，而有的律师却逆势上扬，阮维宏显然属于后一种，于是他就有了招聘助理的需求。不过他还是很谨慎，居安思危不乱花钱，为了省一点，他不要求助理有很强的能力，实习期的律师最好，他可以手把手地教。同时，为了多出活儿，他更愿意优先考虑外地的，而不是本地的。于是，当同行向他推荐齐可欣的时候，他立即就相中了，真有一种瞌睡刚来就有人送枕头的感觉。双方一拍即合，齐可欣几乎是一到江城就开启了工作模式，白天跑法院、见当事人，晚上查法条、拟文书，当然，各种助理式的杂事也少不了，总之每天都忙忙碌碌，生活好不充实。

苏玺儿这边可就完全是另一番景象了，一个多月下来，工作单位都还没有落实，每天都空落落的，无所事事的时间久了，任何人都难免情绪失落，甚至胡思乱想。这天上午天气不错，她决定一个人出去散散心，调节调节情绪，早上先逛了逛附近的一个小公园，出园后走着走着就进了一家大型的商业广场，广场里人不多，她可以很悠闲地散步。通常工作时间这里的人流量远没有周末那么多，再加上受疫情影响，就更少了。然而，却有个不起眼的小店，门口挤满了人，生意火爆得不行，"疫情期间，开什么店还能生意这么好！"内心里强烈的好奇驱使她不自觉地走了过去，一开始她还以为是一家餐饮店，毕竟时间临近中午，可能会有不少人来就餐，结果走到跟前才发现居然是一家照相馆。

在改革开放前，到照相馆照相曾经也是一种奢侈的消费，那时候的人们大多只有在结婚、孩子百天或周岁以及拍摄全家福这样重要的家庭时刻，才会去一趟照相馆，留下几张经典的老式黑白照片。改革开放以后，随着照相机越来越多地进入普通百姓家庭，以及拍照手机的日渐成熟，传统的照相馆似乎已经退出了历史舞台。但眼前这一家店的盛况，却让苏玺儿颇感意外，门口排队的并不是两两结伴的情侣，显然这里不是拍婚纱照的店铺。

一位跟苏玺儿年龄相仿的小伙子，一手拿着等号牌，一手刷着手机，在门外不紧不慢地等待着。"这里拍什么呢?帅哥?"苏玺儿大大咧咧惯了,上去主动搭讪。

"等着拍形象照。"

由于大家都戴着口罩,苏玺儿看不清他的脸,但通过他炯炯有神的眼睛去想象,这小男生应该不难看啊!"形象照?"苏玺儿不明就里。

"职业形象照,就是可以把人拍得很高大上的那种。"

"拍得光彩照人?"

"对对对。"

"拍这个干吗?"

"找工作啊。"

"自己不能拍吗?"

"效果完全两样,我学长推荐我来这里拍的,他说效果特别棒。"

"你大学还没毕业吗?"

"大三。"

"找工作不是看学历、看能力的吗?"苏玺儿心想,你这都还没毕业呢,捣什么乱。

"形象也很重要呀,HR一天要看那么多简历,形象不好恐怕连面试机会都捞不着。"

"哎呀!"苏玺儿惊叫出来,心想有道理呀,自己真是落后了。

这真是一语惊醒梦中人。

小男生被吓了一跳:"你没事吧?"

"没事没事,对不起,对不起。"苏玺儿连忙致歉,然后又问,"这里拍照多少钱一张?"

"300。"

"这么贵?"苏玺儿着实被惊掉了下巴。

"别这么一惊一乍的,姐姐。"

"对不起,对不起。"苏玺儿感到自己又失态了。

"别的钱可以省,这个钱不能省。"正说着,小男生到号了,他赶紧走了进去。

苏玺儿算是醒过味儿来了,可真是当局者迷,旁观者清啊!亏得她还是做 HR 出身的,连这么简单的方法都没有想到。

她默默地打开手机,扫了扫店门口的二维码,填表、下单、付款,一气呵成。没错,吃饭的钱可以省,但这个钱不能省,这家店不火哪家火?

托这家店的福,神奇的事情真的发生了,就在她把美化过的职业形象照替换到简历上之后,马上有两家公司打电话让她去面试,这正应了那句话,思路决定出路啊。

这两家公司,一家是上市公司,华夏数码;另一家,是连名字都没听过的思诚腾达。面试完华夏数码之后,她感到比较满意,面试官似乎对她也感觉不错,人跟人之间是不是气场相合,有时候往往只需要一个眼神。另外,公司的办公环境也挺舒适,交通方面离地铁站也不远,很方便。她感觉,这家公司就是她想去的地方,那种很多人都梦想的工作地方。然而这种大公司,面试流程通常都很长,一面、二面,甚至是三面、四面,整个过程前前后后搞不好要花一个月,如此一来,她又要一个月没收入了。

于是,一面结束后,等待二面通知的她,决定去那家小公司也看一下。虽然在她的心里觉得去的可能性不大,但看看也无妨,反正闲着也是闲着。让她没有想到的是,这家名不见经传的小公司,居然在乾江高新科技园区里,这个园区的知名度是有的,她还没来江城之前就知道,毕竟北有中关村,南有乾江高新,号称中国硅谷的双核驱动。这次走进来,她发现园区内环境优美,风景如画,而且园区内的标识牌也设计得别出心裁,按照地址的位置索引,循着脚下的柏油路,她走了一会儿终于找到了孵化园。

"我是来面试的。"表明来访目的后,苏玺儿被前台带到了会议室。不一会儿,一位西装笔挺、精神抖擞的中年男人走了进来。"苏玺儿小姐是吗?"

"我是。"苏玺儿立即站起身。

"请坐!"对方并没有上来握手的意思,而是示意她坐下,他自己也坐了下来。"我是王思诚,是这家公司的负责人,也是创始人。"

"王总好。"苏玺儿面带微笑地点点头,心想,老板亲自来面试啊,难怪公司名里也有"思诚"这两个字,原来如此。

"首先,感谢你抽时间来我们公司面试。"王思诚的开场白很有礼貌。

"哪里哪里,是我要感谢王总给我一个面谈的机会。"

"下面,能简单介绍一下你的情况吗?"王思诚的提问直奔主题。

尽管大部分信息简历上都写清楚了,但面试官通常还是会要求求职者再说一遍,这其实主要考察的是求职者的语言组织和表达能力。简历写得很炫,但说的时候前言不搭后语,逻辑混乱的求职者大有人在。当然,也有的人干脆直接把这一段自我介绍提前背到滚瓜烂熟,以此应对面试官。但苏玺儿并没有这样做,她做过面试官,能很好地克服一般求职者心里的那种拘谨和紧张,因此,她表现得很从容,把她的情况娓娓道来。

"你原先上学、工作都在同一个城市,现在为什么会想到来江城?"这又是一个很常规的问题,类似问题还有你为什么选择我们公司,你为什么选择这个职位,等等。这些问题本质上是考察求职者的动机、价值观,以及对职业生涯的规划与思考,主要目的是看求职者与公司、岗位的匹配度如何。所以,求职者在这类问题上,完全没有必要为了追求某种所谓的标准答案而伪装自己,骗得过面试官,也骗不过你自己,回头正式上岗了发现自己跟公司不合拍,不还是得灰溜溜地离开吗?这不仅耽误了公司,也耽误了自己。

"人生短暂,不过区区3万天,年轻时没有拼搏过,没有奋斗过,没有到中国的一线城市追逐过,我怕老了以后会后悔。"苏玺儿对这次面试本就没多大的期望,因此十分放松,事实原本是怎么样,她就怎么说。

"那你对我们公司了解吗?"大公司的面试官问这种问题,通常求职者不难回答,只要提前做好功课即可。而小公司,特别是小到连网站、公众号都没有的公司,求职者确实很难回答,说不了解吧好像显得不重视,说了解吧又不是客观事实。

"不了解。"苏玺儿想都不想,脱口而出。她不担心得罪面试官,也对这次面试的结果没有抱太大期望。她就是来看一看而已，权当积攒经验。

"我们是初创企业。"王思诚一点没有在意苏玺儿的直白，他也明显感觉到了苏玺儿的放松，"这样吧，公司的背景我现在给你做个介绍，你看看是否有助于你的拼搏奋斗，如果有，我们看看是不是有机会合作？"

这怎么听上去不像是在招聘员工的口气呢？苏玺儿心里感觉怪怪的，但她还是点了点头，认真听了下去。

"公司今年初刚成立，我的工号是0001号，如果你入职，就是0002号。"

"那刚刚领我进来的前台？"

"她是我临时'租的'，这是园区给新创企业的一项特惠服务。"

"前台还能'租'？"苏玺儿第一次听说还可以这么个租法儿。

"整个园区，只有这个孵化园里有这项服务，专门面向成立不足一年的新公司，等我们找到合适的人，她就可以撤了。"

"嗯，您继续说。"

紧接着，王思诚迅速把他的个人情况以及为什么要创立这家公司，这家公司今后的使命以及公司未来的战略和发展方向都做了详细介绍，最后是0002号在公司未来发展过程中的价值和重要作用。

"王总，我怎么感觉您是在找合伙人呢？"

王思诚笑了笑，说道："创业是一个梦想，这个梦想能不能生根发芽，关键看我们能不能为它构建合适的土壤，如果你也有相同的梦想，那我们可以相向而行。"

"您怎么知道我是合适的人选呢？毕竟有梦想的人一大把，努力奋斗的人也有的是。"苏玺儿打破砂锅问到底。

"问得好！"两人已经聊开了，似乎面试的结果已经不重要了，"你的确不是最合适的人选，但你是最现实可行的人选。"

"哦？"

"如果按我认为最合适的标准去筛选，筛出来的人100%不会选择我。"

"嗯，听上去有几分道理。"苏玺儿忽然感觉到，她并不优秀的学历和工作经验在这一次面试中反而劣势变优势。

话正说着,王思诚的手机响了,他一手作出抱歉的手势,一手接通了电话。"舒总你好……OK……那太好了……我马上通知客户那边,让他们走流程。"

"苏小姐。"王思诚站起身,送苏玺儿出门,"如果你考虑清楚了,请尽快通知我,我手里还有很多活儿需要推进。"他指了指自己的手机。

这真是一场非同往常的面试,不管来不来这里,今天这一趟都没有来错,苏玺儿一边想着一边走进了电梯。

促成项目交流会

　　人生最大的精彩就在于未来的不确定性，我们不知道未来会发生怎样的事，不知道会遇到什么样的人，也不知道会欣赏到怎样的风景，我们唯一能知道的，就是我们的未来是由自己的双手所书写，我们的未来是由自己的勤勉所创造，做好今天的自己，就是在创造美好的未来。

　　今天上午十点，王思诚又要书写人生路上的新篇章了，他将跟一位院士一起开座谈会，而且他还有 30 分钟的发言机会，为此他也做了充分的准备。

　　自从对安检仪项目产生兴趣之后，王思诚做了大量的基础调研工作，潜在市场的规模、市场上的主流品牌、每种产品的基本技术原理、国内外市场之间的差异，等等。当然，受限于疫情的影响，他没办法各地出差去搞实地调查，更多的是在互联网上找相关数据和资料，再加上一些电话情报。

　　不过，仅从这些资料的归纳和分析来看，他感觉这个毫米波人体安检仪项目有戏，至少从市场的角度来讲，是完全可以一试的。

　　首先，国外已经有可以商用的成熟产品了，而且已经迭代了两三代，还不是一个厂家，这证明市场需求是存在的。其次，对安检要求最高的地方在机场，而国内共有机场约 240 个，仅就机场这一块的市场需求，就足够庞大。再次，技术上传统检验箱包货物的安检仪无法用于人体检查，因为 X 射线会对人体产生辐射伤害，而金属探测门只能感应金属物品，有一定的局限性，于是近距离"准触摸式"人工检查是国内主流；但受检人员体验感较差，而且检查的效率也偏低，因此，这个产品在市场上的应用空间是存在的。最后一点，也是最关键的一点，国内目前还没有出现成熟的产品，有几家单位正在加紧研究，也公布了一些阶段性成果，而今天要见的这位院士就是其中一个研究团队的，如果他们能够跑在最前面，就有机会占领这片市场。

事实上，马东明此前对人体安检仪这个项目也是有过一些了解的，只不过没有太重视。这是江城科技大学的祁昌龄院士团队的一个研究项目，祁昌龄是20世纪80年代归国的留美博士，90年代中期当选为中国工程院院士，是国内光学领域的顶尖专家，科研层面的专业水准绝对是超一流的。不过这个研究项目目前还在初级阶段，是院士团队中的胡宇晖教授负责，样品正在进行实验室测试。马东明还去那里参观过两次，感觉远没有到可以产业化的程度，所以也就没太往心里去，毕竟他不在科委工作，纯粹的科学研究他不感兴趣，他的任务是搞产业化。

根据马东明以往的经验，类似这种高校、科研院所的科技成果，要想成功地实现产业化，必须解决好三个方面的问题：第一是市场问题，没有市场需求，那充其量不过是研究人员在技术上的自我陶醉而已。第二是技术问题，技术突破不了，产品做不出来，那是心比天高，命比纸薄。第三是团队问题，产品是人做的，如果不解决好科研团队的激励问题，让他们"操着卖白粉的心，赚着卖白菜的钱"，谁也不可能有动力、有干劲的，至少不可能有持续性动力。

而且，这三个问题之间并不是孤立的，例如：市场需求是要靠产品体验去刺激的，产品一塌糊涂，客户体验过于糟糕，当然就不会有需求；而激励机制则是产品取得快速突破的必要保障；同时市场的不断发展和增长，又可以为团队人员的持续拼搏提供源源不断的新动力。所以，这三者之间是相辅相成、相互促进的关系，最终形成一个铁三角。至于很多创业者最担忧的资金问题，其实反而并不是最关键的，资本永远是嗜血的，但它本身并不会自我繁殖，必须要与优质项目结合才能产生收益，用投资人的话说就是：如果你足够好，就算整个世界一片黑暗，我们也能提着灯笼找到你。所以，创业者感到资金短缺的真正原因,其实是这个铁三角出了问题,至少是缺了一角。

这个铁三角,如果握二寻一,相对比较容易达成,但如果反过来,那困难就大得多。安泰科技的磁控胶囊胃镜系统就是前者,第一和第三都不成问题,第二也是0.5的状态,所以,马东明当然要力排众议,将其引进,并为其提供各种优惠政策和资金支持,资本也跟在后面排队,这项目想不成功都难。而人体安检仪这个项目明显是后者,市场层面未知,因为还没有公司化运作,而科研团队根本就没有专人去解决市场问题;技术层面,成熟的产品还没有出来,在实验室搞样品测试最多只能算0.25的状态;团队层面就更麻烦了,而且这个问题还不是马东明所能解决的,科技成果算职务发明,其所有权、收益权归属于学校,而不是科研团队,这团队哪里有动力呢?

三个角加一块儿,只有区区的0.25。所以,马东明自然而然也就对人体安检仪项目不冷不热,态度不大积极。直到王思诚的出现,局面才得到改变。听说王思诚对人体安检仪感兴趣后,他主动约王思诚交流了好几次,他发现王思诚在市场研究层面的工作做得非常扎实,每次交流都能条理清晰地把市场、商机、客户分析得头头是道,而且还有大量的数据资料作为佐证,马东明这才慢慢改变对这个项目的想法,同时也感觉没有看错人,这王思诚不仅有冲劲、有狠劲,还有能劲、有实劲。市场层面的这个角算是基本补齐了,如果再进一步,利用王思诚的业务能力,找几个潜在的机场大客户提供实地测试场所,共同推进产品开发,说不定还可以加快产品的成熟过程,缩短产品的开发周期,如此一来,三角有其二,此时再去想办法撬动第三个角,那事情就能水到渠成了。

于是,马东明开始主动充当起了联络人,积极推进和促成这个项目,最先是电话交流,一来二去之后,大家都觉得有必要约一个时间开一个交流会。但大家都是大忙人,为了凑一个大家都有空的时间,马东明在中间是左确认、右确认,终于确认了今天座谈会的时间,祁昌龄、胡宇晖及项目团队的所有成员都会到场。会议地点为了照顾年事已高的祁院士,就设在了他的办公室里的会议室,这是一间不大的会议室,只能容纳七八个人,好在有一面大白墙和投影仪，对于今天这个规模的会议正合适。

十点未到，人都已经到齐，大家都很守时，围坐在一个弧状的会议桌边。寒暄过后，王思诚主动站起身，首先是祁昌龄，然后是胡宇晖，一一交换着名片，做着自我介绍，握过祁昌龄院士的手，王思诚感觉精神都更抖擞了，别看祁昌龄院士已经年近八十，但仍然面色红润，精神矍铄，手掌更是温暖而有力，举手投足间都透露出一股学者的风范。

在马东明将王思诚的背景简要介绍之后，王思诚开始了他的演讲，30分钟的时间里，他尽可能地将自己掌握的市场信息立体化、全方位地展示了出来，同时，也不忘强调自己的一些资源和优势，以及能够给项目带来的具体帮助是什么。

接下来，就是胡宇晖教授的展示时间了。他是这个项目的负责人，年纪轻轻就担此重任，是因为在整个祁昌龄院士的团队里，他是最闪亮的一颗明星，高考时以江城理科第二的成绩考上清华大学物理系，之后到美国麻省理工学院继续深造，主修光学工程，在美求学期间就发表了多达15篇SCI论文，回国后在江城科技大学任教，30岁成为江城科技大学最年轻的教授，35岁被评为江城市十大杰出青年，整个人生的上半场用一句话概括就是：优秀得令学霸们都抬不起头。

如果能跟如此卓越的顶级人才一块儿合作共事，王思诚觉得事情大有可为："他在前端冲锋，解决市场问题；胡教授在后端夯实，解决产品问题，如此组合岂不完美！"而且，胡宇晖在介绍项目研发进度的过程中所展现出来的专业水准，也令他信服。对于这样一个大型装备的技术原理，他其实很难完全听懂，尤其是光学部分，他是一个标准的门外汉，以前从未接触过。胡宇晖口中时不时蹦出的各种专业术语，什么"光路、光度、光刻"之类的，他完全是一头雾水，他只知道"光合作用"是什么意思，但好在这些都不影响他对胡宇晖整体逻辑思路的把握和认可。

一番交流下来，大家都感觉相见恨晚，很快时间已临近中午。客随主便，大家都一块儿按照祁昌龄的安排，到学校的教授食堂包厢里去吃个工作餐。

由于是工作餐，原本并没有安排酒水上桌，王思诚却执意要敬一杯，在他看来，初次见面这么投缘，这礼仪是一定不能少的，于是他把自己车上的两瓶作为常规库存的飞天茅台拿了出来，马东明和祁昌龄也都是识货之人，知道这酒的分量。

酒入杯中，王思诚立即举起酒杯先敬祁昌龄："祁院士，论学识，您才高八斗；论身体，您的视觉年龄也就六十出头，而且在别人都已经安享晚年的年龄，您仍然在为国家做贡献，您是我终身学习的对象，这杯我干了，您随意！"

这种酒桌场面王思诚可谓轻车熟路，先敬谁后敬谁，敬酒词怎么说他都烂熟于心，紧接着第二杯敬马东明："马主任，非常感谢您对我的关照和帮助，如果没有您给我一步步指路，我想我很难走到今天。人们常说，每一个成功的男人背后都有一个优秀的女人，要我说，每一个成功的企业家背后也一定有一个优秀的引路人，您就是我的引路人，我呢，也努力不让您失望。"

跟着第三杯是敬胡宇晖："胡教授，初次见面就能让我心服口服的人还真不多，您刚才介绍的阶段性研究成果非常振奋人心，我是真服了，您不仅仅能做学术，还能把学术研究与实际应用相结合，相信在不久的将来，我们将做出第一台中国人自己的人体安检仪。"

也许在场有的人觉得这都是些场面话，甚至多少还有点阿谀奉承之嫌，但王思诚真心觉得自己都是发自肺腑之言，他一点儿没有心口不一的感觉。三杯下肚后，王思诚开始有点兴奋，酒桌上大家你一言我一语也就慢慢聊开了。

胡宇晖表示，如果这个项目有王思诚这样的顶尖市场人才加入进来，那对他们的研究而言绝对是如虎添翼。而王思诚更是觉得，胡宇晖教授研究的人体安检仪，就是他一直要寻找的产品之梦、中国创造之梦，这对他而言就是事业的奋斗方向，双方合作的意愿可以说是一拍即合。

酒过三巡，大家越聊越投机，马东明也当即表示，如果研究成果可以产业化，他马上在乾江高新科技园区安排合适的场地，开建厂房，并且还会给予大力的政策支持和资金扶持。

酒足饭饱之后，大家都觉得未来的前景一片光明，所有人举起最后一杯酒，这顿饭在对美好未来的祝福声中欢快地结束！

当然，"罗马不是一天建成的"，商务合作也不是一次就可以谈拢的。合作的大方向是谈定了，但具体的商务细节其实还没有开始谈，而且根据以往的经验，越往后谈，难度越大，尤其是涉及最核心的利益分配问题，经常是谁都不肯轻易让步，所以说，真正的考验其实还在后面。

但不管怎么说，今天算是开了一个好头，万里长征的第一步总算迈出了。略有醉意的王思诚叫了代驾，他不想去公司了，这段时间的奔忙让他略感疲惫，干脆给自己放半天假，汽车径直驶向了家里。

一进门，周亚婷就闻到了他的满身酒气，她并没有多说什么。对于创业者在早期的各种艰难，她心里是十分清楚的，既然老公坚定不移地选择了这条路，她就应该全力支持。

"二宝最近怎么样？"今天难得这么早回家，王思诚边换鞋边问道。

"我正在给他读诗歌！"周亚婷放下手中的书。

"哦？他有什么反应吗？"

"他刚才踢了我好几脚呢。"

"是吗？我来听一听。"王思诚侧着耳朵，靠向周亚婷的肚子。

"走开！"周亚婷略带娇嗔，"你浑身的酒味，别把二宝熏坏了。"

"那行。"王思诚直起身子，拿起了那本诗集，"我给咱家二宝读首诗吧！"

未走的路

金黄的树林中岔开两条路，

很遗憾我是孤身旅行

不能两条都走，我久久驻足

沿着其中的一条极目望向深处

直到它拐进了灌木丛；

然后走上另一条，它同样适合，
也许选择它是更好的主张，
因为它杂草丛生，需要踩磨；
不过说到这一点，过路者
踩磨它们的程度差不多一样，

而那天早上两条路同样安卧于
落叶之下，还没有脚步来踩黑。
哦，我把第一条路留待他日！

不过明白了路和路如何相联系，
我怀疑自己是否还会返回。

很久很久以后在某处
我将旧事重提，一声叹息：
两条路在树林中岔开，而我——
我选择了少有人走的那条路，
这造成了此后所有的差异。

（引用自《见证树：弗罗斯特诗选》，国际文化出版公司，2021年版，第037页）

为了梦想拼一把

第二天，王思诚一觉醒来就收到一个好消息，苏玺儿发短信告诉他，她想好了，决定加入公司，明天就可以来上班。王思诚立即回拨过去，请求她今天就到公司上班，因为他等不及了，迫切地需要一个帮手，来缓解他的工作压力，分担他的工作量。

苏玺儿并没有一口回绝，只是表示她昨晚睡得比较晚，身体有点疲惫，可能精神状态不是太好。王思诚却坚持说，事情紧急，如果确实累可以上午补个觉，但请下午务必到公司报到，他有重要的事情要交代。

挂了电话，苏玺儿十分纳闷，什么事情这么紧急啊，她都还没有起床，完全是躺在床上发短信、接电话。之所以没睡好觉，是因为昨晚和齐可欣讨论得太晚，齐可欣几乎每天都要忙到晚上十点、十一点才回家。虽然她俩合租在一起，但一人一间房，她平时都是等不到齐可欣就先休息了。昨天晚上她必须等到齐可欣，因为她已经纠结两天了，她必须要答复王思诚，要作出决定——到底要不要去思诚腾达？

所以，齐可欣十一点到家后，她俩又聊了一个多小时，但听她介绍完那天面试的情况后，齐可欣的态度却是："我支持你去王思诚那里，但我也不反对你去华夏数码。"

"你这是什么表态啊，我的小姑奶奶。"苏玺儿伸手摸向了齐可欣的额头，"你没中招儿吧？"

"起开。"齐可欣伸手一挡,"我说,我支持你去 A,但不反对你去 B,你觉得这一样吗?"齐可欣的说话风格越来越像标准的法律人。

"哦。"苏玺儿反应过来,"你还是倾向于前者。"接着又问,"为什么?"

"我是谁?我从哪里来?要到哪里去?"齐可欣提出了灵魂三问,"这三个问题想清楚了,你就知道答案了。"

"我说小欣同学,你今晚怎么神神叨叨的?"苏玺儿完全一头雾水。

"因为我最近也在思考这三个终极哲学问题。"

"哦?你怎么了?遇到什么问题了?"

"我的问题回头再说,今晚就聊你的问题。"

"那好,你有解答吗?"

"我先说后半句,去大公司当然是优先选择,福利好、待遇好、办公环境好,大多数人都会这么选,所以我无法反对,反对无效!"

"嗯,那前半句呢?"苏玺儿洗耳恭听。

"这其实不是选 A 还是选 B 的问题,因为 B 永远值得选,所以,这个问题的根本是,A 到底值不值得选?"

"行了,别绕圈子了,快说。"苏玺儿着急了。

"我觉得值得选。"

"为什么?理由呢?"

"三个理由。第一,他是 1 号,你是 2 号,他是老总,你是 HR 总监,如果他就是下一个任正非的话,那你就是下一个孙亚芳了。这诱惑力可不小啊!"

"得了吧,别异想天开了。"苏玺儿觉得这有点白日做梦了。

"梦想总是要有的,万一要是实现了呢!"

"得得得,别贫了。"苏玺儿笑着打断道,"第二呢?"

"第二,王思诚是一个有梦想的创业者。"

"何以见得?你都没见过他,就能判断出来?"

"你们之间的对话喽!黄金年龄,高端履历,他完全可以抱一个大腿,做一个更安逸的选择,他却选择了一条更难走的路。"

"行,就算这一点你说得对,那仅有梦想没有能力也实现不了啊。"

"这我就不知道了,如果用法律的话说,这就是最大的风险所在。"齐可欣又补充道,"不过,如果这都能看清楚了,那我觉得,这也轮不到你去了。"

"嗯。"苏玺儿若有所思,"那第三点呢?"

"第三点就得问你了,你为什么来江城?"齐可欣自问自答,"你来这里不也是为了奋斗的人生吗?"

"去大公司也一样可以奋斗啊。"

"这没错,但我们正在讨论的焦点不在这里。"齐可欣觉得苏玺儿正在无意识地跑题,她迅速拉了回来,"这不是选 A 还是选 B 的问题,这是 A 到底是否值得选的问题。"

"值得吗?"

"事情可以这么概括,一个已经被证明十分优秀的职场青年,为了理想开启他的创业人生,邀请一个同样有奋斗精神的年轻人,加入他的队伍。唯一不确定的是,未来能够奋斗成什么样儿!"

"差不多。"

"退一步讲,你就走一步看一步呗,先去王思诚那里上着班,那边接着面试,如果面试通过,且又发现王思诚不是那么回事的话,就再去华夏数码,也不迟。"

"这倒是个两全其美的办法。"苏玺儿也这么想过。

"其实,如果你去王思诚那里,对我也会更有利。"

"对你有什么利?"苏玺儿不解。

"你想啊,你去王思诚那里,回头你们公司的法律顾问业务,那不肯定就是交给我吗?你去了华夏数码,那还能轮到我什么事儿啊?"

"好啊,原来你是在打自己的小算盘啊。"两人开起了小玩笑。

"不管怎么说,我觉得这个决定,关键还是看你的内心。我感觉,你的内心至少是犹豫的,否则你也不会找我聊这件事。"这句话说到苏玺儿心坎里去了,她回房间后又想了许久,最终下定决心,去王思诚那里试一把。

下午,苏玺儿准时到思诚腾达公司报到。王思诚不在,随即她接到通知,去金孔雀大厦一楼的星巴克找他。她赶到时,王思诚正在悠闲地一边刷着手机,一边品着咖啡,一点儿不像有紧急事务在身的样子。"王总。"

"太感谢你的决定了,没想到你真的决定过来了。"王思诚仍然很客气。

"王总,谢谢你的信任,接下来我就正式开始工作了吗?"苏玺儿一边问着,一边坐下。

"嗯。你看下资料。"王思诚将手边的一个资料袋递过去,苏玺儿拆开后,发现是思诚腾达公司的营业执照、法人授权委托书等文件。"你是授权代表,把你的信息在授权委托书上填好。"

第一天上班,就受到公司的全权委托?苏玺儿大为不解。"这个文件是?"

"报名材料,一会儿我们上去报名。"

"报什么名?"

"招投标,我们买标书,报名投标。"王思诚解释道。

"招投标?"苏玺儿以前干的是餐饮行业,对招投标到底是什么,完全一头雾水,甚至都没有听说过这个词,"我不是负责人力资源工作吗?"

"嗯。人力资源是你的主职工作,接下来我们马上就有大量的人员招聘工作要做。"

"好的。"

"但今天是个救急的活儿,可能需要我们俩一起配合一下。"

"就是这个招投标吗?"

"是的,我们有一个项目,金额比较大,甲方这边要先走招投标流程,之后才能正式签合同。"

"招投标流程是干吗的?"

"就是一种采购流程,通常采用公开竞争模式,有点类似于 HR 的公开招聘的意思，公告挂在网上，谁有兴趣都可以来报名竞争，招标方或招聘方最后择优录用，被选中的才跟他们签合同。"王思诚用招聘做类比，这样更有利于苏玺儿的理解。

"嗯，公开招聘是一种选员工的流程，那这个招投标就是一种选合作商的流程，对吗？"

"是这个意思。"

"那这个流程的具体步骤是怎样的呢？"

"简单说是六个步骤，招标，投标，开标，评标，中标，签订合同。"

"感觉跟招聘的流程差不多。"苏玺儿心中默默对照。

"有一点很不同，招聘程序没有统一的法律要求，而招投标程序则是一个法定程序，有一部法律《中华人民共和国招标投标法》（以下简称"《招标投标法》"），详细规定了具体的程序。"

"哦？还专门有这个法律？"对法律有所了解的苏玺儿还是第一次听说。

"这部法律颁布很多年了，只是你以前没接触过而已，而且它是强制性的。"

"强制？那所有甲方采购的时候，都必须要走这个程序吗？"

"这个我也不是非常清楚。"王思诚也没有系统地学过这部法律，"个人消费者买东西肯定不存在招投标一说，我感觉政府单位、国有企业都要走这个程序。"

"那我们今天的这个甲方是？"

"国有企业，华康视讯！"

"华康视讯？我好像在咱们园区里看到过它们的大楼。"苏玺儿平时很注意观察，她那天去思诚腾达面试时，路过了华康视讯的大楼。

"就是咱们园区里的那家公司，而且它们还是上市公司。"

"那我们不是应该去那里报名吗？"

"它们并不是自己直接招投标，而是委托招标代理公司负责，等会儿我们去招标公司报名。"

"噢。还有专门的公司帮甲方代理招标？"

"当然，而且很成熟了，这家代理叫瑞杰招标，规模还不小，这栋楼的17层都是它们公司的。"

"嗯。"苏玺儿点点头，努力地消化着这些新知识。

"写字楼的电梯在后面，等会儿咱们从后面上去。"

"我今天的任务就是负责以我们公司的名义报名买标书吗？"

"嗯。时间还没有到，我们先等一会儿。"王思诚抬手看了看表。

"字我已经签好了。"苏玺儿把文件装入袋中。

"一会儿，你先上去，以思诚腾达公司的名义报名。"

"先？"苏玺儿不明白其中含义，"那王总什么时候上来呢？"

"报名至少需要三家公司，前面已经有一家公司报名了，你上去就是第二家，如果还有第三家报名的话，我就不用上去了。但如果没有的话，我就得上去用这家来报名。"王思诚一边解释，一边指了指手边的另一个资料袋。

苏玺儿努力地理解着王思诚这段信息量很大的话，已经有一家报名了，他怎么知道？用另一家报名，难道他还有另一个公司？这些问题她一时想不明白，但感觉也不太方便问得太直接，毕竟她是来配合工作的，不是来指挥工作的，于是她回道："那我怎么配合王总呢？"

"报名的时候要填表，你填表的时候注意一下，看看前面有几家公司，如果只有一家公司，你就通知我，我马上上来。如果有两家公司，你就直接下来，我就不上去了。"

"明白了。"苏玺儿点点头，然后打开手机，"那王总，我们把微信先加一下吧，等会儿我微信通知你。"

王思诚打开微信，两人互加好友。"这招投标好像还挺悬乎的，感觉比招聘要复杂不少。"

王思诚知道她的困惑："除了思诚腾达以外，我还安排了另外两家公司来报名，目的是为了凑齐三家，不足三家的话开标就会失败，招投标程序就要重新再来一遍。"

"难道没有其他公司来报名竞争吗？招聘的时候，投简历的求职者可是海量的啊。"苏玺儿不理解为什么会连三家都不足，她对公开竞争的第一感觉是异常激烈才对。

"不一定，我们在这个项目上的优势很大，如果竞争对手觉得投中的机会不大的话，那他为什么要费这个劲去竹篮打水呢！"

"三家都不够，那也太少了吧。"

"如果按照招聘的说法，热门岗位当然人多，所以，你可以理解为这次是招聘那种艰苦的岗位。"

"这倒也是。"尽管苏玺儿在具体工作中还没有出现过这种情况。

"因此，我们必须要防止这种情况出现。"

"但是，如果这三家公司都是王总安排的，那还有竞争吗？"

王思诚心里暗暗坏笑，却很委婉地解释道："这种情况下，行话一般叫作'围标'，你可以理解为表面上还是存在竞争的。"

"看来，这里面的门道还挺多的。"

"这种事情嘛，互相帮助而已，我们以后也保不齐要去帮别人'围标'的。"

苏玺儿话锋一转，又问道："那如果有其他公司来报名竞争呢？"

"那我们就没有必要找其他公司来'陪标'了，大家该怎么竞争，就怎么竞争，毕竟找人'陪标'也是需要成本的。"

苏玺儿脑子里捋了捋，然后总结道："如果有其他公司来竞争，那就真刀真枪地竞争，但如果没有，那就找其他公司来帮忙'陪标'，凑齐三家，实现'围标'，是这样吗？"

"就是这么回事。"王思诚竖起大拇指，"总结到位。"

苏玺儿感觉情况沟通得差不多了，于是问道："那我现在可以上去了吗？"

"不急。"王思诚看了看表，"才三点，还早呢。"

"嗯。"

"等到四点半，我们再上去。"

苏玺儿隐隐约约地猜出为什么要干等一个多小时的原因，今天肯定是报名的最后截止时间，选在最后一刻做报名操作，后面才不会出现新的变数，印证了一句老话：谁笑到最后，谁笑得最好。同时，她也想明白了，为什么王思诚让她今天下午一定要来上班的原因，这回该轮到她坏笑了："王总，还有最后一个问题想问你。"

王思诚也看出了苏玺儿的表情变化："你问吧。"

"我代表思诚腾达报名，你代表那一家报名。"苏玺儿指指王思诚手边的资料袋，"那要是今天下午我实在来不了，你怎么办？"

"那我就上去两趟啊，四点一趟，四点半一趟。"王思诚毫不犹豫。

"你一个人？"苏玺儿竖起食指，"分别代表两家公司？"然后又掰开中指。

"当然是两个人。"王思诚马上从双肩包里拿出几样东西摆在桌面，苏玺儿一看，一件T恤衫，一顶假发，还有一副黑框眼镜。然后，又从口袋里掏出一张身份证递过去，苏玺儿一看，上面的姓名不是他，而是韩超凡。"我戴上假发和眼镜，你看我像不像他。"说罢，他开始佩戴起了道具。

"我帮你拍一张吧。"苏玺儿拿起手机，打开摄像头。王思诚摆弄完毕，焦点对准，咔嚓一声，拍摄完成。

王思诚接过手机一看，笑道："哎呦，效果还不错嘛，感觉相似度至少百分之七十，如果再编辑一下，估计还能更高。"

"我觉得，嘴巴和鼻子可一点儿也不像。"苏玺儿拿着身份证仔细比了比王思诚的脸。

"疫情期间，戴口罩呢。"王思诚随手把口罩戴好。

苏玺儿再做对照，微笑道："这倒还像那么回事。"

"对吧！"王思诚得意道，"只要思想不滑坡，办法总比困难多。"

"那要是疫情结束了，怎么办？"

"再买张脸皮就解决了，伟大的互联网，什么不能买到？"王思诚说得轻描淡写。

"这也太滑稽了吧。"苏玺儿爽朗地笑了起来,"参与招投标还需要会易容术,招聘可没这么夸张。"

"招投标里面的水可是深着呢,以后有空再跟你细讲我们当年玩转招投标的故事。"

"嗯。"苏玺儿点点头。

王思诚一边收拾完道具,一边看了看表:"时间差不多了,你准备上楼吧!"

苏玺儿拿起资料袋,向咖啡厅门外走去。

初学招投标

千算万算，不如老天一算。"搅局者"还是出现了，不过，好在这次数量不多，只有一家公司，江城海通电子科技有限公司。当然，站在对方的角度来看，它们觉得自己是来公平参与竞标的。而如果站在"围标"策划者王思诚的角度，这家公司又是必须要拔除的眼中钉、肉中刺，至于具体怎么拔除，王思诚可谓驾轻就熟——大棒加胡萝卜。

外部的操作当然是由王思诚自己亲力亲为，而内部工作的重担必然就落到了苏玺儿身上，这两周她的工作就只有一件事：写标书。这就是王思诚所谓的让她配合一下的含义，绝不仅仅只是报个名而已。

可问题是，她以前从来没有接触过招投标，也从来没有写过标书，完全不知道从何入手。一开始，她甚至有点怀疑自己的决定，她是来应聘来做HR 的，不是来做标书的，这不是她想要的。然而随着时间的推移，她一直没有等到华夏数码那边再通知她去面试的电话，每过一天，希望都会下降一点，三天之后，她已经对华夏数码不抱什么期望了。也许王思诚那句话说得对：你能看上的，对方未必能看得上你。所以，人有时候必须要学会面对现实，尽管现实可能非常地残酷。而且，有的时候，没有选择可能就是最好的选择，选择多了，反而还会患上选择困难综合征。所以，一言以蔽之:既来之，则安之。

但问题是，来是来了，招投标的活儿不会干，怎么办？

唯一的办法是迎难而上，老话说得好："有条件要上，没有条件创造条件也要上。"

幸运的是，苏玺儿生在互联网时代，她立即在网上搜集了所有与招投标有关的学习资料，然后开始自学。在研究了三四天之后，她发现这件事情好像也没有那么复杂，至少仅就写标书而言，可以说完全不复杂，无非就是按照招标文件的要求，填空、填表、整合相关资料，然后再盖章、签字、装订，这么一个过程。

按照王思诚的要求，周五下班前，苏玺儿顺利完成任务，把写好的标书打印出来，放到了王思诚的办公桌上，然后安安心心地回家度周末去了。这一周下来，感觉招投标并非那么难嘛，只是因为她不熟悉，所以刚开始时感到畏惧，但其实一步步走过去，见招拆招，好像完全能够应付。

第二周一开工，王思诚肯定了苏玺儿上周的工作，然后交代了这周的工作，竟然还是写标书。不过，这周写的不是思诚腾达公司的标书了，而是另一家公司——华夏数码。

当她知道是华夏数码的时候，惊呼一声，心说，这真是转角遇到"爱"啊。

"怎么啦，有什么问题吗？"王思诚很诧异，他并不知道苏玺儿去华夏数码面试的事情。

"这是王总之前说的，去'陪标'的公司吗？"苏玺儿很快反应过来。

"正是。"王思诚点点头。

"那标书不是应该它们写吗？"

"'陪标'公司只负责提供资料和盖章，不可能还帮忙干活儿的，这是行规！"

"噢。"苏玺儿点点头，然后立刻又问道，"那另一家公司呢？我们也要一起写吗？"

"那一家不关键，用你写好的这本稍微改一改就行，关键是这家。"

"嗯？"苏玺儿不明白为啥这家就关键。

"你先看看资料吧。"王思诚从包里拿出厚厚的一个资料袋，递给了苏玺儿。

苏玺儿翻了一遍，但她越翻越感到疑惑。"奇怪！"

"奇怪什么？"王思诚并不急于点破。

"这家公司资料丰富，看上去实力很强啊，会不会对我们不利？"

"哪里对我们不利？"

"业绩、资质都比我们丰富啊，而且根据评分标准，这些都是得分项呢。"

王思诚翻开招标文件，指着一张表格，问道："你说的是这个评分标准吗？"

苏玺儿点点头，回道："是啊，就是这张表格，里面业绩有10分呢。"

"整个招投标最核心的秘密就在这张表格里。"

"哦？"苏玺儿不能完全理解。

"但这个项目问题不大，所以今天就不展开讨论了，以后再详细教你吧。"

"嗯好。不是说总共有四家公司报名吗？那一家实力不强，是吧？"

"噢，海通电子，那个'搅屎棍'我上周已经把它们摆平了，它们不会去投这个标了。"

"啊？怎么摆平的？"

"具体很复杂，我就不详细说了。"

"即使它们不来，华夏数码实力也很强，我们也很难中标啊。难道？"

"难道什么？"

"难道王总想让我对这些资料做筛选吗？"苏玺儿嘴上这么问，但心里总感觉哪里不对劲。

王思诚摇摇头，苏玺儿开始苦思冥想。

"这家公司是去中标的！"两人几乎同时说出了这句话，然后对视着，两人都笑了笑。

"你果然猜中了。"王思诚很满意。

"这样一来，不是变成我们思诚腾达去'陪标'了吗？"苏玺儿又陷入了新的疑惑，这感觉也太绕了。

"再想想看，为什么？"王思诚仍然不着急揭晓谜底。

苏玺儿眉头紧锁。

"我帮你把信息梳理梳理吧，某大型国企要招标采购一批芯片，我们具有优势，并找来两家公司一起'围标'，而真正负责中标的却是找来的一家公司，因为它的实力更强。"王思诚特意做了点提示。

"一家实力更强的公司中标，这个好理解，但我们公司不就没机会了吗？难道我们费了这么大的劲，就只是为别人作嫁衣吗？"苏玺儿猜不透里面的玄机。

"一家新成立的公司中标和一家实力强的公司中标，两种情况，哪一种对于甲方而言更有利？"王思诚进一步提示。

"如果公平竞争的话，其他条件都相等的情况下，买方肯定更愿意实力强的公司中标嘛，感觉更有保障，至少大多数人的心理是这样的。"苏玺儿顺着王思诚提示的思路分析。

"有个成语，叫'曲线救国'，听过吗？"不轻易给答案，通过发问让下属思考，这是领导者最基础的领导技巧之一，王思诚也正在学习中。

在犹豫了一会儿之后，苏玺儿似乎有点领悟到："哦，是不是这样……"

"怎样？说说看！"王思诚翘首以盼。

"用一个实力强的公司中标，满足甲方的心理需要，然后我们公司再把芯片卖给这家实力强的公司，是这样吗？"

"完全正确！"

"那等于这中间发生了两次买卖的过程。"

"是的。"

"就为了满足甲方的心理需要，我们就要把过程做得这么复杂？"

"谁说不是呢！市场经济有一句话：客户虐我千万遍，我待客户如初恋。"

"这句话我听过。"苏玺儿笑了笑，"看来是真实写照啊。"

"这是我们公司的第一个大单。"王思诚特意强调了大字，"能不能顺利拿下，就看你了。"

"王总放心,我一定认真对待。"苏玺儿表决心,然后又问,"还有一个投标保证金的问题,要怎么处理呢?"

"哦,忘了告诉你,我们有一个兼职的财务,周亚婷,我把她的微信号推送给你,你跟她对接一下。"王思诚拿起手机进行操作。

"好的。"

"还有一件事情,要提示你一下。"王思诚又补充道。

"王总,您说。"

"三家公司的标书要做得有一些差异,不能过度雷同,否则……"

"过度雷同就证明是互抄的呗,这个好理解,我会注意的。"

"那判断是否雷同的标准是什么,你知道吗?"王思诚又开始问话了。

"当然是内容。"苏玺儿想都没想地回答。

见王思诚摇摇头,苏玺儿又补充道:"行文格式、字体、字号、行间距?"

"不要想当然,那天我们一起去报名,我跟你说过什么,还记得吗?"

"王总,您是指哪一句?"

"我说,招投标程序是一个法定的程序。"

苏玺儿回想了一下,试探着说道:"《招标投标法》?"

王思诚点点头,苏玺儿嘴快,又说道:"王总放心,我的闺蜜正巧是律师,法律有疑问我会找她请教的。"

"这可太好了!"王思诚不再继续追问,他心中的一块石头稳稳落地,而且还有个意外的收获,她居然还有个律师朋友,这以后还真有可能用得上,尤其对于初创企业而言,公司章程、用工制度、股权架构、合同风控等都需要律师的帮忙。

三天之后,苏玺儿顺利地完成了另两家的标书编写工作。她翻看前几天王思诚布置工作任务的沟通笔记,发现其他都检查完毕了,唯一的问题就是规避雷同。这个跟《招标投标法》有关,于是她在网上搜索《招标投标法》,但查遍全文,里面也没有雷同的字样。在网上搜索一圈,发现各种回答都有,五花八门，也没有一个标准答案，看来又得晚上找闺蜜律师讨教一番了。

巧的是，今天齐可欣下班很早，不到八点就到家了，而且脸色看上去很红润，身上飘散出一丝酒气。

"怎么还喝酒了？"苏玺儿问道。

"今天赢了个案子，大获全胜。"齐可欣的心情相当不错，"师父请我吃饭，然后就让我提前下班了。"

"就这个时间，还算提前下班？"

"那是，律师的工作时间不是996，而是007！"

"对了，你上次说在考虑的终极哲学问题，具体是怎么样了？"苏玺儿一直记在心里。

"噢，那件事啊。"齐可欣一摆手，"早就过去了。"

"那说说呗，我也学习学习。"苏玺儿很渴求的样子。

"我现在这么卖力，就是那次我想明白了。"

"哦？想明白什么了？"

"你知道我一个月工资多少吗？"齐可欣不紧不慢地问道。

"多少？"

齐可欣伸出手指晃了晃。

"四千？"苏玺儿将信将疑。

齐可欣点了点头。

"这么低？"苏玺儿不敢相信，"比我还低呢？"

"就我的工作投入度和这个收入，你觉得成正比吗？"

"这还用问，那当然不成正比，亏大了！"苏玺儿都为她打抱不平。

"那你觉得我为什么还要这么卖力工作？"

"为什么？"

"因为我想明白了。"

"想明白什么了？你倒是说啊！"苏玺儿一向急性子。

"律师行业是一个前期异常艰辛，后期却名利双收的行业。"

"就是先苦后甜呗。"

"不不不，这还不足以形容。其实我之前也是有所预期的，但是没想到比我预期的还要艰难，所以一个'苦'字已经不足以形容。"

"那怎么形容？"

"就说我师父吧，十年前他来江城时，当时工资只有三千出头，他前两年每个月都是入不敷出，还要靠家里接济，但他家里也是农村的，后来家里也没法儿接济了，他就问同学借，但同学借多了也借不到了，有些同学还劝他算了，转行吧！但他就是不转，就是要坚持做律师，后来他为了省钱就搬到城乡接合部，跟农民工一起租农民房住。当然喽，吃饭穿衣也是各种节俭。"

"然后呢？"

"第三年，他才勉强收支平衡。第六年，他脱离原来的团队，开始独立执业，但也一直没怎么赚到钱。直到2018年，他的业务量突然间就'爆炸'了，2019年继续猛增，今年疫情很多律师都受到拖累，他的业务量还在继续增长。"

"为什么2018年就突然间大涨了？"

"因为坚持，因为努力，因为不停地工作，即使收入没什么变化，他也仍然不放弃。"

"这么执着？"

"他坚信总有一天会破茧成蝶，他坚信量的变化终将带来质的变化。"

"那他还是挺能忍耐的，能坚持这么久。"苏玺儿的内心也隐约能感觉到那种能量了，至少她自己是这么觉得的。

"什么叫机遇？机遇就是当你的努力到达极致的时候，上帝就给你开门了！"

"这话说得好啊！"

"他的师父就是这么教他的。"

"所以今天他也就这么教你？"

"是的。不过，我也想明白了，我们来江城干吗来了？不也是来奋斗的吗？所以，我也要像他一样，永远努力、永远坚持、永远前进、永远不抱怨。"

"所以你就拿着农民工的工资，干着大学教授的活儿？"

"我们律所，跟我差不多年龄的青年律师也有不少，有时候跟他们凑在一起吃饭，有人嫌师父安排的活儿都是打杂的，没有提高；有人嫌师父说话太严厉，太伤自尊；还有人嫌师父给的钱太少，没法生活。嫌这嫌那，就是不嫌自己，到处都是满满的负能量。"

"那你呢？"

"我就一个字——冲！"齐可欣手臂一挥，"甭管师父指派我做什么，我都力争把它做到最好。"

"比如说？"

"比如说，即使是倒个茶水，我也在想是否可以优化一下。"

"这也有讲究？"

"当然啦，我师父习惯十点到办公室，我就九点半左右去泡茶，等他十点到办公室，茶水的温度刚刚合适，不冷不热，口感、香气、温度都是最佳。"

"你还真是用心啊！"

"我自己琢磨的。你想啊，就连那点不重要的小活儿，我都干不好，师父敢把重要的任务交给我吗？"

"嗯。"苏玺儿认同地点点头。

"所以，必须得竭尽全力做好眼前的事，你才有后面的机会。"

"你这么说，我也很振奋！我也要把今天手头上的这个活儿尽力做好，尽管我并不喜欢这个活儿。"苏玺儿适时地把话题转移过来。

"什么活儿？"

"写标书。"

"写标书？你不是应聘去做 HR 的吗？"

"是啊，我们小公司嘛，啥活儿都得干，而且还得尽力做好。"苏玺儿正言道，"对了，正好顺便问你几个问题。"

"嗯，问吧。"

"《招标投标法》，你知道吗？"

"听过，但不熟。"齐可欣皱皱眉头。

"那我们一块儿找找吧。"苏玺儿提议道。

"等会儿，你的问题具体是什么？"

"我的问题是，两本投标书在什么情况下，会被认定为雷同？法律是怎么规定的？我怎么找了好几遍都找不到？"

"除了法律，行政法规找过吗？"

"啊！我大意了。"苏玺儿对《劳动合同法》以及《中华人民共和国劳动合同法实施条例》还算了解，她也知道法律和行政法规之间的关系，但这一次，她居然忽略了后者。

"那我们现在找找看。"齐可欣立即打开手机开始检索，不出5分钟，相应的法条就检索到了。

第四十条　有下列情形之一的，视为投标人相互串通投标：

（一）不同投标人的投标文件由同一单位或者个人编制；

（二）不同投标人委托同一单位或者个人办理投标事宜；

（三）不同投标人的投标文件载明的项目管理成员为同一人；

（四）不同投标人的投标文件异常一致或者投标报价呈规律性差异；

（五）不同投标人的投标文件相互混装；

（六）不同投标人的投标保证金从同一单位或者个人的账户转出。

苏玺儿逐字逐句地阅读着。

"这应该就是你想要的法条吧？"齐可欣面带微笑，把头凑了过去。

"要说还得是专业人士出手，效果就是不一样啊！"苏玺儿竖起了大拇指，"我干活儿去了，你难得回来这么早，抓紧休息吧！"

说罢，苏玺儿抱了抱齐可欣，转头快步走回了自己的房间。

第六章

初见曙光

前途一片光明

　　商务合作有时候就像谈恋爱一样，要想走得更远，节奏的把握非常重要。不能太快，每天都约见，那样显得你很着急，上赶着，用江城的土话讲就是"吃相难看"。但也不能太慢，那样对方会觉得你没有诚意，嘴上说着合作，行动却很迟缓，显然是心口不一。

　　距离上次跟祁昌龄的交流会已经过去一周的时间了，王思诚向苏玺儿布置好标书的后续工作后，觉得时间间隔得差不多了。这周他要去推动推动安检仪的事情，不然就显得太不积极了。

　　经过一番外围的调查，他了解到，这个安检仪项目的主导者是胡宇晖，而不是祁昌龄。其实在他上次开交流会的时候也能感觉到七七八八，整个交流会都是胡宇晖在唱主角，祁昌龄并没有过多发言。这也正常，毕竟祁昌龄的年龄摆在那里，不可能亲自下场。但他没想到的是，祁昌龄在这个项目中的作用近乎打酱油，所以，胡宇晖才是接下来要沟通和对接的重点。但是，对于这样一位才高八斗的年轻学者，到底应该怎样跟他打交道呢？他会有怎样的利益诉求呢？王思诚的大脑在飞速运转着。

　　正好此时他的手机响了，居然是胡宇晖，真是想什么来什么，他立即驾车前往学校。

　　其实，胡宇晖比王思诚更着急。一方面，胡宇晖了解到，国内已经有大学通过职务科技成果混合所有制，让学校和科研团队共同持有科研成果所有权，学校占70%，科研团队占30%。由此，科研团队拿到了3000万的收益，这让他心动不已，虽然江城科技大学短期内不可能搞混合所有制，但他完全可以另辟蹊径想其他办法。另一方面，王思诚上次在交流会估算的市场规模也让他心动不已，仅民航机场的需求规模，保守测算就高达20亿元，如果能够拿下三分之一的市场份额，那完全有可能成为一家上市公司，后期再加上高铁、地铁的需求，那利润空间更大。最后，也是最关键的一点，那就是时间问题，国内研究这款产品的科研机构至少还有四五家，大家都在拼速度、抢时间，如果研究的进度慢了，即使东西能做出来，市场已经被别人先入为主了，此时商机也就消失了。

等王思诚一到，两人立即开始讨论下一步工作计划。人体安检仪是集光学、电子学、机械学、计算机等多学科知识于一体的高端设备，而胡宇晖的强项主要在光学方面，其他方面他并不擅长。因此，研究团队迫切需要增加各领域的专业人士，一起群策群力，而依靠学校的话很困难。首先是定位问题，学校的定位不是办企业，企业可以围绕某一项产品研究去组织不同领域的人才共同协作，而高等院校的研究更多的是就某一项专业技术领域持续深挖，从而突破技术瓶颈。其次是编制问题，现在的高校要进一个编制有多难就不用多说了，而如果没有编制的话，待遇好不好就成为人家来不来的主要判断标准了，但遗憾的是待遇方面高校跟企业比也没什么竞争力。

所以，胡宇晖的想法是让王思诚来解决这个问题。王思诚觉得这个要求非常合理，而且一旦把这些人都放在思诚腾达公司，那么对于公司未来的产品批量化生产也是大有裨益的。于是，王思诚一口答应，但具体招什么样人他吃不准，什么样的能力和工作经历的人才能够招之即来，来之能战，战之必胜？胡宇晖给了他一些思路，一定要招高手，来了就要马上出活儿，慢慢培养是没有时间的。所以，最好找猎头公司从相关企业挖人，当然代价是薪水可能比较高。那么，相关企业都有谁呢？首选的就是医院里用的CT机的生产企业。

CT机的原理和人体安检仪比较相似，都是用某种光射线对人体进行扫描，然后成像。二者的区别是，CT机使用的X射线的穿透性非常好，可以把人体的骨骼情况都扫描得一清二楚，但缺点是X射线会对人体产生辐射伤害，所以它主要应用于医学领域，特别是骨科疾病的诊断。而需要安检的是普通大众，他们显然不能被频繁辐射伤害，因此不能用X射线去扫描，而毫米波射线的特性刚好可以穿透衣物，但无法穿透人体皮肤，如此一来，使用毫米波射线对人体进行扫描，既可以查看旅客是否携带危险品，又对人体完全无害。

王思诚本来还挖空心思地想到底用什么公关方法与胡宇晖打交道呢，没想到，胡宇晖的合作意愿比他想的更强烈，不仅提出招人的要求，还要求亲自参与面试。有需求就是好事，销售界有句"名言"——不怕客户没需求，就怕客户没爱好！

于是，按照胡宇晖的要求，王思诚立即着手找猎头，他联系了此前唯创公司的一家猎头供应商，并让苏玺儿去对接具体事宜。苏玺儿提交完投标书后，正好把手头的工作重心转到了招聘工作上，这正是她之前所期望的HR工作。

没过多久，另一边也传来了好消息。华夏数码顺利地拿到了中标通知书，并与华康视讯签订了为期一年的芯片供应合同。舒文斌立即通知王思诚去华夏数码签合同，一切都在国庆节前完成，没有比这更完美的"节日礼物"了。签完合同的王思诚终于长舒了一口气，他坐在办公室里，再一次眺望乾江，一边品着茶，一边脑子里盘算着接下来每个月大约会有多少收益。

当然，短暂的欣喜之后，他还必须要面对新的现实，找猎头高薪挖人搞研发，公司要为此承受相当大的代价和风险。但这步棋又必须要走，他追求的不仅仅是小富即安，他还有更远大的梦想和目标，当然，实现的过程他必须要小心翼翼，尽可能地控制好公司每个月的收支平衡。尤其是当前环境下，整个航空业都不景气，各大航空公司都严重亏损，连带着各地的机场也都压力重重，而人体安检仪又是以这样的市场为主要目标市场的，所以，想通过融资来解决研发资金短缺的问题，难度可想而知。因此，他必须要以战养战，用芯片贸易来养产品研发。

国庆节之后，负责机械结构的钱勇，负责电子电路的林海云，以及负责软件设计的张柏涛先后到岗。另外，他还多招了一个人——曹子墨。名义上曹子墨的定位是为整个团队提供各种支持，打下手，做帮衬，实际上，这是王思诚留的后手，也可以说是他自己打的如意算盘，而这一手恰恰是此后一系列变局的开始。

国庆节后的几个月时间里，整个团队的气氛相当融洽，苏玺儿作为 HR 当然也功不可没，大家的士气空前高涨。王思诚带着团队，每天都从公司到学校之间跑着，他们和胡宇晖的团队很快打得火热，大家合作得亲密无间，安检仪的研究进度也明显加快了。终于，在 2021 年的元旦来临之际，第一台人体安检仪样机成型了。

王思诚带着公司所有人前往实验室，那一刻，每个人的兴奋心情都溢于言表，苏玺儿拿出相机，记录下这一激动人心的瞬间。

大家都争相要到扫描腔里体验，反正人畜无害嘛。最后，大家决定还是由王思诚来当这个第一个吃螃蟹的人。他想起了在 M 国机场过安检时的场景，举起双手等待着机器的扫描。胡宇晖之前已经给他解释过了，之所以要做这个"投降状"姿势，是因为如果双手自然垂下，扫描图像会在双臂下显示阴影，导致结果不准确。所以，这种毫米波人体安检仪必须要求被检人员按这个姿势站立，以确保检测结果的准确性。

一阵嗡嗡嗡的声音从王思诚的耳边掠过，听起来还有点惊悚。过了几分钟，根据胡宇晖的指挥，他从扫描腔里走出来，旁边的电脑屏幕上迅速显示出扫描图像，是一张灰度图。王思诚看后，第一感觉是效果相当不错，因为腰间携带的一个陶瓷打火机果然被照出了一小块重重的阴影，显然就是查出了异物，如果是在真实场景中，那么安检人员就可以做进一步贴身检查，反之则可以放行。但是，他再仔细一看，还是发现了新的问题，原来这张灰度图是原始扫描图像，由于毫米波穿透了衣物，所以人体的整个外形轮廓被尽收眼底，王思诚大叫一声："我怎么都胖成这样了啊！"

腿短体胖，身体微微发福，图像完全是一副油腻的中年男人的身材外形。众人赶紧凑上来围观，看完都哈哈大笑起来，曹子墨接话道："我们照出来其实都差不多。"

王思诚很是感慨，他原以为自己还跟二十出头的年轻人一样，正处于颜值巅峰呢，没想到现实如此残酷！"谁说都一样的？小苏这么瘦，拍出来肯定不一样。"

"不不不，这完全是暴露隐私啊，我可不上。"苏玺儿立刻摇了摇手表示拒绝。

"是啊。"王思诚思索着，这确实是个问题，"这要涉嫌侵犯隐私的话，设备还怎么用呢？"

"对策我们早就想好了。"胡宇晖接过话题，"张柏涛负责软件设计，他会用一个卡通图片，把原始图像给替换掉。"

"有卡通图片？那赶紧用啊！"王思诚突然感觉自己亏大了。

众人又哈哈笑了起来，气氛欢快得就像老鼠掉入了大米缸里一样。王思诚摸了摸下巴，自己也跟着笑了起来。他并没有责怪的意思，更多的是拿自己开个玩笑，与大家打成一片。

"因为代码还没有写完，还需要一段时间。"张柏涛吐了吐舌头，"我会加快速度的，老板。"

"还有一个问题，这个设备在操作时，产生的噪声还挺大的。"他看着胡宇晖，"我印象中，国外的安检仪好像声音要小很多，不注意的话几乎听不到。"

"嗯，是机械结构的问题，加工精度等都需要继续优化。"胡宇晖点点头。

"王总，我们正在优化设计。"钱勇回应道。

"嗯，你们好好配合胡教授的工作。"当着胡宇晖的面，王思诚表态全力支持，但实际上，他的脑子里另有一本账。

当天晚上，他组织全体成员一起吃饭，说是庆功，顺便跨年，但其实更多的是为下一步计划做个沟通。

"感谢大家最近的努力,我们已经看到了胜利的曙光,这是在座各位共同努力的结果,来!第一杯酒我敬大家!"王思诚率先举起酒杯,众人也跟着举起酒杯。

大家放下酒杯,边吃边聊,话题一会儿就转到工作上来了。

王思诚问道:"子墨,接下来你有什么想法?"

其实,与胡宇晖团队协作时,曹子墨只是一个打酱油的角色,毫不起眼。但实际上,他是王思诚的一个重要安排,相当于整个项目的项目经理,其他三个人都由他领导,之所以这么安排,也是为了掩人耳目。

"电路和软件都还好,关键是机械结构不合理,这个问题比较大!"曹子墨回道。

"嗯。"王思诚疑惑,"具体哪里不合理呢?"

"光路反射镜的旋转方式不合理。"曹子墨这句解释太专业,王思诚完全没听懂,于是他又补充道,"简单地说,就是整体机械结构都需要重新设计。"

"怎么设计?"

"目前的反射镜是平面的,它是通过左右摇摆式的方式来反射光线的,这样它需要来回旋转,一会儿正转,一会儿反转,这种转法必然会产生巨大的噪声,而且转速也上不去,扫描的精度也就很难提升。"

"你们想到了什么处理方法?"

"把平面反射镜改成滚筒反射镜,光线反射方式由左右摇摆式改为单方向旋转式。这完全是一种全新的结构,工作的时候只需要朝一个方向旋转,不仅噪声会小很多,而且随着转速的提高,扫描的清晰度也会大大提高。"

"改动会很大吗?"

"非常大。王总,之前您交代我做的,不就是要寻找这种改进机会吗?"

"嗯。"王思诚点点头,的确,他安排曹子墨的真实目的是跟学胡宇晖他们的技术,研究改进优化的机会,并最终化为已用。但紧接着,他有点担忧地问道："你觉得胡宇晖自己想到了吗？"

"我探过他的口风，他现在的思路是局部优化，提高反射镜的加工精度，在周围增加吸音材料等，仅此而已。"

"那按照他的想法，效果会如何？"

"治标不治本。"

"嗯，那如果局部优化的路走不通，他会不会也能想到咱们这个滚筒反射镜结构？"

"倒不排除有这个可能，但我觉得即使他想到了也没戏！因为他们做不到。结构大改，很多东西需要推倒重来，实验、测试这些都需要重新来过，但学校一般不会再追加那么多经费了。"

"也是，学校肯定不像咱们公司，这么舍得往里投钱。"

"对，因为学校的研究大多数是基于学术目的，而不是做真正的可商用的企业级产品。他们的研究，核心目的在于验证技术原理，看它能不能行得通，只要能够行得通，那就可以顺利申报几个发明专利，再写出几篇学术论文，就算有研究成果了。至于这项技术在实践中是否能运用得好，甚至产品化，通常不是他们关心的内容。"曹子墨以前跟学校的教授们打过不少交道，对学校的心态他有着自己的理解。

"那我们就自己花钱来做这个改进吧！"王思诚很是兴奋。

"我也是这个建议，但这些需要公司增加一些投入。"

"这没问题，具体需要哪些投入？"

"我们需要一个实验场地，另外实验室里的配套设施也需要采购，还有人员方面，需要再招聘两到三个人。"

"OK，没问题，公司肯定全力支持！"王思诚一口答应，可以说这也是他的既定想法，现在能够实现刚刚好，"小苏，你记一下，经费的问题你和曹总沟通，回头再报给我。"

"好的，没问题。"苏玺儿回应道。

这段时间之所以团队气氛不错，一方面是研发进度加快，大家还看到了新的机遇；另一方面也是公司的财务状况较好，芯片贸易业务的现金流不断进来，所有人都充斥着积极乐观的情绪。

然而，祸兮福所倚，福兮祸所伏，困难总是悄然而至。

危险悄悄降临

在忙着搞项目的同时，王思诚也没忘记他的恩人马东明。趁着周末天气好，他特意带了一些家乡土特产，上门给马东明做个汇报。一到马东明的办公室，他还是一如既往地绘声绘色做着汇报，马东明听说已经做出了安检仪样机，自然也是大喜。

然而，兴奋的情绪还没有持续多久，王思诚的手机响了，电话那头的声音相当急促："我们的芯片被海关扣了！"

"松本先生，具体什么情况？"王思诚告诉自己一定要冷静。

"我也不清楚，这会儿我正往海关赶呢，你也赶快过来吧。"电话那头匆匆挂断。

"主任，不好意思，我们的芯片出了点问题。"

"松本是谁？"马东明问道。

王思诚突然意识到，此前他向马东明留了这一手，刚才一着急居然说漏了，他只好简要地把情况跟马东明做了说明。

"那你先去吧，了解清楚情况，别慌。"马东明淡定地叮嘱道。

王思诚点点头，转身就往海关赶。当他赶到海关的办事大厅时，松本隶仁已经到了。

"什么情况，松本先生？"

"这批货可能要被扣押一段时间。"

"为什么？"

"这批货有病毒！"

"有病毒？芯片会有什么病毒？"王思诚的第一反应是计算机病毒，"病毒不都是电脑软件吗？"

"不是那个病毒，是新冠病毒。"

"啊？"王思诚反应过来，"这么倒霉！"

"在货物的外包装上被发现的，据说比之前的病毒更厉害，传播性更强。"

"那多消几遍毒，应该就没事了。"王思诚感觉事情并不严重，他一开始还以为是走私或者是知识产权问题被海关扣货，那样的话，事情会严重得多。

"事情怕是没那么简单。"

"怎么说？"

"我担心货物进口可能会被'叫停'。"

"叫停？"王思诚疑惑，心中隐约有点不祥征兆。

"货运和航班一样，也要外防输入，和航空部门的'熔断'意思一样。"

"这好办，这条运输航线不能走，那就换装运港呗，或者换目的港也行，无非就是多一点运费嘛。"王思诚灵机一动，很快想出对策。

"我也这么想过，但好像行不通。"

"什么意思？"王思诚心头一紧。

"你看下中国海关的官网公告上写的紧急性暂停进口措施，里面有说禁止出口商的货物再进来，而不是运输线路。"

"你可别吓我啊！"王思诚心里七上八下。

"我跟你一样，我也不希望被'叫停'。"

"哎！如果真的不能运了，那我麻烦可就大了。"

"兄弟，我理解你的心情。"

"你理解不了！"王思诚抢话道，他才刚过了几天舒服日子，又遭遇这么一出，老天真是考验他，"对于你而言，没有这笔生意，最多是少赚一笔，但对于我而言，这可是生死问题啊！"

"我知道你在创业，你别看松本集团现在这么风光，其实，我的祖辈在创立公司的过程中，也同样是充满坎坷的，他们也数次面临公司的生死存亡，每一次都化险为夷，才走到今天这一步。"

两人正说着话呢，海关的工作人员出来了，结果不出所料，货物暂时扣留，统一完成消毒后会返还给企业，具体时间另行通知。另外，即日起暂停接受这家公司相关产品的进口申报。

"那什么时候能够恢复呢？"王思诚抢上前去询问工作人员。

"现在还不清楚，请留意网上的通知。"工作人员公事公办。

"那有没有大概的时间表呢？这些货对我们很重要。"王思诚试图从工作人员的口中撬出一点信息，哪怕仅仅是只言片语。

"没有哪个企业说不重要的。"工作人员仍然是一副公事公办的态度，大概他们也见多了这种情况，"再说了，鼠标真的有那么重要吗？"

"鼠标？"王思诚一愣。

"难道不是吗？"工作人员对王思诚的胡搅蛮缠越来越不耐烦了，"不要只看自己的那点小利益，严格防疫永远是第一位的，出了问题，责任你承担得起吗？"

"同志，这不是芯……"王思诚话还没说完，松本隶仁立即在一旁拽住了他的袖子，然后在回执工单上签字，紧接着又拉着王思诚往办事大厅外走去。

走出大厅，王思诚停下脚步："松本先生，鼠标是怎么回事？"

"写芯片多扎眼啊，这是掩人耳目。"松本隶仁义正言辞。

"没什么其他目的吧？"王思诚仍然心有疑惑。

"我们都是这么操作的，放心。"松本隶仁立刻岔开话题，"当务之急，是要考虑后面应该怎么办！你们中国有句话——凡事预则立，不预则废！"

王思诚转念一想，也是。他提醒自己，此时一定要保持冷静。走出海关大楼后，冷静下来的王思诚拿出手机，第一时间把情况向马东明做了汇报。

周一的工作例会上，王思诚神情镇定，面不改色，仿佛什么事都没有发生一样。公司顺风顺水的时候，队伍管起来相对难度不大，而一旦遇到逆境，领导者的沉着冷静就显得异常重要，正所谓信心比黄金更重要。此时，如果连领导者都慌了，甚至还让下属都能感觉出来，那队伍就没法带了，尤其像他们这种刚创业的小团队，能够吸引重要人才加盟，除了薪水，就是一个充满希望的未来，如果连希望都破灭了，那人心也就散了，队伍就土崩瓦解了。

"还是小苏先来说吧。"按照惯例，每周的周一例会，每个人都需要把自己手头上的本周工作内容做个自我规划，王思诚只负责提问和给予资源支持。当然，大的工作方向还是由他来制定和把握。

苏玺儿翻开写得密密麻麻的记事本。"我这周主要两件事，第一，落实实验室场地，推进租赁合同签订，上周曹总已经去看过场地了，确认OK了。"曹子墨坐在一旁点点头。

在一个小型的创业团队里，常常是行政和HR合二为一，而自从王思诚知道苏玺儿还有一个律师闺蜜后，索性把拟定合同这些偏法务的工作也交给她办，于是苏玺儿俨然就是公司的大内总管。她并不觉得吃亏，反而觉得这是很好的能力提升机会，也借此学到了不少《中华人民共和国合同法》知识。当然，王思诚也不是一个小气的老板，他给苏玺儿的薪水调涨了20%。

苏玺儿继续说道："第二，人员招聘工作，上周曹总和我一起做了面试，3名新进员工已经确定，本周打算向他们正式发出Offer。"曹子墨又点了点头。

"等等，这件事我们可能需要调整一下。"王思诚眉头紧锁，他周末的时候已经和周亚婷一起，根据公司现在的财务情况做过一些盘算。自研的事情还是要做，但目前的局面，人员不能一下子扩张得太快，否则后面一旦收入吃紧要裁人，可就麻烦大了，裁人可不仅仅只是对走掉的人有影响，留下来的人士气也会大不如前。

"王总，如何调整？"曹子墨问道。

"招人的事情，先停一下。"

"有什么变化吗，王总？"曹子墨又追问。

"嗯。上周我见了几个大客户，沟通下来的结果是，如果设备的噪音太大，肯定还是没法儿用，而且，我们的竞争对手步伐也很快，也在积极联络客户提供样机测试。"

"嗯。"

"所以我想，我们有必要进一步加快研究进度。"

"如何加快？"在曹子墨看来，要加快研究进度，那要多招人才对啊。

"可能要辛苦各位兄弟了，我的想法是这样，新招进来的人，一来，业务上需要一个熟悉的过程；二来，团队沟通上也需要磨合；三来，时间上现在又临近过年，最快也要节后才到岗，这又耽误十天半个月。所以，这段时间，我们白天还是照常去学校那边配合，晚上我们加班加点，在自己的实验室研发那套方案。"

众人面面相觑，没有人答话，你看看我，我看看你，似乎都有所顾虑。

"加班费会按国家标准计算，大家放心。"王思诚明白，该付出的地方省也省不下来。

"我没问题。"大家还在犹豫之际，苏玺儿率先作了表态。她的室友齐可欣天天加班，她与其一个人在家刷视频浪费时间，还不如跟着多学点东西。"我给大家做助手吧！"

"市场不等人，大家齐心协力，我晚上也会和大家一起战斗。星夜兼程，我们给这个计划起个名字吧，就叫'星程计划'，星光不负赶路人！"王思诚发出了号召，他现在面临资金断流的风险，如果仍然一步一个脚印不紧不慢向前走的话，可能时间来不及。所以他觉得有必要拼一拼，机会是抢出来的，如果尽快拿出新样机，搬到用户现场测试，而且测试效果还比较好的话，那么再以此找投资人去融资，说服投资人注资的可能性就会大增，公司的现金流也就能够续上了。

看到与研发业务不相关的小姑娘和老板都表态了，众人也就没有含糊，大家都表示出坚定不移的决心。

开完会，众人走出会议室，王思诚叫住了苏玺儿："小苏，你单独留一下，你的工作内容我们再碰一下。"

"王总，您有何吩咐？"苏玺儿翻开本子，准备记录。

"招聘的工作你先停一停。"王思诚一边说，一边从若干名片中翻出一张旧名片，递给了苏玺儿。

苏玺儿接过名片，上面印着：中国采招网，汪春凤，会员部总监。

"市场工作我们要提前开展起来。"

"需要我怎么做，王总您说。"苏玺儿等待着王思诚的工作安排。

"嗯。这个网站是标讯信息平台，你跟名片上的汪总联系一下，我们加入他们的会员，费用你找周会计结算一下。"

"嗯，好的。"苏玺儿提笔记录着。

"他们每天都会向会员单位推送全国各地的招标信息。"

"全国各地？每天？"苏玺儿的第一反应是信息会不会很多？

"嗯，所以你的任务有两个。第一，记录并汇总，都有哪些甲方会进行这类项目的招标。为我们下一步寻找大客户提供方向，这非常重要，明白吗？"

"明白。"信息采集和梳理，这个不难，苏玺儿答应道，然后又问，"那第二个任务呢？"

"第二是对招标项目进行筛选，筛选之后选择合适的去投标。"

苏玺儿犹豫了一下，她想起了上次招投标时的一些情景："这个我有些疑问。我现在有两个问题，第一，我们的人体安检仪不是还没有研发出来吗？现在怎么投标？"

"人体安检仪是还没有，我们要找的，是普通的检查货物的X光安检仪的招标项目。"

"X光安检仪我们好像也没有吧？"苏玺儿还是没明白。

"你找一下曹总，他的老东家就是做X光安检仪的。"

"用其他公司的产品？"苏玺儿确认道。

"是的。"

"那如果我们中标了呢？"她有点不理解，中标以后该怎么履行合同。

"中标可不是一件容易的事，咱们这是练兵为主，目的是为明年咱们的人体安检仪正式上市打好基础。"

"哦，我明白了。"苏玺儿点点头，心想原来不是为了中标，这是项庄舞剑意在沛公嘛，她把这些记在记事本上。

"那你的第二个问题呢？"

"第二个问题是，我记得我们上次是'围标'的，这次我们也是这样吗？"

王思诚笑了笑，心想这小姑娘记得还真清楚。"'围标'是我们把握比较大的项目才采取的战术，这次我们用'抢标'战术，单枪匹马去就行。"

"'抢标'？"苏玺儿心想，招投标道道还真多，还单枪匹马去抢呢！这回成了七进七出的常山赵子龙了。"你刚才不是说我们是重在参与吗？"

"我说重在参与了吗？我说的是练兵为主，这两个词的意思一样吗？"王思诚突然严厉起来，脸色也跟着发生了变化。

"对不起，王总。"苏玺儿感觉说错了话，立即纠正，"练兵为主。"上传下达有的时候就是这样，偏差在不经意间就产生了。

王思诚强调："虽然意思有点接近，但重在参与是什么心态，练兵为主又是什么心态？你仔细揣摩揣摩！"

"好像是不太一样。"苏玺儿反应过来，"练兵为主，感觉要更积极一些。"

有句话怎么说来着，王思诚用食指点了点太阳穴，想了几秒钟，然后脱口而出："即使只有百分之一的希望，我也要付出百分之百的努力。"

"王总说的是，我明白了。"苏玺儿算是又上了一课。

"我们的目的，是通过真刀真枪的实战提高投标水平，能'抢标'成功更好，即使不成功我们也绝不气馁，我们相信可以从中学到东西。"

"嗯。"苏玺儿点点头，她就是想要学到新东西。然后她又问道："那我们会遇到别人'围标'吗？"

"这个问题问得好！"说明她动了脑子，懂得从正反两个方向去思考，王思诚觉得孺子可教，"当然会，而且是大概率事件。"

"那我们怎么办？"

"所以我前面跟你说要对招标项目进行筛选。"

"哦。那具体怎么筛选呢？"苏玺儿感觉，她想要学习的知识快要到了。

"十个项目九个都是有'猫腻'的，但是背后操作人员的水平是有高低之分的。我们通过分析招标文件，找到里面的漏洞，就可以判断出操作人员的水平，漏洞越多，说明操作人员的水平越低，咱们就尽量找这种项目去投标。"

苏玺儿飞快地记着笔记，心想这是柿子要专挑软的捏嘛！"那具体应该如何分析招标文件的漏洞呢？"

"这个问题，就不是三言两语能说清的了。"王思诚摆摆手，"这样吧，我马上还要处理一些别的事务，我们明天上午九点半还在这个会议室，再开个会，我单独教你。"

"好的，谢谢王总。"苏玺儿心满意足地离开会议室。

救火队长的行动

解决好内部事务后,王思诚马不解鞍,立即着手处理外部问题。以前在外企做销售,只要管好自己的一亩三分地即可,还天天叫苦叫累,觉得加班太多受不了,现在想起来,那会儿真是身在福中不知福啊!

他想起周亚婷当初力阻他不要创业的原因了,创业最大的牺牲不是自己,而是家人,是妻子,是孩子。他现在感到最愧疚的,是对不起周亚婷和孩子,特别是刚出生不久的二女儿。除了在医院生产的那几天他全程陪护了以外,其他时间大都是周亚婷一个人在照顾孩子。他暗暗许了愿望,等公司走上正轨,没那么忙了,他一定带着周亚婷和孩子好好去玩儿一圈。

为了创业,他忙于公司的事务,每天都像救火队员一样,处理各种危急事件。在企业的初创时期,各种各样的问题总会不期而至,处理不好企业随时都会有夭折风险。比如这次的芯片染毒事件,短期的急剧性风险不算很大,但中长期的影响也不容小觑,所以很有必要对内部的规划及时作出相应的调整。

如果后续真的供应不上芯片了,那公司的直接收益肯定是要受到损失的,但好在这种贸易类的买卖合同,卖方供不上货,通常只要把买方的货款退掉,一般买方也不至于大动干戈,一定要追诉卖方的违约赔偿金。这意味着他眼前的直接压力是小一些了,然而,合同履行出现问题,可能会影响到后续的其他合作,所以还是有必要做出补救措施,特别是大型国企,一般都有比较健全的合同履约考评体系，不能因为这次事件导致公司在华康视讯的考评体系中被差评，影响下一次合作。总而言之一句话：客户是上帝，尤其是大客户，客情关系一定要维护到位。

因此，王思诚觉得还是有必要亲自登门跟康广源当面沟通，以示诚意。另一方面，也快到春节了，去给大客户拜个早年也是基本礼数。他带上提前准备好的两盒上好茶叶，来到了康广源的办公室。

"康总，小王给您拜个早年了。"王思诚满脸微笑。

"王总，你太客气了，还专程跑一趟。"

"应该的，康总，如果不是您的大力支持，我哪有机会跟华康视讯合作啊？"这些场面上的恭维话术，王思诚一向张口就来。

"哪里哪里，是我们要感谢你才对啊，在这么困难的时刻，能够帮我们找到进货渠道。"

"噢，对了，芯片的使用情况还好吧？"

"没什么问题，其实那些产品他们都熟，只是换了个进货渠道而已。"

"那我还真是走运，连售后服务都省了！"两人一起哈哈笑了起来。

"王总真会说笑。"

"康总，无事不登三宝殿，我今天来呢，还有一件小事想向您汇报一下。"

"王总，别客气，但说无妨。"

"这不是快过年了嘛，气温越来越低，那该死的病毒又回来了。"王思诚抿了抿口水，接着就把海关扣货以及暂停进口的事情向康广源转述了一遍。

"这个情况我倒觉得问题不大，有些事我们能做主，有些事我们做不了主，那些我们做不了主的，我们也无法强人所难嘛。"

"宰相肚里能撑船，康总果然有大胸怀。"王思诚竖起大拇指。

"而且，依我看，那些紧急停运措施一般都是临时性的，应该很快就能恢复。"康广源的话让王思诚的内心宽慰很多，他又燃起了一丝希望，尽管他也清楚，其实这件事情康广源说了也不算。"托康总吉言，我也希望他们能尽快恢复。"

"噢，对了，我这边也有一些变化。"康广源话锋一转。

正在此时，王思诚的手机响了，他瞄了一眼，是石亦冰打来了，这次他吸取了教训，把电话挂了，然后问道："康总这边，有什么变化？"紧接着，短信过来：有重要事情沟通，速回电。

"过完年之后，我这边就调到新岗位了，回头有新的情况，你就直接找我的继任者沟通好了。"

"康总，您这是高升了？"王思诚本能的反应道，然后作了作揖，"恭喜恭喜！"

"不不不，是平调。"

"平调？您干这个岗位，干得这么出色，怎么能是平调？"王思诚一副打抱不平的表情。

"我们集团的中高层干部都是轮岗制度，一般岗位每四年一轮换，特殊高危岗位每两年一轮换，采购和供应链属于后者。"

"嗯，这制度我也听说过，原来您这边也是如此。"

"这既是培养干部，也是保护干部，确实有必要。"

"那谁调过来接您的班呢？"王思诚关切地问道。

"之前你也见过的，安志轩，安总。"

"噢，原来是他，好说好说。"这可能是对王思诚最有利的调动了，他心里有底了，"那康总，您明年调到什么岗位呢？"

"市场营销部。"

"噢？那太好了。"王思诚顿时眼前一亮，心想，真是天助我也。

"王总可是营销界的'老司机'了，以后可能还少不了向你讨教啊！"康广源这么说，让王思诚十分受用，越是层次高的人，说话越是谦逊低调。

王思诚的确在营销的第一线摸爬滚打多年，市场的敏感度非常高，康广源一说要调到市场营销部，他的第一感觉是今后的合作空间更加广阔。首先，华康视讯的核心业务是监控产品，而且是安防行业的龙头，而他做的人体安检仪从大概念上讲也属于安防领域，双方存在一定的重合度，有些渠道资源一定可以共享，大家完全可以互惠互利。其次，如果华康视讯进一步，想开拓产品线，做自有品牌的人体安检仪，那他完全可以给它们做 OEM，也就是贴牌，无名小厂给知名大厂做贴牌，这既是小厂打开市场的最快方式，也是大厂补齐产品线短板的最短路径，这仍然是互惠互利。最后，如果华康视讯更进一步，想直接收购的话，那就更可以谈了，创业的结果是被大集团以高溢价收购，也不失为一种成功。当然，他更希望的是华康视讯来入股，无论是大股东还是小股东，只要他还能保有公司的控制权，那他就能掌控公司的前进方向，同时又能"背靠大树好乘凉"。一时间，他脑子里纵横交错的信息很多，未来的可能性似乎多种多样。

"康总，您负责市场营销部，我觉得我们今后的交流合作机会可能会非常多。"

"是吗？那太好了。"

"不瞒您说，我们公司正在研发一款产品，人体安检仪！"

"哦？你们也研发自己的产品？"

"是我们公司和江城科技大学一块儿合作开发的。"

"校企合作，那是科技成果转化项目吗？"康广源对这个领域也是有所了解的。

"嗯，这也是马主任牵的线。"紧接着，王思诚把他们和学校合作的情况向康广源做了介绍，当然，他还是一如既往地留了一手，"星程计划"他并没有说。

康广源听后，觉得这是个不错的项目。这两年他管供应链，为了考察全国各地的供应商，他也没少飞来飞去，甚至还升了东航的金卡会员，所以机场的安检过程他还是深有体会的。但是，对于双方公司要开展合作，他倒没有像王思诚想得那么深。

王思诚倒也不是特别着急，今天他也就是临时起意，最多算是抛砖引玉，至于未来要怎么合作，那还得走一步看一步。

看时间差不多了，王思诚站起身告别："那行，康总，再次提前预祝您——牛年大吉、牛气冲天！"

走出华康视讯的大楼，王思诚立即拨通了石亦冰的电话。"石总，不好意思，刚才在客户的办公室里。"

"嗯，现在说话方便吗？"

"没问题，现在出来了。"王思诚一边往公司的方向走，一边接着电话。

"Simon 那边情况有变。"

王思诚心头一紧，问道："什么意思？什么叫情况有变？"

"是不是有一批货被海关扣了？"

"是有，但那是因为染了病毒，消完毒就没事了。"

"他很敏感，他感觉事情可能要败露。"

"没事的，石总，你跟他解释解释，他想多了。"

"而且还暂停了进口通道，他觉得事情没那么简单。"

"那是常态化疫情防控措施，最多一个月就能恢复，快的话一个星期就恢复了。"

"你觉得 Simon 是做什么的？"

"嗯？"王思诚被问住了，"我只记得，上次我们想问他，但他好像一点儿也不肯透露。"

"Simon 是个极其谨慎的人，谨慎到上次不肯跟我们透露一丁点儿他的信息。现在这批货在我们这儿遇到状况，以他这种情报人员的嗅觉灵敏度，不可能毫无知觉。"

"那他什么意思？"王思诚紧张地停下了脚步。

"他决定收手！"这句王思诚最不愿意听到的话还是不期而至了，他心头一凉。

"他真的这么跟你说的？"王思诚仍然不死心。

"他就一句话：考虑到我们这边带给他的风险，即日起立即终止合作，不再发货！"

"一点商量的余地也没有吗？"王思诚的话音略带颤抖。

"他不是来找我商量的，而是来通知我的。"

"我靠，说散伙儿就散伙儿啊，这人也太不靠谱了。"王思诚心中大为不满，满打满算自己也就挣了不到半年的钱。

"刚才我们说的这些，只是我结合近期国外政策的变化，以及我们前期跟他接触的情况做的大致分析，希望你不要太钻牛角尖。"老领导石亦冰还是很仗义的，帮这一把也算是给王思诚扶上了马，后面的路要怎么走，就全靠他自己去蹚了。

江城的冬天很冷，特别是临近过年的时候，是一年中最冷的时节。而此时此刻，走在路上、打着电话、呼着白气的王思诚，感到的是比天气还让人难受的刺骨之冷，是一种透到心底的冰凉，他心里仅存的那一点点希望之火也彻底被浇灭。这难道就是古圣先贤所说的"天将降大任于是人也，必先苦其心志"的艰难过程吗？他苦笑一声，跌坐在路边的木椅上。

呆坐一会儿后，他叹了口气，从兜里摸出一支烟点上，一会儿拿起来，一会儿又放下，大脑仿佛进入了冬眠状态。他已经很久没有抽烟了，上一次还是在准备要二胎的时候，算算到现在已经一年多了。

王思诚抬头向前望去，路旁大树上都是枯枝败叶，完全不见夏日时的柳绿花红。这时，天空中飘起了细细密密的雪花，冷飕飕的北风也跟着呼呼地刮了起来。

在苍凉、阴郁的背景中，他手中那支烟上的火光，成了唯一的亮点，它还在不断地燃烧着。虽然它的光亮越来越小，随时可能熄灭，但在王思诚看来，它仍然在顽强地对抗着这个冰冷的世界，好像在对自己说："即使没有了希望，也要战斗到底，决不投降！"

第七章

被引爆的定时炸弹

传授招投标秘籍

  王思诚回到家时，孩子们都已经睡了，他轻手轻脚地洗漱过后，笑着走进卧室。他没有在周亚婷面前表现出任何的沮丧和失落，仿佛什么事情都没有发生过一样，只是例行公事地跟周亚婷要来了电子账簿扫了一眼，除此以外，他要把全部的负面情绪都打碎，混合着血泪一起吞进肚子，直到把它们都消化掉。王思诚再也不想看到她担惊受怕了，他要承担起一切，胜利和喜悦可以分享，但失败和悲伤绝不能传递。

  躺在床上，王思诚辗转反侧，迟迟不能入睡。每当他有心事的时候，思绪总是停不下来，甚至到了夜深人静之际，仍然会思如泉涌，好不容易睡着了，却又在梦境中魂牵梦绕。

  第二天天色未明，王思诚就早早醒来。虽然只睡了三四个小时，但他依然感觉精神抖擞，人在亢奋状态下可能就是这样，完全感觉不到累。他换上衬衣、打上领带、套上西装、穿上皮鞋，不到六点就从家里出发去上班了。

  苏玺儿八点到公司时，办公室里已经灯火通明，她还以为是昨天下班忘了关灯。当她看清是从总经理办公室里透出来的光亮时，才意识到老板已经来了。没想到老板为了教她，居然来得比她还要早，老板真是太勤勉了，她自叹不如。

  为了做好新的投标工作，能够尽可能地听懂王思诚的教学语言，也为了给她这半年来充实的职场生活画上一个圆满的句号，苏玺儿利用短短不到二十四小时的时间，尽可能地恶补了一些招投标知识，包括视频的、音频的、搜索的、问答的等等。她根据汪春凤的建议在网上按图索骥，搜罗了不少有效信息，一顿囫囵吞枣式的狼吞虎咽之后，她感觉已经有些消化不良了，虽然学懂了一部分，但更多的是似懂非懂，然而不管学懂了多少，脑子里有概念总比没有要好，哪怕仅仅是非常微弱的印象也行。

时间还没到九点，苏玺儿提前走进会议室，发现会议室的桌子上已经摆放着两本标书，她随手翻了翻，一本封面写着招标文件，九十多页；另一本则是比选文件，六十多页。这肯定是今天的学习内容了，老板提前把文件摆好的意思不言自明，她放下记事本，就开始翻了起来。

不一会儿，王思诚拿着笔记本电脑走进会议室，看到他进来，苏玺儿站起身："王总，早上好！"

王思诚挥手示意："早上好，坐。"两人随即坐下。

"文件看得怎么样？"王思诚进来时看见苏玺儿捧着文件，甚是满意。

"刚看了十来页。"她俏皮地点了点自己的太阳穴，"头疼！"

"呵呵。"王思诚笑了笑，"你已经投过一次标了，不至于吧。"

"这本招标文件好像不太一样，招标单位是政府机关，跟上次差别还是挺大的。"

"诶，观察很仔细嘛。"王思诚夸赞道，苏玺儿果然有悟性，这都还没教呢，自己就研究过了。

"上次我们去华康视讯投标，您说法律程序是《招标投标法》，但我看网上说，政府机关的招标项目，用的法律程序是《中华人民共和国政府采购法实施条例》。"

"没错，就是有两个跟招投标有关的法律程序。"王思诚甚是兴奋，什么样的下属领导最喜欢？不是算盘珠子拨一个动一个的人，而是会主动学习、主动研究、主动思考的人。

"而且，网上说这两部法律好像都要修改？"

"是的，你功课做得很足啊，不过，我们今天不研究法律程序，而是研究如何分析招标文件。"

"嗯。分析并筛选招标文件嘛！"苏玺儿翻开记事本，"不过，这方面我也查过，但网上看来看去，好像也就是教教我们，要看清需求条款、废标条款、开标时间之类的，没有教我们如何筛选招标文件。"

"能传到网上的，一般都是通用资料，真正的独门秘籍是人家在江湖上长期摸爬滚打，甚至可能还交了不菲的学费才总结出来的，怎么可能轻易分享呢？"

"明白，王总。您的独门绝技也是传内不传外的嘛，我绝对会保密的。"苏玺儿笑笑。

会说话，王思诚心想。"我也就是个人的一点心得体会，谈不上是什么标准答案，充其量也就是给新人提供一个思路。"

"王总，您就别谦虚了。"苏玺儿做出一副洗耳恭听的样子。

"做招标文件筛选的目的，是尽量挑选中标机会大的项目去投标，因为招标项目是海量的，但公司的资源是有限的，不可能每一个标都去投，那么如何利用好有限的资源，尽可能大地获取收益，就是我们做这项工作的意义，所谓磨刀不误砍柴工，就是这个意思。"

苏玺儿一边听一边飞快地记录着要点。

"那么，什么是机会大的项目呢？通常而言，甲方招标大体上有三种可能的心态，第一种是'萝卜'招标。"

"'萝卜'招标？"苏玺儿心想，这又是套路了。

"对的，一个萝卜一个坑，这类甲方，招标前早就想好了谁是中标人，招投标在他们眼中，也就是走个流程，摆个样子罢了。"

"那就是形式主义喽？"苏玺儿总结道。

"是的，但这种情况在实战中非常多，几乎占到了一半以上，就拿买汽车来举例吧，我就要买奥迪，奔驰、宝马、沃尔沃通通不行，只能奥迪。"

"这么专一，什么原因呢？"在苏玺儿心中，奔驰应该比奥迪更好才对啊，怎么会只认奥迪不要奔驰呢。

"原因多种多样,有可能是使用习惯,也有可能是照顾自家亲戚,还有可能是上面领导指示等,具体原因我们今天就不展开讨论了,不然话题就扯远了。"

"嗯。"

"第二种心态,叫有限竞争,甲方希望奥迪、奔驰、宝马这三巨头通过招投标PK一下,谁的性价比最高,谁中标。"

"货比三家,这种心态感觉更理性一些。"

"是的,问题是,如果你是沃尔沃呢?那你就希望渺茫了。第三种心态就是全面竞争,管你是什么品牌,只要你是豪华型轿车企业,都有机会中标。"

"那就是货比三十家了。"

"这三种,你觉得应该选哪一种项目去投标?"王思诚这么一问,乍一听很简单,那还用说,当然是第三种,因为看上去最公平。

"王总,前面您已经说过了,当然是挑选中标机会大的项目去投标。"苏玺儿微微笑了笑。

"嗯。"王思诚心想,居然没被绕晕,"哪种机会大呢?"

"那要看我是谁了。"这难不倒苏玺儿,"如果我是沃尔沃,选择第三种。如果我是奔驰或宝马,选择第二种。如果我是奥迪,那必然选择第一种。"

王思诚点点头,继续说道:"我们分析招标文件的目的,就是要看清楚甲方是哪种心态,从而做出对我们最有利的选择。"

"甲方的心态会在招标文件中体现出来?"

"当然。因为相由心生,甲方内心的秘密都写在招标文件里了,就看你能不能读懂了。"

"那如何读懂呢?"

"两种方法,第一,分析技术需求和指标。还是以汽车为例吧,甲方在招标文件里对于要采购的车提出具体的技术需求和指标,例如:最大功率、最大扭矩、发动机排量、变速箱、油耗、轴距等等。技术指标每家公司的产品不可能完全一样,肯定存在差异,这时候就可以通过分析技术指标看出甲方想买哪个品牌的车。"

"嗯。"苏玺儿边记边点头，她倒是听懂了，但似乎不太好学啊。

"当然，这不是重点。你不懂技术，而且技术也不是短期内能学得会的。"

"那第二种方法呢？"苏玺儿明白，真正的重点来了。

"第二种，是分析评分标准。"王思诚拿起桌上的一本招标文件，顺着目录翻到第五章，指着一张表格，"你坐过来，看看这张表。"

苏玺儿点点头，换坐到王思诚身边。

"这张表格就是评标专家评定投标文件的依据，也是我们投标人编写标书的依据，最左边这一列，你读一遍。"

"价格部分30分，技术部分45分，商务部分25分。"苏玺儿由上而下读了出来。

"还记得你上次写标书的时候是怎么写的吗？是不是包括技术部分和商务部分，总共两册？"

"是的。"苏玺儿点点头，"上次是招标文件要求写两部分，而且还要求分别装订成册。"

"抛开价格，其他部分总共70分，接下来我们要用客观分、主观分这个角度对这70分进行分析。分析方法是三步走，第一分类，第二汇总，第三评估。"

"嗯。"苏玺儿全神贯注地记着笔记。

"先说分类，注意看这一列，评分细则。"王思诚指向了表格中间，"如果细则对于评标专家而言，没有任何自由裁量空间，那就是客观分；反之，则是主观分。"

"根据近三年实施的同类项目业绩，每提供一个得1分，最高得5分。这条评分细则应该是客观分吧？"苏玺儿一边记一边读。

"没错。"王思诚点点头，"那这条呢？"

"根据投标产品的配置合理性、可靠性、兼容性、先进性、升级扩容能力等进行横向对比，优秀得7分，良好得5分，一般得3分，差得1分。"

读完，苏玺儿立即确认道："这条明显有裁量空间，应该是主观分。"

"嗯。"王思诚点点头，又向下一行指了过去，"那这条呢？"

"根据投标人近三年经审计的财务报表的主营业务收入之和进行横向比较，排名第一得3分，第二得2.5分，第三得2分，依次递减，减至0为止。"苏玺儿一时有点吃不准，"这条有横向对比，但主营业务收入是财务报表的客观数据，感觉还是像客观分。"

"前面的同类项目业绩是自比型客观分，而这种是排序型客观分。"

"自比？"

"自己的自，对比的比，就是只跟自己比的意思。"

"噢，明白。"苏玺儿一边记录一边想，为什么会有两种呢。

"这是我个人总结的，用词可能有点绕。"

"总结的挺形象的，但问题是，这两种不同的对比之间，有什么区别呢？"

"站在投标人的立场上看，前一种自比型，投标人可以自我测算分值，写完标书能得多少分其实是心中有数的，而后一种则不行。"

"那站在甲方立场上看呢？区别又是什么？"

"前一种实际上是给了一个达标线，你提供5个业绩就达标了，你有50个、500个也一样，没啥区别。而后一种甲方显然是希望你越多越好。"

"还好业绩不是后一种写法，否则几十个甚至上百个业绩，岂不是都要往标书里面堆吗？"苏玺儿想想都觉得头皮发麻。

"是的，真要那样确实挺变态的，不过对目前的我们没影响，反正我们也没多少业绩。"王思诚自嘲道，苏玺儿也跟着笑了笑，"不过现实中，第二种不多，你知道一下就行了，主要还是第一种。"

"嗯。"苏玺儿脑子里想起了人事测评，前者类似通过型测评，后者类似选拔型测评。

"你再看看这个。"王思诚又指向了另一行。

"根据投标产品的技术参数，如有高于招标文件要求的其他实用功能，经专家认可，每有一项在 0.5 至 1 分范围内加分，最高加 3 分。"苏玺儿稍作思考，"主观分。"

"如果在'认可'前面加上'一致'两个字呢？"

"还是主观分，它后面有一个弹性范围。"

"那如果改成'经专家认可，每有一项加 1 分'呢？"

"那是客观分。"苏玺儿对答如流。

"范围倒是没了，但专家如何认可？认可的标准是什么？有没有可能出现有的专家认可，而有的专家不认可？"王思诚连发几个反问。

"嗯……"苏玺儿犹豫了，这么一想又感觉有点可左可右了，"这确实又有点主观判断的成分了。"

"像这种模棱两可的，如果实在拿不准，就把它归类为主观分。"

"嗯。"苏玺儿在笔记本上记下结论。

"原因是评标专家更可能把它归类为主观分，我们要尽量跟专家保持一致，那专家为什么更可能把它归类为主观分呢？原因就是人性！"王思诚进一步解释道，"评标专家肯定更愿意打主观分，因为这样更能够体现他作为专家的价值啊！"

"那是不是主观分尽量多一些比较好呢？"

"当然不是，评分标准是甲方设定的，而不是专家，甲方会愿意让专家的自由裁量权变得无限大吗？"

"那主观分和客观分，应该分别是多少才最合适呢？"

"这个我倒真没有研究过，但如果站在甲方的立场上，这的确是一个值得研究的问题，你以后有兴趣的话，可以另行研究。"

"哦。"苏玺儿在记事本上记了个疑问号。

"接下来第二步，汇总。这个简单，就是汇总看看客观分总共有多少。"王思诚把招标文件递给苏玺儿，"你现在直接练习一遍吧。"

苏玺儿在招标文件上勾算着，不一会儿，结果出来了："总共 28 分客观分。"

"对的。我们再来看第三步，评估，评估主要从两个角度评估，竞争性评估和合法性评估，先说前者。"

"嗯。"苏玺儿继续记录着。

"竞争性评估就是评估公司在这 28 分里到底能够拿到多少分，能够拿到的分越高，意味着我们实施'抢标'战术成功的可能性越大，这是第一类我们可以考虑去抢的项目。"

"这个好理解，当然是越高越好，但有没有下限呢？也就是说，至少要拿到多少分才意味着我们可以出手呢？"

"问得好。"王思诚夸奖道，"这个没有统一的标准，以我的经验，至少要拿到 80% 以上的分数才有机会，70% 以下基本不用考虑了。"

苏玺儿一边记录，一边实际测算着："王总，我感觉我们这 28 分，连一半都够呛啊。"

"新公司的确很吃亏，案例业绩、资质证书，很多都没有，要一步一步来。"

"难怪上次我们是用华夏数码的名义去中标的。"

"行话叫'借壳'投标，自己的资质不够，就'借用'资质好的公司去，回头中了标还是自己来干活儿，这在招投标领域非常普遍，尤其是工程行业。"

"嗯。"苏玺儿一边记一边回应道，"工程的层层转包嘛，这我以前听过，不过好像网上都说这是非法的。"

"工程领域这么操作确实是非法的，但咱们上次那不是工程，是货物贸易，多转一手没问题，完全合法。"王思诚避重就轻，围标行为的违法性被他有意无意地回避了。

"嗯。"苏玺儿点点头，将信将疑。

"'借壳'是一时的权宜之计，中长期来看，还是要积累自己的案例业绩，加快办理自己的资质证书。"

"噢，对了，好像汪总他们还可以代办各种资质证书的。"

"汪总，哪个汪总？"

"中国采招网，汪春凤啊，您忘了？"

王思诚一拍脑门，他跟汪春凤也就是一面之缘，印象不深。"他们也做代办资质业务？"

"是的，她跟我提起过。"

"行吧。其实外面代办资质的公司也不少，这样吧，这件事回头你也跟进一下，让他们发一份报价过来对比一下，我们确实也有这方面的需要。"王思诚顺势又布置了一项工作任务。

"好的。"苏玺儿记在记事本的任务栏。

"刚才说到哪儿了？"

"应该到合法性评估了。"

"嗯。合法性评估是为了找第二类可以去'抢标'的项目，不过，真要动手'抢'可能还有较大的技术难度，咱们先说评估。"

"好。"

"如果某个评分细则莫名其妙，那么它就是不合法的。"王思诚对于合法性的理解比较粗线条，更多是跟着感觉走。

按照王思诚的思路，苏玺儿又扫了一眼评分细则，发现了一个怪怪的条款："投标人近3年内获得'工人先锋号'荣誉证书，国家级得3分，省级得2分，市级得1分，这条好像就挺怪的，算不算不合法？"

"当然算。"王思诚十分肯定，他有一套自己的判断标准，"这一条带有明显的指向性。"

"嗯。"苏玺儿点点头，又发现了另一条更奇葩的条款，"还有这条也很离谱，投标人注册地址在厦漳泉地区的得2分，在福建省内的得1分，其他地区不得分。"

"这个项目的甲方是福建漳州的，这么写就是想让本地的企业中标，这属于典型的地方保护，属于违法的条款。"

"看来，这本招标文件违法的地方还不少。"

"他们写这些有特定指向性的评分细则，目的就是为了'控标'！"

"控标？"苏玺儿又记下一个新词语。

"这也是一种招投标战术。"

"招投标战术还真不少。"苏玺儿想了想，前有围标、抢标，这又来一个控标。

"嗯。"王思诚点点头，然后问道，"我前面说甲方招标的第一种心态，你还记得吗？"

苏玺儿往回翻了几页记事本："是'萝卜'招标吗？"

"是的，如果这根'萝卜'就是奥迪的话，那么奥迪就会和甲方联合起来，一块儿实现'控标'战术，'控标'战术的结果要么是技术指标跟奥迪很像、很贴近，要么是评分标准就是给奥迪量身定制的。"

"噢，明白了。"苏玺儿想了想，作为 HR，解除劳动合同是否合法那得根据《劳动合同法》的条文来判断的，招投标也应该如此吧，"合不合法有没有具体的法律条文作为判断依据呢？"

"有。"王思诚打开笔记本电脑，连上投影仪，把画面投射到白墙上，"《中华人民共和国招标投标法实施条例》第三十二条和《中华人民共和国政府采购法实施条例》第二十条，就是你前面说的一个是用于一般性的其他招标项目，一个是用于政府机关的招标项目。"

白墙上投影出下面的内容。

第三十二条　招标人不得以不合理的条件限制、排斥潜在投标人或者投标人。招标人有下列行为之一的，属于以不合理条件限制、排斥潜在投标人或者投标人：

（一）就同一招标项目向潜在投标人或者投标人提供有差别的项目信息；

（二）设定的资格、技术、商务条件与招标项目的具体特点和实际需要不相适应或者与合同履行无关；

（三）依法必须进行招标的项目以特定行政区域或者特定行业的业绩、

奖项作为加分条件或者中标条件；

（四）对潜在投标人或者投标人采取不同的资格审查或者评标标准；

（五）限定或者指定特定的专利、商标、品牌、原产地或者供应商；

（六）依法必须进行招标的项目非法限定潜在投标人或者投标人的所有制形式或者组织形式；

（七）以其他不合理条件限制、排斥潜在投标人或者投标人。

第二十条　采购人或者采购代理机构有下列情形之一的，属于以不合理的条件对供应商实行差别待遇或者歧视待遇：

（一）就同一采购项目向供应商提供有差别的项目信息；

（二）设定的资格、技术、商务条件与采购项目的具体特点和实际需要不相适应或者与合同履行无关；

（三）采购需求中的技术、服务等要求指向特定供应商、特定产品；

（四）以特定行政区域或者特定行业的业绩、奖项作为加分条件或者中标、成交条件；

（五）对供应商采取不同的资格审查或者评审标准；

（六）限定或者指定特定的专利、商标、品牌或者供应商；

（七）非法限定供应商的所有制形式、组织形式或者所在地；

（八）以其他不合理条件限制或者排斥潜在供应商。

苏玺儿心中默念着每一句话，同时脑子里思考着它的含义。

过了一会儿，王思诚问道："读完什么感觉？"

"感觉两者之间好像存在一定的重合。"

"的确是有比较多的雷同，语义的理解上有什么困难吗？"

"还好，不难理解，前面漳州项目的地方保护条款，违反《中华人民共和国政府采购法实施条例》第二十条的第七项吧？'非法限定供应商的所在地'？"

"可以这么理解。"王思诚点点头,"这样吧,我们今天就不一条一条过了,回头你再用这两个条文对这两套标书的评分细则逐条评估一遍。"

"嗯,好的。"苏玺儿点点头,记了下来,然后继续问道,"那如果通过合法性评估,能够确认招标文件的某些'控标'条款是违法的,之后我们应该怎么办呢?"

"通过质疑和投诉干掉它们,只要能成功干掉它们,我们就有机会去'抢标'。"王思诚一叩桌面,问道,"你还记得我上次说过十个项目九个有'猫腻'吗?"

"记得,您还说,背后操作人员的水平有高低之分。"

"对的,操作就是指'控标',水平高的不但能够实现'控标',还不违法;相反水平低的,就很容易违法,漏洞百出,于是我们可以通过质疑和投诉抓住漏洞,让他们'控标'不成。"

"那如何质疑和投诉呢?"苏玺儿追问。

王思诚抬手看了看手表:"这个难度比较大,这样吧,我们也讨论了一个多小时了,中场休息十五分钟,你把前面讲的好好总结一下。"说罢,王思诚走出了会议室。

苏玺儿喝了口水,一下子接收这么多新信息,她确实需要好好消化一下,为了更好地理解,她通常都是用思维导图工具将知识结构化,以方便记忆。

很快,她就在记事本上画出了思维导图,但王思诚还没有回来,于是,她又编了几句小口诀,更方便记忆。

甲方招标有三态,萝卜有限和全面,
招标文件如何看,技术指标评分表,
得分类型主客观,分类汇总做评估,
有限全面可抢标,客观八成可出手,
实力不够可借壳,萝卜招标有人控,
违法质疑和投诉,抹平不利可出手。

给这首打油诗起个什么名字呢？就叫"抢标心法"吧，哈哈！苏玺儿心里正得意着，就听到有人按门铃，难道是王总没有带门禁卡就出去了吗？她带着疑虑向会议室外走去，然而公司玻璃门外站着的不是王思诚，而是身着公安制服的两名警察。

　　她赶紧按下开门键，两人走了进来，其中一位高个子圆脸、面容严肃的警察，向她出示了警员证："我们是江城市海关缉私局的警察，请问王思诚是这里的负责人吗？"

　　"是的。"苏玺儿的内心惴惴不安，被警察找上门，通常都不是什么好事情，"有什么事情吗？"

　　"他现在在办公室里吗？"警察的问话单刀直入，而且语气丝毫不容商量。

　　苏玺儿面露难色，她不知道自己该回答在，还是该回答不在！

意外突然出现

有案件来的时候，实习律师往往能够跟着师父一块儿办案，学到不少实战经验；但无案件可办的时候，实习律师往往干的就是些助理的脏活、累活了。打杂、跑腿、送快递，端茶、倒水、搞复印，这就是很多实习律师的工作常态，甚至还有律师把自己手下的实习律师派出去发传单、跑业务的。有的实习律师对此非常不满，心想：老子堂堂正正的"五院四系"高才生，就是来这里"拉皮条"的吗！这完全可以说是怨言满腹啊。

其实，在顺境中很难观察一个人的品行，真正能够观察一个人的品行的是逆境，看他在自认为受到极度委屈、不顺、不公时的表现。所以，请咬紧牙关，也许前方就能看见胜利的曙光，千万不要倒在黎明之前。

这半年的实习生涯，齐可欣的心态就始终保持得很好，当然她的运气也不错，她的师父阮维宏经常扔给她一些个人的民事案件去处理，什么民间借款纠纷啦，保险公司赔偿争议啦，交通事故纠纷啦，等等。但实际上，阮维宏的主要创收来自商事业务，也就是跟公司有关的纠纷，他同时也是多家公司的常年法律顾问。然而，他却几乎不带她去见那些公司客户，除了偶尔让她审几个比较简单的公司合同。

齐可欣经过一段时间的观察，发现她打交道的这些人，往往跟阮维宏的客户单位有着或多或少、或远或近的联系。所以，事情很可能是"买一送一"。阮维宏拿下这些公司大客户，而这些公司的董事、监事、高管们的一些个人的私事，就做个顺水人情，低价帮他们处理，保本不挣钱，甚至是赔本赚吆喝，目的显然是为了维护客户关系。这些小案件大都法律关系简单，只需要招聘一个实习律师简单教一教，胆大心细、办事有耐心的新人很快就能上手，于是这才有了齐可欣现在的位置。

当然，齐可欣也是不辱使命，她不仅废寝忘食、披星戴月，而且还能把这些看上去都是一些鸡毛蒜皮式的家长里短，办得井井有条，更难能可贵的是，她还有非常好的服务意识，一本结案报告往客户手上一放，客户常常有置身商业银行 VIP 服务中心的感觉。阮维宏自然也是非常高兴，几个月下来，他对她可以说是非常认可和满意，也想着是不是要把她拉进自己的核心圈，以后长期留用。

这天上午，按照惯例，齐可欣依然九点半给阮维宏泡好茶水。阮维宏十点准时到律所后，把她叫进了办公室："马上过年了，这半年你感觉怎么样？"

"感觉很充实，感谢师父教了我这么多。"这的确是她内心的真实感受，"我正打算写半年实习总结呢。"

"噢，很好啊，写好给我看一看。"

"好的。"

"这样，一会儿我要去一趟司法局，我们长话短说，就两件事。"

"师父，您说。"

阮维宏从抽屉里拿出一个红包，一眼看过去，厚度感觉至少有个大几千块："这段时间你也很辛苦，这是你今年的奖金，回家好好看看父母，给他们买点好吃的、好喝的。"

"这是律所发的年终奖金还是您个人的？"

"有区别吗？通过律所账号不也是我给你发钱吗？那还得多扣税，不划算，你直接拿着啊，别磨叽。"

"好，谢谢师父。"齐可欣点点头，收下红包。

阮维宏又拿出一个厚厚的文件夹："这是我们去年的一些合同，总共 16 个，都是风险代理收费模式的，你根据这些资料，每个都对应做一份固定收费模式的合同，其他都不用改，就把合同金额和收费模式改一下。"

"这个是起什么作用呢？"

"司法局要求备案，我们得交一份合同上去，但这16个案件理论上都是不能风险代理收费的，所以要改一改。"

"那这个？"齐可欣支支吾吾，"不会属于违规收费吗？"

"没事，你不也办过二手房交易案件吗？买卖双方按市价签一份合同，然后再签一份做低价格的合同，送到房管局做备案，以此节省契税，跟这是一回事。"阮维宏说得轻描淡写。

"那我看看吧……"齐可欣犹豫着，没有一口答应，至少她认为自己的回答不算答应。

阮维宏匆匆离开办公室后，她一个人坐在自己的座位上，木木发呆，脑子里的想法已经分成了两派：一派在说，这有什么啊，做律师想要挣钱哪有不冒风险的，俗话说得好，富贵险中求；另一派却在说，做律师的都不遵守底线，还有什么资格去维护社会的公平正义啊？正在这时，座机响了，她接了起来。

"齐律师吗？外面有人找你。"是前台打过来的电话。

"找我？"

"是一位姓苏的女士，她说有急事找你。"

"噢，好的，你安排她到会客室，我马上过来。"

"好的，我带她到2号会客室。"

齐可欣赶到2号会客室，见到来人正是苏玺儿。"亲爱的，你怎么找到律所来了？"

"怎么打你电话也打不通啊，我着急啊，就直接冲过来了。"苏玺儿看起来火急火燎。

"不好意思，前面在师父的办公室里谈工作，什么急事啊？"

"我老板被警察抓走了！"

"什么？"齐可欣完全没有想到，她也吃了一惊，"具体什么情况？警察说什么了吗？"

"好像是说他涉嫌了一起偷税漏税的案件，要带他回去调查。"苏玺儿大脑一片空白，"我这也没主意了，就来找你了。"

"冷静，冷静，你先冷静一下。"齐可欣看到苏玺儿一片慌乱，"我找一下我们所办这类案件经验比较丰富的唐若娴律师。"

不一会儿，一位高个子、西装笔挺的年轻帅哥跟着齐可欣一起进来。"唐律师不在，苗律师是他们团队里的。这是我闺蜜苏玺儿，他们公司的领导刚刚被警方带走了。"

"苗毓伟。"年轻帅哥递给苏玺儿一张名片，"唐律师今天上午要开庭，有什么情况你先跟我说吧。"

苏玺儿接过名片看了看："我们总经理被警察带走了。"

"是刑事拘留吗？"

"我也不知道，可能是吧。"

"知道是什么罪名吗？"苗毓伟问道。

"说是涉嫌偷逃税款，犯了走私罪。"

"能联系到他的家属吗？"

"家属？"

"如果是拘留的话，警察会在二十四小时内给家属邮寄拘留通知书。"

"噢。"苏玺儿想了想，犹豫了一下，"可能可以，但不是很确定，我试试。"她拿起手机在微信里找到周亚婷的头像，试着进行语音通话，很快对方接通了。

"周会计吗？"

"小苏你好，什么事？"

"您能联系到王总的家人吗？"周亚婷每个月要来一次公司，处理一些财务的事情，苏玺儿跟她打过交道，她悄悄观察过周亚婷跟王思诚的交流模式，隐约感觉到他们两个的关系不一般。

"家人？怎么了？"周亚婷没有直接回答。

"王总今天上午在办公室，被两个警察带走了。"

"什么？你说什么？"周亚婷的声音分贝突然提高八度，"真的假的？"

周亚婷的反应让苏玺儿基本确认了他们俩的关系。"真的，我现在正在律师事务所咨询律师。"

周亚婷立即挂断微信语音，她简直不敢相信，马上给王思诚的号码打电话，果然是关机了。她感觉事情不妙，匆匆把孩子放到父母家，问清苏玺儿的地址，往律师事务所赶去。

不到一个小时，周亚婷就赶到了律师事务所门口，齐可欣马上迎了上去："您就是王太太吧？"

"嗯。"周亚婷点点头。

"我是苏玺儿的闺蜜，在这儿上班，叫我小齐好了。"齐可欣自我介绍着。

"你好，小齐。"两人握了握手。

"我们到2号会客室吧。"齐可欣带着周亚婷走了进来，然后又向她介绍了苗毓伟。四人坐在会议室里，大家的表情都相当凝重，气氛阴沉且压抑。

"王太太，根据苏小姐刚才描述的情况，我们估计王先生可能被江城市海关缉私局拘留了，按照程序，这几天警方会向家属寄出拘留通知书，请您注意查收一下。"

"小苏啊，你能不能再仔细回忆一下事情发生的整个过程？"周亚婷还想再从中搜索到一些蛛丝马迹。

此时，经过一段时间的心情平复，内心已经基本冷静下来的苏玺儿开始一边回忆，一边讲述刚刚发生的事情。

"两位警官，你们找他有什么事吗？"苏玺儿话音未落，王思诚正好从卫生间返回。

"小苏，什么事啊？"

高个子警察侧身一看："你就是王思诚吗？"

"我是，有什么事吗？"

"我们是江城市海关缉私局的。"高个子警察一边表明身份，一边出示警员证和拘留证，"有个案件涉嫌偷逃税款，根据《中华人民共和国海关法》和《中华人民共和国刑法》的相关规定，需要你配合我们协助调查。还有，我们要立刻暂扣你的通信工具。"

王思诚把手机递给警察："那我跟助理交接一下工作吧。"他的目光看向苏玺儿。

"你现在什么也不能做，必须立刻跟我们走。"高个子警官命令道。

王思诚一想，这时候不能跟警察硬碰硬，只好说说软话："警官同志，我知道你们有程序要求，我就交代一句话，明确一下谁接替我的工作，公司还要运转，员工也要吃饭，而且这绝对不会影响你们办案的。"

王思诚这么一求情，警察们感觉他的要求也算合情合理，两人一番窃窃私语后，高个子警察说道："行吧，就一句话，其他话不准说啊。"

"小苏，我的工作暂由马东明负责。"

"马东明？"苏玺儿表情一愣，这是一个她完全陌生的名字。还没等警察发现破绽，王思诚立刻拍拍苏玺儿的肩膀。

"没事的，别害怕，我只是去协助调查，很快就会回来，公司这段时间就由马东明负责，他肯定能胜任，你转达给他就是了。"王思诚若无其事地安慰着，让警察以为这只是小姑娘被吓蒙了的正常反应。

之后，王思诚转身跟着警察走出了公司。

苏玺儿的思绪重新回到现实，她疑惑地摇摇头，肯定地说道："不对啊，我们公司根本没有马东明这个人！"

"难不成，他是故意这么说的？"齐可欣猜测道。

"这是要传递什么暗号吗？"苗毓伟也跟着分析。

"马东明？"周亚婷微闭双眼，口中念念有词，这个名字好熟悉啊！她努力在大脑的记忆碎片中疯狂地检索着。她猛然睁开眼睛，想了起来，好像当初王思诚坚决要去 M 国搞芯片，就是因为一个叫马东明的人，应该就是他了。

周亚婷定了定心神,紧接着发现自己没有马东明的联系方式,而且,马东明具体是做什么的,她也不清楚啊!哎呀,平时还是对他关心太少了,总以为外面的事情他都能处理好,没想到现在落到这个局面,信息不够,想用力都不知道从何入手!一时间,她无比自责。

怎么办?怎么办?怎么办?她的内心焦躁无比,身体也不自觉地颤抖着。

苗毓伟看出了周亚婷的慌乱,轻声劝慰道:"王太太,您先喝杯水吧,别着急,慢慢想。"

"我想起来了,石亦冰。"周亚婷手伸进口袋,掏出手机,拨出一个号码,口中念念有词,"他是跟石亦冰一起去的M国,他肯定知道。"

众人不知道周亚婷在自言自语什么,只看到她把手机放到耳边。电话那头的石亦冰听说王思诚被警察带走,也是大吃一惊。上次客户李德林被警察带走,他到现在还心有余悸呢,这次居然轮到了自己的兄弟!

"马东明是乾江高新科技园区管委会副主任。"

"等会儿,你说慢点儿,我记一下。"周亚婷做了一个提笔的动作,苗毓伟立即把手中的纸笔递了过去。

之后,石亦冰在电话里把搞芯片的前后过程和原因大概都说了一遍。

"那我怎么联系他?"

"我没有他的联系方式,而且我也没有见过他。"

"那我们一起去他的工作单位找?"

"什么时候啊?"

"现在就去!"

"弟妹啊,我这会儿没在江城,而是在外地开公司年会呢。"石亦冰真没有推脱,他确实在外地开会。

"那行,我自己去,谢谢。"周亚婷把纸塞进手包,同时起身准备离开,她一秒也等不了了。

看到周亚婷收起电话，苗毓伟赶紧开启了推销说辞："王太太，这个案件如果你委托给我们的话，我们会第一时间找到办案警官，并到看守所会见王先生，到时候就能够搞清楚到底是怎么回事了。"

"今天先不急，等我收到拘留通知书吧。"知道马东明是谁，周亚婷的心里又有点底了，"给我张名片吧，到时候有需要我再联系你们。"苗毓伟将名片双手递过去，周亚婷接过后，快步走出了会议室。

"周会计，我跟你一起去吧。"苏玺儿站起身说道。

"不用，我自己可以处理。你回公司，处理好公司的事情。"周亚婷皱起眉头又想了想，然后叮嘱道，"还有，这件事除了你，公司里还有谁知道吗？"

"其他人都不知道。"

"嗯好，那拜托你，暂时不要让任何人知道这件事。"周亚婷的语气沉稳而坚定，"以免影响'军心'，大家该干吗干吗，如果有人问起来，你就说王总出差了，过几天回来，明白吗？"

"明白明白，我会的。"苏玺儿满口答应。

"他这么信任你，我相信你做得到。"说完，周亚婷匆匆离开。

当事人家属走后，大家精神一下子放松下来，面部表情也轻松许多，苗毓伟借机又对苏玺儿展开了营销话术："苏小姐，鉴于你们公司目前的情况，我们作为专业的辩护律师，有些建议可以给到你们公司，当然考虑到你是齐律师的闺蜜，我们就不收费了。"

"好的，谢谢，什么建议？"

"三言两语说不清楚，我们写过一篇很长的文章进行介绍，这样咱们加个微信吧，我在微信上发给你。"

"好啊。"两个人拿出手机，互加了微信。苏玺儿一看，事情也办得差不多了，该回公司了，她站起身准备走，齐可欣拽了拽她的手臂。"苗律师，我们姐妹俩还要再聊两句，你先撤吧。"

"好，两位美女慢慢聊。"苗毓伟走出会议室。

"现在也快一点了，我们边吃边聊吧。"除了时间，还有一个更重要的原因是，齐可欣不想在律师事务所里说这件事，以免隔墙有耳。为了避免在附近的餐厅遇到熟人，她特意打车到3公里之外的一家饭馆，找了一个角落的包间。

点完菜后，两人很快接着聊了起来。

"师父让我帮他改假合同。"齐可欣开门见山。

"什么假合同？"

紧接着，齐可欣把上午阮维宏交代她做的事情，详细描述了一遍。

"你不想做？"苏玺儿塞了一口饭，她饿坏了。

"我想听听你的意见。"心事未消，齐可欣有点吃不下。

"阴阳合同，这不是司空见惯吗？"苏玺儿感觉这没什么。

"可我们是律师。"齐可欣一直觉得，律师就应该比普通人更敬畏法律，否则凭什么吃法律这碗饭。

"律师怎么了？律师也不是活在真空里的啊，律师也要养家糊口啊，律师也要吃饱穿暖啊。"苏玺儿一边说，一边狼吞虎咽。

"但挣钱的方式可以有很多种。"齐可欣的内心有些挣扎。

"我感觉，你师父会不会是想考验你？"

"我也在想，有没有这个可能。"

"你这半年，勤勤勉勉，加班加点，工作能力和工作积极性肯定都已经得到他的认可。"

"嗯，然后呢？"齐可欣感觉苏玺话只说了一半。

"从人力资源管理的角度，关键看你能不能在重要的、关键的事情上，跟他保持一致，特别是那些事关价值观的部分，否则，你越能干，他越麻烦。"

"嗯，有道理。"

"所以现在的情况，我觉得他显然就是在考验你。"苏玺儿的餐食已然吃完。

"考验我的道德底线？如果我稀里糊涂的，干了这么龌龊的事，就被淘汰了？"齐可欣宁可相信事情是这样，尽管她感觉这种可能性很小。

"恰恰相反，大小姐。"苏玺儿抽出纸巾，仔细擦了擦嘴，"大多数人是世俗的，都想挣钱，律师也一样，而要挣钱，难免就要冒点风险，特别是挣大钱，正所谓富贵险中求，那些四平八稳的人也就挣个饭钱。"

"那我可就被拖下水了？"

"如果他一直就是在水里游着的，你怎么可能站在岸上跟他手拉手，向前走呢？"苏玺儿坏笑着，吃饱饭的感觉真好。

"去你的，都什么时候了，还开玩笑！"齐可欣一脸委屈地撒娇。

"你看看那些网红，一个月的收入就几十万，甚至上百万，它合法吗？我不是说他们纳不纳税的问题哈，就说他们挣钱的这个过程是否合法，就值得好好查一查！"苏玺儿岔开话题，聊了起来。

"嗯，现在直播行业的确是乱象丛生，我们所也有律师办过这类案件。"

"你要是下水，做律师血亏了，不如我们也去做网红呗，反正都是下水，不如干脆多挣点儿。"

"诶，我说，你哪头的？有你这么劝姐妹的吗？还拉我下水！"齐可欣瘪了瘪嘴。

"好啦好啦，话说回来，我觉得你师父可能不是那种为了理想和信念，可以不顾一切去牺牲的人，如果你想追随的是那种人的话，可能要另谋高就了。"

"何以见得？"

"虽然他可能是苦孩子出身，也经历过那种艰难的奋斗过程，但他现在打交道的都是谁？都是那些开公司的商人吧？而商人最看重的是什么？"苏玺儿分析得井井有条。

"商人重利轻别离，前月浮梁买茶去。"齐可欣想起了白居易的经典诗句。

"对的，商人们在面临着利益的诱惑时，总是习惯性地忽视风险，有人因此而身败名裂，也有人因此飞黄腾达。你的师父跟这样的人在一起混久了，他能够置身事外吗？他能够像莲花那样出淤泥而不染吗？"

"嗯。"齐可欣点点头。

"你看我的老板，给自己公司起个名，还忘不了'腾达'呢？"

齐可欣暗暗偷笑。

"我感觉他就没那么规范，时不时地游走在灰色地带，只是事情会严重到要被警察带走的地步，多少还是有些让人出乎意料。"

"你也别太担心了，也许情况没有你想的那么糟。"

"现在冷静下来想一想，我倒没什么太担心的，公司做什么我还是很清楚的。不会像那些在网上做'套路贷'的公司那样，最后被警察一锅端，老板、员工都得蹲班房，我们公司的业务内容，肯定是合理合法的。"

"那就好，你可不能有事！"

"哎！就是过年后，搞不好又要重新找工作了。"苏玺儿感叹命运多舛。

"嗯，我们一起加油。"齐可欣顺了顺胸口的闷气，她似乎已经想好了，"我突然想起了一句话。"

"什么话？"

"只有熬得住无人问津的寂寞，才会拥有诗和远方。"齐可欣目光坚定，眺望远方，"原来一直陪着你的，都是那个了不起的自己。"

"还有好姐妹。"

"对，还有好姐妹！"两人对视着握紧了拳头，欢快地哈哈笑了起来。

病急乱投医

数九寒冬，冰冷的天气让江城的疫情偶发，因此，安泰科技坐落于金湖区的新厂房落成剪彩仪式被安排在了露天场地进行，所有人员都戴着口罩端坐在台下，但大家都不觉得冷，反而眼神里写满了热情和激动。台上是红地毯，鲜花一盆盆在前面摆成一排，两旁的音箱循环播放着激扬的音乐。

一身正装，左边胸前戴着红花的马东明也坐在台下，他作为政府官员受邀担任今天的剪彩嘉宾，肖国清作为安泰科技出席今天仪式的高层，一直陪坐在马东明的旁边。在几声礼炮之后，音乐暂停，剪彩仪式正式开始，主持人上场了。

"尊敬的各位领导，各位来宾，各位现场的朋友们，请允许我宣布：安泰科技股份有限公司江城市金湖区创新工厂落成剪彩仪式，现在开始！"

此刻的马东明，内心还是非常激动的。把安泰科技从外地引进到江城，整个过程可谓历经坎坷，前期的沟通和接洽一度被疫情打得手足无措，而后面的工厂建设也是时不时受到侵扰，工程施工因此断断续续，原本年底交付的工期也一拖再拖，总算是在农历新年来临之前竣工验收了。

很快，主持人的开场白过后，马东明作为被邀请的首席嘉宾，上台致辞。

各位朋友，各位来宾，大家下午好。能够在中国传统的农历新年即将来临之际，看到安泰科技创新工厂的落成，我的内心异常兴奋，这既是对每一个安泰人过去一年辛勤汗水的最好褒奖,同时也是安泰科技造福国家、造福人民的新起点。

为了让这座创新工厂早日竣工,我们在座的每一个人都倾尽全力,在疫情的反反复复中砥砺前行。事实证明,我们没有被病毒击倒,我们坚强地走了过来,在此,我谨代表乾江高新科技园区党委、代表管委会,向在座的每一个人,表示衷心的感谢和由衷的祝福。最后,我也预祝安泰科技能够在新的一年,再创佳绩,续写新的胜利篇章!

台下响起热烈的掌声。马东明在一片掌声中走回座位,座位上放着的手机显示有几个未接来电,他立刻回了过去,是办公室助理打的工作电话。"有什么急事吗?"

"马主任,有一位周女士说有人命关天的大事找您。"

"哪位周女士?"马东明想不起来到底是谁。

"她说她是王思诚先生的太太。"

"王思诚的太太?"马东明心生疑惑。

"是的。"

按照规定,助理是不能把领导的手机号码随便提供给外人,所以,周亚婷赶到乾江高新科技园区管委会之后,得知马东明不在,她唯一能做的就是等,或者改日再来。但她等不及第二天,所以只能厚着脸皮,一遍遍地恳求助理,希望助理能够尽可能联系上马东明。

"她这会儿还在办公室吗?"

"还在的,她已经等了好一会儿了。"

"那你让她接一下电话。"

"马主任,您好。"周亚婷接过电话机,她已经顾不得寒暄了,"王思诚被警察抓走了!"

"啊?什么时候的事情?"马东明也很吃惊,在他的印象中,王思诚虽然有的时候会打打自己的小算盘,但人品方面还是靠得住的。

"就今天上午。"

"因为什么事情？"

"说是有人偷逃税款，需要他协助调查。"

"那你怎么找到我这里来的？"

"他临走前跟公司员工交代的，务必要找您，说您一定可以帮上忙的。"

简短的几句对话已经能够让马东明感觉到周亚婷的焦虑和不安了。"这样，小周，你先别急，我这会儿在郊区，今天可能来不及赶回去了。"

"那我明天上午再来您的办公室。"周亚婷抢话道。

"不不不，我觉得我们见不见面意义不大，现在的当务之急是了解事情的基本情况，不然我就是去打听，也无从问起。"

"那马主任，我应该怎么做？"

"我建议你尽快委托一名律师，律师可以去看守所见他，也可以跟警方了解情况，等情况掌握清楚了，到时候我们再找人想办法。"

"好的，马主任，我马上去办。"

放下电话，周亚婷立刻通过以前兼职的一家公司的侯总，确定了一家知名律所——江城秀锦律师事务所，他们的办公室在江城金融中心36层，整个江城最贵的写字楼之一。苗毓伟和那家小律所，根本入不了她的法眼，这时候不能图省钱，必须要找大律所，找经验丰富的资深律师。

她赶到律所时，时间已经临近下班，但门口接待处等待咨询的人们仍然络绎不绝。"我找邱波律师。"周亚婷表明来意。

"好的。"前台小姐微笑着拿起座机，"小姐，您贵姓？"

"免贵姓周。"

"邱律师，有位周小姐找你，我带她到希仁厅吧。"

很快，一位西装笔挺的国字脸男士走进会客厅。"周女士，你好，这是我的名片。"

周亚婷接过名片。"你好，侯总向我推荐了你，也难怪，你们的实力这么强。"从36层的落地窗向外眺望，蜿蜒的乾江尽收眼底，风景好不秀丽。

邱波笑了笑。"侯总跟我是老朋友了，我们合作很多年了。"

"我这次的事情，你有把握吗？"

"侯总跟我说了个大概，我怕信息不准确，要不，周女士您再把详细情况说一遍？"邱波显得格外谨慎。紧接着，周亚婷把她知道的所有情况都说了，但并没有说去找马东明的事情。

"嗯，我正好在江城市海关缉私局里有认识的人，你等会儿，我出去打个电话问一问。"

此刻的周亚婷烦躁得已经没有心情刷手机了，还好邱波很快就回来了。"周女士，打听到了，王先生涉嫌的是'走私罪'。"

"噢？走私？"周亚婷想了想，这肯定跟那次去M国搞芯片有关，难怪他会留下那句话，"严重吗？捞得出来吗？"

"这些问题我现在还没法儿立刻回答你。"邱波拿出一份文件，"这样吧，周女士，今天我们先把委托协议签了，后面我一定全力以赴。"

这个邱波看上去还算靠谱，再加上有侯总的推荐以及马东明的建议，周亚婷也就没想太多，简单过一遍协议之后，就在委托人一栏签上了自己的大名。

第二天上午，周亚婷收到一份EMS，她拆开一看，果然是拘留通知书，上面写的涉嫌罪名还真是"走私罪"。这邱波还真有两把刷子，她更加确信自己委托邱波是一个正确的决定，相信他一定能帮王思诚化险为夷。

和律师交流完，周亚婷又给马东明办公室打去了电话，说了目前的情况。马东明听完，让她下午来自己办公室一趟。

"马主任，我拿到拘留通知书了。"周亚婷一进门，顾不上寒暄，直接将文件递给马东明。

马东明仔细看了一遍，没有说话。

"马主任，您就救救思诚吧，现在除了您，我也找不到其他人能帮他了。"周亚婷的情绪一下上了头，她害怕马东明就此撒手不管。

马东明见周亚婷情绪开始激动，便语重心长地劝道："小周啊，你现在不能乱啊！慌乱不会让事情越来越好，反而会因为错误的决定而陷入更大的麻烦。"

马东明说的道理都对，但问题是周亚婷现在就是没有办法完全冷静。从昨天到今天，她吃不下，睡不着，整个人的心神像浮萍一样飘忽不定，任凭她怎么控制，怎么进行自我暗示、自我激励，内心始终都难以平复。再回想起这一年来，自己所承受的重重压力，经济上的压力、生活上的压力、精神上的压力等。这是前世造了什么孽啊，上天要让她这么苦、这么累，要这么折磨她，想到这里，她忍不住红了眼眶。

"这件事呢，你要相信法律，相信政府。如果小王的确是清白的，那法律一定会给他一个公道。"马东明接着说道，"以我对小王的观察，他算得上是一个可塑之才，有理想、有冲劲，关键时候还能身先士卒，是个做企业家的好材料。我很看好他。"

马东明的这番话似乎有点打动周亚婷。"马主任，您真的是这么想的吗？"

"当然，我没有必要骗你。"马东明一脸诚恳。

"马主任，有您这句话，我心里舒服多了。"

"我看你的眼睛都肿了，昨天晚上肯定也没睡好。这件事不是一天两天能解决的，搞不好是个持久战，你要保重身体，才能从容应对。所以，赶紧回家好好休息，养精蓄锐。"

"嗯。"周亚婷点点头，不再多说什么，起身向外走。

目送周亚婷的背影消失后，马东明在办公室里左思右想，企图把整个事情的来龙去脉理理清楚。走私罪！虽然一开始他以为思诚腾达公司是这些芯片的进口商，但上次王思诚在他办公室打电话时，无意之中把中间还夹了一个外国人的情况说了出来，这样一来的话，那王思诚就不是直接进口商了，那个外国人才是。

忽然间，马东明又想起来，王思诚既然之前一直留了一手没告诉他，那有没有可能他还留了第二手呢？而出问题的会不会恰恰就是那第二手呢？但转念想想，他又觉得不对，如果真有见不得人的第二手，那他出了事以后，怎么会那么理直气壮地让他老婆来找他啊。想来想去，他还是没有明白，这件事怎么会扯到王思诚的头上！

第八章

创业之路陷入谷底

遵循内心的答案

从被警察拘留到现在的 12 小时,是王思诚一生中过得最屈辱的 12 小时,他甚至觉得这区区的半天时间比他人生的 30 多年还要漫长,回想这 12 小时发生的一切,他可能连做梦都想不到自己居然会进拘留所。

度过了无比煎熬、漫长的半天之后,他被喊去做讯问。王思诚高兴坏了,可算是把办案警官盼来了,他急切地要跟警察说清楚,他是清白的。

走进讯问室,被安排坐在一个不锈钢椅子上的王思诚,看着不锈钢防爆窗外的两位警察,就像看见自己多年未见的亲人一样,还没等他们坐稳,他就开口了:"两位警官,你们应该是抓错人了,我肯定没做违法乱纪的事情。"

"让你说话了吗?等我们问话。"警官的语气如泰山压顶。

"是是是。"王思诚只好耐下性子,他在心里默默给自己打气,告诉自己一定要镇定。

两位警察坐定后,高个子圆脸警察问道:"叫什么名字?"

"王思诚。"紧接着,这位警察又依次问明了出生年月、户籍所在地、现住地、籍贯、出生地、民族、职业、文化程度、政治面貌、工作单位、家庭情况、社会经历,是否属于人大代表、政协委员,是否受过刑事处罚或者行政处罚等基本信息。

"我是江城市海关缉私局的张泽忠,这位是我的同事曲伟栋警官,我们依法对你进行第一次讯问,明白吗?"

"明白。"

"根据《中华人民共和国刑事诉讼法》第三十四条的规定,现告知你,从现在开始,你有权委托辩护律师,明白吗?"

"明白。"

"你是否承认有犯罪行为?"

"不承认,我没有犯罪,你们搞错了。"王思诚依然坚持。

"你有义务根据客观事实,如实回答我们的问题,明白吗?"

"这个我明白,但是我真的是无辜的。"王思诚又喊了一遍冤。

张泽忠是一名办案经验丰富的警察,很多走私案的初犯往往一开始都是拼命喊冤,在他们看来,这都是不见棺材不掉泪。"松本隶仁,你认识吗?"

"认识。"

"你们之间什么关系?"张泽忠主要负责问话,曲伟栋则主要负责记下讯问笔录。

"我们有一些商业上的合作。"

"什么时候开始合作的?"

"去年9、10月份吧。"

"具体怎么合作的?"

"他是我的上游供货商,我向他采购芯片。"

"他卖给你的芯片,是从哪里来的?"

"那些芯片的源头是M国,但M国政府限制中国进口其芯片,他们不敢直接卖给我,我就建议他们先卖给R国,然后我再找R国人买过来。"

"松本隶仁从R国进口M国人卖到R国的芯片,然后转卖给你,是这样吗?"

"是的。"

"你建议M国人先卖给R国人,你再跟R国人买过来,也就是说,整件事情都是你主导的,是这样吗?"

"可以这么说吧。"

"松本隶仁申报的进口货物是鼠标,而不是芯片,这个你知道吗?"

"一开始不知道。"

"那你是什么时候知道的?"

"今年1月份知道的,我们有一批货,在海关检疫的时候发现有新冠病毒,当时我跟他一起去现场了解情况,无意中知道的。"

"那后来呢?"

"后来我问过他,他说因为M国限制芯片出口到中国,申报时写鼠标只是为了掩人耳目。"

"那你怎么回答的?"

"我没有回答,我觉得谨慎一点也没什么不好。"

"也就是说,后来你默许了他的这个行为,是吗?"

"嗯……"王思诚支支吾吾,有点怕说错话。

"是,还是不是?"张泽忠丝毫不留余地。

"算是吧。"王思诚还是不想把话说死。

"申报芯片和申报鼠标,税费完全不同,按照《中华人民共和国海关法》,你们的行为属于偷逃税款,并且金额特别巨大,已经构成《中华人民共和国刑法》第一百五十三条的走私罪,明白吗?"

"但这件事是松本自作主张的,我并没有让他这么做,之前也完全不知情。"

"如果是你让他这么做的话,那你就是主犯了。"

王思诚觉得自己可太冤了,自从他踏上创业这条路,真的到处都是坑啊。

"你知道这件事后,仍然默许了他的做法,这就是对他前行为的追认,这就构成了走私罪的共犯。"

"我只是认为这么处理会风险小一些,没想到会触犯《刑法》,如果当初知道,我肯定是坚决不同意他这么做的。"

"你这种情况我见的多了,几乎每一个被关进这里的人,当初都或多或少地抱有侥幸心理。"

"不对啊，松本偷税漏税，那钱可全进了他自己的口袋，我可是一分钱也没拿，这事儿怎么能算到我头上呢？"

王思诚被警察这么一顿盘问，自己心里也有点发毛了："我要求见律师。"

"如果你的家属委托了律师的话，他很快就会来'会见'你的。"张泽忠把讯问笔录递了进去，"今天就这样吧，笔录你看一下，没有问题的话在下面签个字。"

王思诚接过笔录，详细看了一遍，他感觉不对劲，但是又说不上哪里不对劲，只好扭扭捏捏地在末尾签下了自己人生中最不愿意签的一个名字。

喊口号的时候可以孤傲不羁，但是冷静下来以后，还是得面对现实，齐可欣正在思考的，是如何委婉地拒绝阮维宏，而又不驳他的面子。实习期的律师是非常受限制的，不能独立接案，不能独立办案，而且要连续实习满12个月以上，经带教律师认可和律师协会的考核后，才能拿到正式的律师执业证。

而齐可欣现在面临的就是这个尴尬的现实，拒绝修改假合同的决定并不难作出，但难的是怎么拒绝阮维宏才能把风险控制好，如果他翻脸不认人怎么办？那她势必要换其他带教律师，如此一来实习期就面临中断的风险，她已经实习7个月了，要是从零开始那可太亏了，而且过错并不在她，人在屋檐下，可以不低头吗？

在打电话给江城律师协会咨询过后，她总算得到了一个不大不小的好消息，工作人员告诉她，如果在同一家律所内部更换其他带教律师的话，实习期可以连续计算，不需要从头再来。放下电话，她在大脑里检索着最近所里有哪个合伙人正在招聘的信息。同时，仅仅有人接收还不够，阮维宏这边还必须同意放人才行，他也是所里的合伙人。她从这个合伙人换到那个合伙人，人家相互之间会不会有想法？还有，换的理由是什么？她直接说因为不愿同流合污，所以想换，行得通吗？阮维宏听到了能不动怒吗？能同意放她走吗？即使他不动怒，那对方会怎么看阮维宏？

这些复杂的利益关系,她不得不考虑清楚,毕竟换过去之后她至少还得在这里再度过 5 个月。律所虽小,但也是一个江湖啊。后 5 个月是过得顺风顺水,还是会过得如履薄冰,就看她处理得是否得当了。当然了,这件事最好的结果是阮维宏当作什么也没有发生,一笑而过,继续让她跟着他实习,双方回到之前的师徒合作状态,但是这也只能是个不切实际的奢望罢了。

说起来也怪,她本来并不是一个处心积虑的小姑娘,但是这半年参与办案的经验,让她读懂了人心的贪婪,感受了人性的丑恶,体验了社会的世态炎凉。难怪有人说,每一个律师都是一本人情冷暖的百科全书,尽管她现在还远没有那么厚重,但至少她已然明白,只有小孩子才喜欢分对错,成年人永远只看利弊。如果不能从各方的利弊得失中找到最佳切入点,并为己所用,那么想平稳地完成实习期,恐怕是相当困难的。

正当齐可欣苦思冥想之际,一个绝好的机会与她不期而遇了。

唐若娴听苗毓伟介绍完苏玺儿老板案子的大致情况后,主动找上了齐可欣,说要跟她谈一谈案子。但她觉得,她的闺蜜苏玺儿并不是家属,只是当事人的同事,她说了不算,不过,唐若娴还是坚持要跟她见面聊一聊。

"唐律师,您好。"齐可欣来到了唐若娴的合伙人办公室。

"坐。"唐若娴微笑招呼着,她虽然已经从业 15 年,但良好的保养让她的皮肤犹如 18 岁少女一般细嫩,再加上精致的五官和天生会笑的肌肉线条,让她在所里赢得了"棉花唐"的雅号。

齐可欣缓缓坐下,心里并没有抱太大希望,也并没有向苏玺儿追问过后续进展,更不知道周亚婷已经委托了其他律师。

"这个案子的情况我大致了解了一下,这么说吧,我真正有兴趣的不是这个案子本身,而是这个案子背后的机会。"唐若娴直截了当地表明态度。

"背后的机会?"齐可欣并不理解。

"是的,这个案子中有一个人,我很感兴趣。"

"哪个人呢?"

"就是嫌疑人搬的那个救兵——马东明,乾江高新科技园区管委会副主任。"唐若娴直奔主题。

"他？"齐可欣没有想明白，但也不好直接问为什么。

"嗯。"唐若娴点点头，紧接着她开始道明原因，"你别看我坐合伙人办公室，但我比你们阮律师可是差远了，他是整天跟大老板们为伍，出入各种高档场所。而我是'万金油'型的，刑事、民事、行政什么案子都做，但面对的大多是零碎的个人客户，创收很不稳定，忽高忽低。"

"所以您也希望能有一些企业级的大客户稳定在手上？"

"仓鼠和厕鼠都是鼠，一个吃得污秽不洁还时时胆战心惊，另一个吃得满嘴流油还整天无忧无虑，区别只在于选择不同。"

"所以您也想像李斯一样，重新做一次选择？"齐可欣听过李斯的仓鼠厕鼠的理论。

"律师的职业发展过程，就是不断用高端客户迭代低端客户、用长期客户迭代短期客户、用稳定客户迭代零散客户的过程。"

"所以，您想通过这个案子与马东明建立联系？"虽然齐可欣还没有完全想明白唐若娴的整盘计划，但她隐隐感觉到，这可能是自己的一个机会，当对方在你身上有利益诉求时，这可能正是你能够利用的机会。

"正是！放心，你们阮律师不接这种案子，这个案子你接到我这里做，内部没有任何障碍。"唐若娴似乎胸有成竹。

"但马东明不是企业老板，他是政府官员。"齐可欣继续试探对方的利益诉求有多强烈。

"如果借这次机会，我们能与马东明建立信任，那么将来我们就有可能成为乾江高新科技园区的法律顾问团队，到那时，我们何愁挖不到几个园区内的大企业客户呢？"在唐若娴看来，这真的是一次千载难逢的机会，以德胜律师事务所的规模和体量，乾江高新科技园区这么粗的大腿他们又岂是那么容易就能抱得上的。

"王思诚虽然交代要找马东明帮忙，但会不会我们实际开展工作时，很少接触到马东明？"齐可欣仍然在试探，她知道对方提的要求越强烈，等一会儿她提要求的时候，对方就越容易答应。

"这个你不用担心，我比你有经验，他能那么交代，证明他充分信任马东明，并且相信马东明一定会帮助他，所以，我们肯定少不了要跟马东明打交道。"

"那我尽力而为吧，但委托与否的关键在家属那里，不在我闺蜜那里。"

"你可以把她约到我这里来一起谈，这样成功率高。费用方面嘛，好说，我们看的是长远，不在乎这一单。"

"嗯。"齐可欣点点头，然后立即话锋一转，"唐律师，借着这个案子，正好我也有个想法，我能不能干脆就转到您的团队里来？"

"什么意思？"唐若娴有点懵。

"我的意思是，我剩下的5个月实习时间，能不能就转到您的名下，跟着您实习。"齐可欣把话挑明。

"什么情况？阮律师对你不满意？还是你对他不满意？"

"不是不是，都不是。"齐可欣连忙摆手。

"那是什么？"

"一来我闺蜜跟这个案子息息相关，我也想第一时间知道消息；二来这种类型的辩护我还没有接触过，正好也想借此机会了解一下；三来不同的师父都跟一跟，我能多学一点，说不定能够取长补短。"

三个不痛不痒的理由，加在一块儿，还是不痛不痒，完全没有说服唐若娴："小齐，你这些个理由很牵强啊，你对这个案子有兴趣，我们办案的时候全程带上你不就完了吗？"

"但是如果我还在阮律师那里的话，时间上可能会有冲突啊。"

协调时间的事情在唐若娴看来，就更是无稽之谈了："小齐啊，你是不是有什么难言之隐？"

"没有没有，真的没有。"明明感觉可能已经被看出来，但齐可欣仍然不愿意承认。

律师是什么人啊！阅人无数，通晓人情世故，尤其是混到像唐若娴这样的合伙人级别的,哪一个不是人精?齐可欣心里的这点小九九,怎么可能瞒得过她:"小齐啊,你要是实话实说呢?兴许我还能帮得上你,你要是都说些隔靴搔痒的话呢,我可就爱莫能助了。"

齐可欣低头沉默了两分钟,她一边喝水一边在进行激烈的思想斗争,唐若娴倒也不急着催她,内心里有些纠结是肯定的。

最终,齐可欣还是一咬牙,决定豁出去了,反正等死也是死,找死也是死,不如拼一回。她把阮维宏要求她改假合同应付司法局检查,但她不想做的事情全说了出来,说完之后,她满头是汗,不知道命运会怎样对她进行审判。

"原来是这样。"唐若娴淡然一笑,律师行业的不正之风她早就知道,而她从来不屑于成为其中的一员。一个个好好的新人就被他们往沟里带,对这些人她是发自心底的鄙视,在她心里始终坚信的是——邪不压正。投机取巧的人也许可以风光一时,但永远不可能走得长远。律师的职责是什么?是维护社会的公平正义,自己都是一个歪七扭八的人,怎么去维护公平正义?"你就应该拒绝他,我支持你。"

听到唐若娴这么说,齐可欣的心里终于松了一口气:"这么说,您是同意我转到您的名下继续实习啦?"

"嗯,我给阮维宏打个招呼,春节过后,你就转过来吧!"

"谢谢唐律师。"齐可欣兴奋地站起身,向唐若娴鞠了三躬。

"你要谢谢的是你自己。"唐若娴说得轻描淡写,"还好你头脑清醒,知道悬崖勒马,要不然后面是一步错,步步错,越陷越深,到最后想回头也回不了了。"

"嗯嗯。"再次谢过唐若娴之后,齐可欣准备告辞。

"等会儿。"唐若娴叫住齐可欣,"你一定要记住,在任何地方、任何时候,都要跟这股歪风邪气做斗争,明白吗?"

"谢谢唐律师教诲,我一定牢记。"齐可欣的心情就像风雨过后的彩虹一样,清新而美丽。

解决问题的不同方案

时间离春节越来越近，周亚婷的内心也越来越焦急，这个春节看来王思诚大概率要在看守所里度过了，但她现在除了祈祷和等待，似乎什么事也做不了。

尽管马东明劝她要好好休息，保重身体，但她实在做不到心如止水。哄完孩子睡觉，她晚上躺在床上都要以泪洗面。早上起来的第一件事情，就是拿起电话问问邱波那边有没有进展。本来她是打算隔一天询问一次的，但实际上，她总是习惯性拿起电话，觉得上次询问已经是很久以前的事情了。

现在的周亚婷整个人神情恍惚，恍若隔世，然而翻看通话记录，她又发现的确是昨天刚刚催过邱波的。她叹了口气，放下手机，正准备去卫生间。这时，邱波主动打电话过来了，她立即接起电话。

"王太太，事情有些进展，你到所里来一趟吧，我们见面沟通一下。"周亚婷眼睛一亮，马上像充满电的电池一样，连早饭都没顾得上吃，洗漱过后简单化了点淡妆，把两个孩子送到父母那里后，就打车直奔江城金融中心的大厦了。

"邱律师，我老公怎么样了？"周亚婷一进邱波的办公室，就急切地问道。

"我先说好消息吧。"邱波的办案经验是，报喜让家属的情绪能够更加稳定，后面的事情会更好谈。

"嗯。"周亚婷点点头。

"昨天我见过王先生了，他在里面挺好的，精神状态还不错，顶多也就是睡眠有点不太好，但这也属正常现象，刚开始都有点不太适应，过几天就好了。"看守所的情况邱波是非常清楚的，但跟家属说的时候还是避重就轻，尽量往好的方向说。

"那就好。"邱波的话算是让周亚婷吃了定心丸。

"再说了，王先生不属于重刑犯，只要把问题交代清楚就行了。"

"嗯。"

"接下来说不太好的消息，不过并不严重，只是有点小麻烦。"

"你说。"周亚婷屏住呼吸。

"根据警方的侦查，王先生涉嫌的是走私罪，但偷逃税款的事情其实是他的上游供货商R国人松本隶仁干的。"

"我知道这个R国人。"周亚婷管着公司的账目，所以这个名字她是知道的，"但是上家的事怎么会牵涉到下家的呢？"

"正常情况下的确没事。但那个R国人供述称，整个物流链条是王先生一手策划的，所以警方就顺藤摸瓜找到了王先生，认为他可能是共犯。"

"难道我老公还指使了他偷逃税款？"

"NoNoNo。"邱波摇摇手，"如果是那样的话，就不是小麻烦了，而是大麻烦了，肯定是有罪没跑了。"

"那没有的话，凭什么把我们牵扯进去？"

"结合警方的讯问笔录和我见他的情况，确定的事情脉络是这样的：王先生没有指使他，而且一开始还不知情，但后来他知情了，并没有激烈反对。麻烦就在这个地方，如果他全程不知情，那整件事跟他没有一点关系；反过来，如果他全程知情，即使他没有指使，那也算是共犯。"

"他说了是什么时候知情的吗？"

"看笔录上的内容，是在前段时间去海关处理感染病毒的那一批货时，才得知的。"

"我有点想不明白，商业伙伴犯法，我老公一开始不知道，就算后来知道了，但仅仅是没有管就有罪吗？那法律的要求也太高了吧？这不合理吧？"周亚婷觉得这个逻辑说不通。

"问题的关键在于，这是王先生的一面之词，警方现在怀疑的是王先生全程知情。"咚！周亚婷一捶桌子，这句话真是说得她哑口无言。王思诚什么事都不和她说，所以，她也不能排除王思诚真的有打小算盘的可能性。这下子，她心里有点没底了："那邱律师，怎么办？"

"所以说有点小麻烦啊，依我看吧，这件事是可左可右的。"

"怎么个可左可右法？"

"往左，那就是公事公办，我会尽力而为，但事情最终结果不是我说了算，有可能有罪，也有可能无罪，但无罪的概率非常小，原因你懂的。"

"那往右呢？"

"往右就是要托关系了，事情可左可右的时候，他们稍微往右偏一点，面上也不会有大毛病，但对我们而言结果就两样了。"

"往右你有把握吗？"

"人是肯定托得到，我大学同学、研究生同学有一半儿都在公检法系统，但是可能要多花一笔不菲的费用。"

"对了，马东明那边怎么样？找他能帮得上忙吗？"周亚婷又想起了王思诚指示她的救兵。

"他既不是公检法的人，也不是司法局的人，虽然是政府官员，但作用有限。我跟他通过电话，他的话仅限于作为证人证言使用，最终采不采纳还是办案机关说了算。"

"那大概需要多少钱？"

邱波伸出右手，打开食指和拇指："八十。"他显然少说一个字，但周亚婷不会听不懂。周亚婷内心一惊，她被邱波开的价码吓了一跳。

"那如果不成功呢？"周亚婷担心人没捞出来钱还没了，人财两空。

"王太太你放心，如果他们觉得帮不上忙，那这钱我就一分不少全退给你，而案件就会走向公事公办的方向。当然，我的判断是不一定会走向这个方向，现在就看你的选择了。"

周亚婷没有立即答应，她还在犹豫着。邱波的办案经验丰富，他知道嫌疑人家属在这种情况下，一般都是会犹豫一段时间的，真要是毫不犹豫地当场就拍板了，那说明他开价开得太低了。

"根据我以往的经验，可左可右的案件，办成的可能性非常大。"邱波希望促成周亚婷尽快做决定。

"嗯……我考虑一下吧，邱律师。"周亚婷站起身准备告辞，这笔钱不是一个小数目，她不打算当场做决定，"明天答复你，可以吗？"

"没问题，王太太，不管你做任何选择，我们做律师的永远都会为当事人竭尽全力的。"

走出大厦，周亚婷打上出租车就往马东明那里奔去，尽管邱波说马东明没什么作用，但她并没有完全相信，她要把邱波了解到的情况反馈给马东明，看看他能不能想想办法，这也是她跟马东明之前就约定好的。

打点费到底该不该给呢？她很矛盾，不给吧怕错过机会，这么大的事情里面没点缝隙是不可能的。但给吧，又觉得要承担很大的风险，这件事完全是见不得光的，尽管邱波满口承诺办不成全退，但回头他真要翻脸不认或者来回扯皮，她都没地方说理去。她想到了侯总，毕竟邱波是他介绍的，问他说不定能有答案。然而，侯总也是个太极高手，来回绕话。这也难怪，一个经商多年的生意人，哪能跳这个坑啊！最后绕来绕去的意思，还是让她自己拿主意。

想来想去，她也想不到其他可以出主意的人了，正当她犹豫不决之际，苏玺儿给她打来了电话，说是上次的德胜律师事务所的合伙人想跟她谈一谈这个案子。一开始她满口拒绝，因为都已经委托给邱波了，不可能再花第二笔律师费了，但当苏玺儿说，对方愿意免费帮她代理这个案子的时候，她又有点犹豫了，再一想反正打点费的事情她还没有最终拿定主意，不如干脆听一听另一家的建议，说不定会有意外收获。于是，她招呼出租车司机调转车头，向德胜律师事务所奔去。

不一会儿，她到达德胜律师事务所，走进会议室一看，好大的阵式啊，苏玺儿、齐可欣、苗毓伟都在，还有一位上次没有见过的气质美女坐在当中，她应该就是合伙人了。

"是王太太吗？"气质美女主动迎了过来跟她握手，"我是唐若娴。"然后她又递出了一张名片。

"你好，唐律师。"周亚婷看了看名片，上面果然印着合伙人。

"王太太辛苦了，特意跑一趟。"唐若娴很是客气。

"没事，我也需要多听一些专业意见。"

"周女士，您喝咖啡还是茶？"齐可欣拿起杯子准备去斟茶。

"温开水就行。"

"那行，王太太，我们就开始吧。"唐若娴迅速切入正题。

"嗯。"周亚婷想好了，先不吱声，看看她怎么说。

"上次您来过之后呢，我们内部也讨论过两次，而且为了进一步了解情况，我们还见过了马东明主任。根据我们目前了解的情况，王先生有极大可能是无辜的。"拿下案子最好的方法就是超出客户的预期去做事情，唐若娴没少动心思，而且她第一句话就将此抛了出来。

周亚婷一听，感觉这位唐若娴跟邱波的思路好像是有点区别，邱波从头到尾都没有跟她讨论过王思诚到底是做了还是没做；而唐若娴上来第一句话就充满了对她老公的信任，而且他们还自行跑去见了马东明，这也完全出乎她的意料："哦？你们见过马主任了？"

"是的。小齐是我的实习生，她闺蜜的公司领导出事了，我当然不能坐视不理。"

"谢谢你们这么热心，马主任他怎么说？"

"马主任介绍了一下他跟王先生打交道的一些事情，他觉得王先生不是一个唯利是图的人，所以，我们很愿意帮王先生争取一个无罪的结果。"

"马主任有没有告诉你们，这个案子我已经委托了其他律师？"

"他说了，秀锦所的邱波律师，对吗？"

"是的。"

"这不影响，您还可以再委托我们。在法律上，一个当事人是可以委托两位律师的。"

"但我有什么必要再委托一位呢，仅仅因为你们愿意免费吗？"

"同一个案子，不同的律师可能思路完全不同，最终的结果也可能大相径庭。"

"王太太，众人拾柴火焰高，多一个人帮忙，多一份希望嘛！"齐欣儿也补充道。

"那你们是什么思路呢？"周亚婷就是来寻求建议的。

"邱律师是不是建议您托关系？"

"你是怎么知道的？"周亚婷很吃惊，这件事她还没有跟任何人说起，除了侯总，但侯总不会那么巧也认识对面这位律师吧？不可能！

"我怎么知道的并不重要，重要的是你千万不要花这个冤枉钱。"其实唐若娴做足了功课，虽然她不认识邱波，但律师圈子并不大，她多找几个人打听也就打听到了，邱波是个典型的勾兑派律师，而她是打心眼里看不起这一派的，整天拉关系搞油水，整个行业的风气都是被这帮人带坏的。

（注：有人曾经根据代理风格和诉讼策略，将律师分为死磕派、技术派、理论派、万金油派等，而居于首位的则是勾兑派。在业界，律师行贿法官进行利益输送，与法官达成诉讼利益共同体的现象被称为"司法勾兑"，以此手段作为主要业务收入来源的律师，被称为"勾兑律师"。"勾兑"，可以仅是个案诉讼的策略，也可能是长期执业的"卖点"；主要是发生在个案诉讼中，也可能发生在案源承揽、日常交往中进行利益输送。）

"那你有什么好办法吗？我只是希望我老公能平安回来。"

"您见过王先生了吗？能不能把您目前掌握的信息和我们共享一下呢？方便咱们一起详细分析一下。"

"见过，邱律师见过。"紧接着，周亚婷把邱波跟她描述的情况转述了一遍。

"王太太，事不宜迟，您赶紧把委托书签了吧。"唐若娴听完眼前一亮，内心一阵激动，她脑海里已经有了破题之计，"我们要立刻去调查取证，晚了就来不及了。"

"唐律师，你能说清楚一点吗？"

"如果能够证明王先生是在去完海关之后才得知的，那局面将对王先生非常有利。"

"是吗？"

"是的。"唐若娴满怀自信地点头。

"非常有利是指我老公可以无罪释放吗？"周亚婷希望得到一个承诺，这几乎是每一个客户都会问律师的问题。

"法律规定，律师不得向委托人承诺办案结果，所以我没法儿给您这个承诺。"

"那……"周亚婷有点迟疑，眉头紧锁，"唐律师是觉得没把握吗？"

有些律师完全无视这个规定，为了拿下客户，什么都敢承诺，所以就有了"三拍型律师"的说法，谈案子时拍胸脯承诺，做案子时拍大腿后悔，输案子时拍屁股走人。但唐若娴不同，她完全恪守这个规定，因为她相信，只有合法合规，路才能走得长远。

她身边就有做律师做到后来，把自己给做进去的例子，这些教训不可谓不深刻；然而，仅仅是遵守规定并不难，难的是如何在遵守规定的情况下，还能够有效地说服客户，让客户相信你，对此唐若娴有一套自己的说辞。

"王太太，您看过影视剧里医生给病人手术前，告知家属手术有风险的场景吗？"

"当然。"

"医生是不是告诉家属手术有风险，有可能大出血、生理性休克、终身残疾，等等，然后让家属在手术同意书上签字？"

"嗯。"周亚婷点点头。

"他们会给家属承诺手术一定成功吗？不会！但家属会因为医生不肯承

诺就拒绝签字吗？几乎没有。因为拒绝签字意味着病人将错失治疗机会。而最终的手术结果，有几个人会出现那么严重的后果呢？其实不多，只是小概率事件而已。但小概率事件毕竟不等于零啊，真要发生了，医生前面又做了承诺，那不是骗人吗！所以，不仅是法律规定医生不能承诺，现实情况是医生也不敢承诺，因为世界上没有百分之百的事情，从某种意义上讲，承诺手术一定成功其实就是一种欺骗。"

"嗯。"按道理确实是这么一回事，周亚婷心想，表情慢慢放松下来，唐若娴的这番话已经说服她了，她不再讨要承诺，"那你们具体想怎么证明呢？"

"这就是我们律师要做的事情了，我们要立刻去海关查找证据。"

周亚婷想了想，邱波完全没有提这一点，只是建议她托关系。既然这个点子是唐若娴想到的，那就还是找她去办。于是她问道："那律师费你们看要多少呢？"

"周女士，我们唐律师这次愿意帮你免费代理。"齐可欣回话道。其实免费代理并不是唐若娴一开始的意思，律师行业很多都是靠熟人介绍来开拓业务，但如果说是熟人就免费，那很多律所就不用开了。

免费代理其实是齐可欣的主意，这并不是律所不收费，她做不了律所的主，而是她来垫付这个费用。为了转到唐若娴名下继续实习，她宁可垫钱也要把这个案子揽过来，这是她向唐若娴纳下的投名状，至少她心里是这么想的。

所以，在苏玺儿与周亚婷通话时，她在一旁临时起意，想了这么个主意，唐若娴得知后，倒也没怪她，觉得这小姑娘还真能豁得出去，可她哪能让实习生掏这个钱啊，他们本来工资就非常低了，再说了，她也不是非赚这笔钱不可。

"王太太，既然我们在电话里都说好了，那我们理应信守承诺。"

"不不不，办事情哪有不收钱的。"周亚婷不想欠这个人情。

"王太太，咱们这里都是朋友，朋友帮忙您就别见外了。"

"友情归友情,事情归事情,一码归一码。你们肯尽心尽力地出谋划策,我已经很感激了,但是该付的钱还是不能少。"

"王太太,您都花过一笔律师费了,还能够信任我,我已经很感激了,钱真不用给了。"

"唐律师,正是因为我信任你,你才必须收费,否则,你让我后面怎么继续相信你?"周亚婷的态度十分坚决,她只知道对方不收钱,她后面提要求都不好提,她哪里知道对方接这个案子还有另一层目的啊。

唐若娴则是被她这句话彻底逼到了墙角,她再推脱就显得矫情了:"那行,既然王太太您这么坚持,那就按我们律所的最低收费标准两千元吧。"

"两千?这么便宜?"周亚婷心想,邱波收的可远比这个多啊,十倍还不止呢!

唐若娴笑笑,她心里当然清楚周亚婷为什么会这么说:"我们是小律所,房租、水电,各方面成本都比那些在豪华写字楼里的大律所要低得多。"

周亚婷签完委托书后,转身又朝马东明的办公室去了,为了能让老公快点出来,她现在可谓是四处奔波。

一天见完三个人,到了晚上,周亚婷还是心里不踏实,哄完孩子睡着后,她一个人躺在床上,仍然在冥思苦想。虽然唐若娴说可以去海关找证据,但即使找到证据,那证据又能在多大程度上起作用呢?最后不还是要看办案部门怎么认定吗?她没法儿像唐若娴那样乐观。对唐若娴来说,如果输了也就是多输了一个案子而已,但对于她而言,那可是生命不可承受之重啊。

这样想的话,邱波说的思路也有一定的道理,公事公办搞不好就是听天由命。按照常规案件的思维,你拿出一个证据,办案部门就能认定有效,然后立即把人放了吗?这似乎非常困难,一旦办案部门轻易就认可证据,那岂不是证明当初他们搞错了吗?这显然有点不太符合人性,一般正常思维都是趋利避害的,首先维护自身利益。这么想着想着,周亚婷不禁忧心如焚。

可要是按照邱波建议的托关系路线走,也是水深不见底啊,八十万并不是一笔小数目，而她还没法儿开口跟他讨价还价，只能他说多少就是多少。而且，这笔钱到底怎么用？她更没法儿开口去问，甚至他只用了一部分，自己揣兜里一部分，这也不是不可能。总之，这钱要是决定给了，那就得无条件信任他，不信也得信。退一万步讲，即使这些都不去想，她只要一个老公无罪自由身的结果，这能达到吗？如果给出去就能得到这个结果，这钱花的倒也是值了，但事情能像邱波预计的那样顺利吗？

思来想去，她还是觉得不能放弃任何一种可能性，毕竟无罪之身比什么都重要，钱没有了还可以再挣，但如果有罪了，性质就变了，且不说此后重新回归正常生活的巨大隐性成本，亲朋好友们怎么看？孩子会不会被同班同学看不起，甚至受到欺负？这些都是不得不考虑的情况。所以，干脆还是两条路一起，齐头并进吧。

除夕前的好消息

离大年三十只有三天时间了,这三天也是今年春节前的最后三个工作日。乾江高新科技园区内的很多企业都已经提前放假了,园区里来来往往的人也少了不少。

对乾江高新科技园区管委会的工作人员而言,也迎来了一份难得的清静。这是马东明一年中最清闲的几天,也是他最享受的几天,一年的奋斗过程历历在目,一年的工作业绩硕果累累,今年即使受到了疫情的影响,但他主管的招商引资工作却逆势上扬,再攀高峰。

之所以能有如此成绩,主要得益于马东明勤勉务实的工作作风,实干真干、勇于担当、不推卸责任,永远尽自己的最大努力去帮助每一家企业,看准了就不顾一切地去拥抱、去说服、去追求,直到成功地把企业引进来落户。而企业也像知恩图报的"奶牛"一样,用源源不断的"乳汁"反哺着他,俨然就是新时代"亲""清"政商关系的优秀典范。

然而,前段时间发生在王思诚身上的事情,却让他今年的喜悦一扫而空。在和唐若娴先后沟通过两次以后,他对事情的前因后果有了更全面的认识,这让他很心塞,胸口更是堵得慌,他希望王思诚是一个好人,也相信王思诚的确就是一个好人,所以,他有必要积极行动起来,为他做点什么。于是,他利用一切可以动用的关系网去联络,这也就成了他临近春节的这段时间唯一的工作内容了。

终于，他通过中间人辗转找到了江城市海关缉私局的段建华副局长，中间人则是以前段建华的老领导，借着过年的契机，为他们俩攒了个饭局。马东明的目的是为了就事论事、交流沟通，他希望通过沟通来挽回不利的局面，当然，法律专业层面的能力他是不具备的，这必须要依赖唐若娴。

另一方面，唐若娴在海关的调查也在紧锣密鼓地进行，她与海关方面来回沟通了很久，也颇费了一番周折，好在她的运气还算不错，海关办公大楼的监控系统录像最多只能保留一个月，再往前的录像就会被后面的录像同步覆盖。而当她赶去监控室查阅录像的时候，她所需要的那一段录像也就还有三天就要被覆盖了。她很庆幸，幸亏赶在春节以前过来了，如果要是春节以后，这条证据可就没有了。更让她兴奋的是，这条证据十分重要，是那种能对案子带来突破性进展的关键性证据，她已经想好要怎么跟段建华沟通这件事情了。

晚上的饭局，唐若娴、马东明、段建华还有中间人，四人相聚在一家杭帮菜餐厅的小包间内。这家餐厅的外观并不张扬，里面的装修也属一般，地段也并非是豪华商业街，菜品却做得足够精致，价格也十分亲民接地气，所以店里的生意也是异常火爆，如果不提前预订，临时来的话是很难排到位子的。马东明是这家店的老客户，跟店老板很熟，店老板今天特意给他们留了一个位置最里面、环境最安静的包厢。

今晚的主角是段建华，他被安排在上座，右手边是马东明，左手边是中间人，最靠近门边的是唐若娴。开席后，大家先是举杯同庆新年，紧接着，中间人挨个儿敬了一圈，夹了几口菜闲聊了几句之后，就借口还要赶下一个饭局，匆匆离去。其实大家心里都清楚，他一直杵在这儿明显不合适，大家也就心照不宣地送他出门。

剩下三个人又边吃边聊了一会儿，气氛慢慢也就打开了，话题从国际时政聊到 M 国大选，又从抗美援朝聊到香港国安法，聊着聊着，马东明不经意间把话题引向了近几年的贸易大战："贸易战，我觉得这个提法不准确。"

"马主任，有何高见？"段建华问道。

"应该叫，M国单方面发起对华贸易战。"

"确实，我们并不想主动发起进攻，对方实在太好斗了。"

"M国要遏制中国的发展，贸易战只是其中的一张牌，后面发现我们应对得好，于是，他们又往科技战、产业战、司法战和舆论战等方面扩展，断供芯片就是科技战的一招。"

"嗯，M国真是一肚子坏水。"段建华跟着话题闲聊着，他一点不着急。

"如何破解这一招呢？"

"自己研发怕是一时半会儿来不及吧！"

"中长期看，咱们肯定要搞自己的芯片，但短期利益咱们也不能不顾。"

"那咱们怎么破解呢？"

"当然是跟他们对着干，既然明面上不卖，那就曲线救国。"

"怎么救？"

"从第三国绕进来。"

"马主任，您这说的是王思诚那个案子吧。"段建华反应过来。

"段局明白人。"

"是啊，什么都瞒不过段局长。"唐若娴附和道。

"这里面啊，还有个小故事呢。"先说情，后说理，先让段建华在情感上与他们产生共鸣，对王思诚有一个感性的认识，再在法律上给出一些合理的依据，这是马东明与唐若娴事先商量好的沟通策略。于是，马东明就把他找王思诚去M国采购芯片的来龙去脉，完完整整地说了一遍。

"没想到这件事，还是马主任交办的？"

"是啊，其实我也找了不少人，但真正办成的只有他，当然过程也是比较曲折的。"平常都是各路企业家给马东明讲故事，他听得耳朵都起茧了，这回轮到他自己来讲了，他发现故事能不能打动人，关键看过程是否曲折，王思诚的创业之路可不仅仅是曲折，走到现在眼看就要夭折了，而且不仅仅是事情要夭折了，连人都要夭折了。

"这小子还挺勇敢的嘛！"段建华还真有点被打动，十多年的办案经历让他看惯了各种人性的丑恶嘴脸，但今晚突然在王思诚这么一个"明知山有虎，偏向虎山行"的故事里，他感觉到了一丝人性的光辉。

"是啊，有勇有谋，也很有理想的年轻人，所以，我听说他出事也很意外。"

"一码是一码，人可能是个好人，但不代表好人就不会犯错误，犯了错误，知错能改，善莫大焉！"情感是情感，理智是理智，如果段建华仅仅听个故事就迷失方向的话，那缉私这份工作他早就干不下去了。

唐若娴感觉差不多是时候轮到她出手了，她向马东明发出暗示，但马东明示意她稍等，他要再过渡一下："段局说得对，做了违法的事，肯定要负责任。但唐律师好像找到了新的证据，据她说这足以改变案子的定性，当然专业上的事情我不在行，要不让唐律师给说明一下吧！"

"段局长，那我就向您汇报一下？"唐若娴接过接力棒。

"说吧。"段建华点头示意。

"案件的基本情况，段局长应当是大致清楚的吧？"她先谨慎地确认一下，以免鸡同鸭讲。

"大致了解。"

"那我就直接说重点吧。"唐若娴直奔主题，"该案的焦点是，我的当事人到底有没有与松本隶仁共谋偷税漏税的走私行为，从我目前掌握的资料，以及与办案的张警官沟通的情况来看，警方没有充分的证据证明他有。"

"刚才马主任也说了，整件事情是他一手策划的，他一手策划，其他人能单独搞小动作？他一手策划，其他人搞小动作他能不知道？你认为可能吗？"这个观点是张泽忠向他汇报时提出的，逻辑上也有一定的道理。

"我的当事人与松本隶仁的合同交易是从去年10月份开始的，如果我找到的证据能够证明我的当事人是在今年1月份才知道货物报税报的是鼠标而不是芯片，那是不是可以证明这就是松本隶仁私下搞的小动作，与我的当事人无关？"

"什么证据？"

"是一段海关的监控录像,我把它播放出来。"唐若娴一边说着一边拿出手机和迷你投影机,不一会儿,视频画面被投影到一侧的白墙上,画质还算基本清晰,音质尽管有些嗡嗡的杂音,但也算勉强听得清。画面中王思诚和松本隶仁正在跟海关工作人员交涉被扣货物的问题。

"今年1月,海关检疫部门在这批进口货物中发现了新冠病毒,因此我的当事人和松本隶仁一起去现场处理此事,柜台里面是海关工作人员,柜台外面坐着的是松本隶仁,他旁边站着的就是我的当事人,请注意看这一段!"

唐若娴刻意调低了播放速度,这段关键的画面她已经看过很多遍了,视频中出现了如下对话:

王思诚:"同志,这批货对我们非常、非常、非常的重要。"
工作人员:"鼠标有那么重要吗?"
王思诚:"鼠标?"
工作人员:"难道不是吗?不要只看自己的那点小利益,严格防疫永远是第一位的,出了问题,责任你承担得起吗?"
王思诚:"同志,这不是芯……"

"我的当事人话还没说完,松本隶仁就赶紧拽住了他,显然是企图掩盖什么,不想让他把话说完!"唐若娴立即提出推测,"根据前面的对话和最后的'芯'字推断,我的当事人没有说完的话只能是'这不是鼠标,是芯片。'"

段建华内心很奇怪,这个证据张泽忠为什么没有去调查呢?还是调查了没有向他汇报?嘴上却说:"你后面有一些主观推测的成分。"

"段局长说得对。"唐若娴一边顺着领导说话,一边避重就轻,"这确实有一点遗憾,如果话能全部说完,事情也许就更清楚了。"

"好,这段录像我们再核实一下。"尽管唐若娴已经提供了视频资料,但为了保证该证据的准确性,他们还需要自行去采集第一手资料。

"段局长,希望这段视频能对我们厘清案件事实有所帮助。"唐若娴尽可能地注意说话的角度和方式，她谨记国家法律对律师的要求，除了维护当事人的合法权益，还要维护法律的正确实施，而维护法律正确实施的前提是搞清楚案件的基本事实。

"但即使事实的确如你所推测的那样。那后面呢？后面他不是也知情了吗？从他知情之后到我们警方找到他，也有了一段时间，但这段时间他也没再去过海关，那也是知情不报啊！"二十多年的办案经历让段建华积累了丰富的经验和敏锐的嗅觉，他很快就想到新的问题，他的意思是，王思诚后面的不作为行为同样将构成犯罪。

但唐若娴毕竟不是菜鸟律师，资深律师不仅要学会解决眼前的问题，还有推测对方可能会提出的新问题，并提前想好对策。所以，对于段建华提出的这个问题，她早已是成竹在胸："段局长，您知道德国'癖马案'吧？"唐若娴不慌不忙地拿出早已研究好的说辞，"一百多年前的德国，一位马车的车夫虽然知道马有不良癖性并可能伤人，但他仍然不敢违抗雇主让他继续驾驶的命令，以至于产生了严重的伤人后果，而最终法院的判决是车夫无罪，理由是很难期待车夫不惜失掉工作，去违抗雇主的命令。"

"唐律师认为，王思诚的行为不具有期待可能性，对吧？"虽然中国的刑法并没有专门的条款支持这一理论，但段建华对这个理论也并不陌生。

"是的，所谓法律不强人所难，如果无法期待行为人在行为时实施合法行为，便不应当对其加以责难。"唐若娴进一步用一句法律谚语作出解释。

"套在我们这个案子上，我认为比较牵强。德国'癖马案'是雇主与雇员的关系，雇员的弱势地位太明显，他当然得听。"段建华抽丝剥茧，分析思路清楚得当。

"段局长分析得很准确，这两个案件的确不完全一样。不过，在我们这个案件中，买卖的也并非一般性的货物，而是被 M 国限制出口的芯片，整个交易链条牵一发而动全身，我的当事人也不是想把松本隶仁换掉就能换掉的。"

"你说得也有点道理，但真心想换那也不是办不到。"段建华的话有些模棱两可。

"是啊，如果不是疫情严重，我相信我的当事人再往 M 国跑多少趟都不是问题！"唐若娴不能把话说得太直白，但背后的意思不难理解，段建华一时语塞。

专业方面，马东明虽然听不太懂两位高手的博弈，但他观察着段建华的表情，能够依稀感觉到唐若娴的话似乎对段建华起到了一定的作用，他觉得有必要再助力一把："段局，专业上你们聊的内容，我听得似懂非懂，但我感觉小王这个案子，是不是还可以再仔细斟酌一下？"

"那行，这件事情我们内部再研究一下，办案子嘛，还是要严丝合缝才行，两位放心，我们一定公正严明，不放过一个坏人，也决不冤枉一个好人。"段建华的话说得滴水不漏。

"有段局这句话，我就放心了！"马东明举起酒杯。

唐若娴也跟着举起酒杯："段局长，那我就替我的当事人先谢谢您了，我干了，您随意！"唐若娴一仰脖子，热辣辣的酒精从她喉咙流过，不仅让她的胃里暖了，也让她的心里暖了。

第九章　重整旗鼓

《苦难辉煌》带来的启示

回想这一整年，周亚婷的生活过得一直心惊肉跳的，说得夸张一点，人生前三十多年的担惊受怕加起来，恐怕还不及这一年多。

好在这一年即将过去，农历腊月二十九，已是春节前的最后一个工作日，她终于赢来了一个好消息，一个令她欢欣鼓舞的好消息，一个足以一扫全年阴霾的好消息。为此，她一大早就驾车来到了看守所的门口。

事实上，当她昨天晚上接到律师的消息，通知她今天上午去接王思诚回家时，她激动得一夜没有睡着，更有意思的是，两位律师几乎是同时给她打的电话，她无法判断到底是谁起到了作用，而这已经不重要了，重要的是她可以确认她的老公马上就可以出来了，重要的是她的老公是无罪释放的。

上午十点，看守所的大门准时打开，王思诚从里面健步走了出来。周亚婷眼角含满了泪水，立即冲上去拥抱他，王思诚也张开双臂，两人紧紧抱在一起。

"对不起，老婆，让你担心了。"周亚婷的内心瞬间破防，她激动地把双手抱得更紧了，久久不愿撒手，虽然分开不过几天的时间，但两人就像久别重逢的亲人一样，泪流不止，令人动容。

回家路上，王思诚接到了马东明的电话，对方在电话里只是问候了一下，让他好好休息，好好过年。王思诚知道，这件事马东明肯定没少帮忙，大恩不言谢，一切尽在不言中。

回到家里，王思诚变得有点沉默寡言，这些天，他在看守所里想了很多，那里的生活很单调，没有娱乐，没有通信，大部分时间都只能在监室里静坐发呆，从都市里争分夺秒的高强度、快节奏的生活突然变成这种状态，就像一辆高速疾驰的轿车突然爆胎一样，让人措手不及。

其实，像他这样的人还不少，有的人在"事业"的顶峰时甚至手握数十亿资产，也曾经是职场上的"成功人士"，然而他们现在却在看守所里，什么也做不了。

王思诚最终被无罪释放了，但看守所里的其他人呢？他们的今天会不会变成他的明天？他们的血泪教训难道不值得引起他的警示吗？他会不会也像他们一样，走得太远，以至于一不小心就跨越了法律的边界？

所以这些天，他一直在思考，即使已经回到家中，他的思绪也仍然没有平静下来。

到底什么样的人生才是他应该过的人生？创业到底是为了什么？是为了摆脱打工人的命运吗？可能有一点，然而以前只有一个领导管他，现在是一堆人可以管他。是为了自己的虚荣心吗？也可能有一点，然而繁华过后总是空，洗尽铅华方为真。那是为了让家人过上更好的生活吗？可能也有一点，然而创业后忙得像陀螺一样连轴转，人累得跟狗一样，每天回到家倒头就睡，跟家人连话都说不上几句，孩子都和他有点生疏了。

其实，他完全可以解散现在的公司，放弃创业，转而重新找一份体面的工作，早九晚六，做五休二，拿着不错的薪水，过着老婆孩子热炕头的普通生活，平常，平淡，而且平静！

有一则小故事，说的就是人生的选择问题。

一个美国商人去忽悠一个墨西哥渔夫，教育他要去创业，而渔夫本来过着恬静而安宁的生活，每天睡到自然醒，上午出海抓几条鱼，回来跟孩子们玩耍，再跟老婆睡个午觉，黄昏时跟哥们玩玩吉他，喝点小酒，生活过得好不自在！商人却告诉他这样的生活太无趣，他应该选择去创业，首先他要每天多花一些时间去抓鱼，存一些钱去买更大的船，于是就可以抓更多的鱼；接着就可以组建自己的渔船队，等规模足够大了，就不再把鱼卖给鱼贩子了，而是自己成立一家企业，自己开工厂做鱼罐头加工，再把产品打入美国市场；然后就可以离开这个小渔村，搬到墨西哥城，再搬到洛杉矶，最后搬到纽约，在那里不断扩大企业经营规模；最终他可以去纳斯达克敲钟，宣布公司上市，把公司的股票卖给全世界的投资者们，到那个时候，他可就赚大发啦，有几亿甚至是几十亿美金的身家呢！渔夫问，那再然后呢？商人告诉他，他就可以退休了呀，选一个风景秀丽的海边，每天睡到自然醒，然后出海抓几条鱼，回来跟孩子们玩耍，再跟老婆睡个午觉，黄昏时跟哥们玩玩吉他，喝点小酒！于是，渔夫困惑地反问商人："我现在过的难道不就是这样的生活吗？"

是啊！兜兜转转一大圈，费劲了九牛二虎之力，最后也只是回到原点，人的一生，到底在追求什么？

如果用爬山来对不同的人生状态进行分类的话，大概可以分成三种人：第一种人走到山脚下一看，"啊？这么高啊，还是算了吧！"，然后就一辈子待在山脚下，一方面抱怨山太高了，另一方面也抱怨山下的风景很不好。第二种人努力向上攀登并到达了半山腰，这里风景很不错，远望银装素裹，近观水秀山清，于是他们选择在这里安营扎寨，过着优渥的生活；但对于继续向上攀登，他们不感兴趣，因为再往上走，不仅风景会变得越来越不好，而且气温也越来越低，一片白雪皑皑的景象伴随着刺骨的寒风，甚至时时刻刻都有生命危险。而第三种人恰恰就是为了登顶而生，他们是伟大的攀登者，他们不到达顶峰绝不会放弃，他们毕生的梦想就是要体验那种登顶时一览众山小的成就感，那是一种君临天下、舍我其谁的独尊感，是的，他们当然会有失去生命的风险。在这个过程中，也将注定会有人因此而牺牲，然而即使是牺牲，他们也从不后悔自己的选择，他们会在坠下山崖的一刹那，对着同伴高喊："你们一定要登顶成功！"

各种想法在王思诚的脑海里碰撞着，他到底要做一个与世无争的渔夫，还是要做一个伟大的攀登者？一时半会儿，他也没想明白。他的心情就像外面的天气一样，凄风寒雨。周亚婷看见他这几天一直心事重重，便时不时地放一些音乐来帮他舒缓情绪。家里有一台老式的唱片机她一直没舍得扔，那是他们在热恋时，他送给她的生日礼物。当然，即使是在那个年代，这台唱片机也可以称得上是古董级的。她有几张珍藏多年的老式唱片，会时不时拿出来播一播。那是他们青春的回忆，是他们甜蜜的记忆，是他们一起走过的岁月。

王思诚享受地倾听着，现在放的是一首张国荣的老歌——《沉默是金》，正好唱道：受了教训，得了书经的指引。

在这样迷茫的人生时刻，也许只有读书，才能够帮助他找到通往未来的方向吧！

于是，他走到书柜旁边，翻起了前几年曾经看过的各种名人传记，有历史名人，也有近代名人；有科学家，也有政治家；有中国的，也有外国的。人的认知水平不仅受到时代的限制，甚至很难突破自己的交际圈。只有通过读书，才能够与不同时代、不同背景、不同阶层的人之间进行思想上的交流。他之所以走上了创业的道路，其中一个潜移默化的原因，便是他在职期间，就读过不少企业家的传记，《任正非传》《乔布斯传》，等等，乔布斯的那句"活着就是为了改变世界"更是让他终身铭记。

这时，书架上一本红色封面的书引起了他的注意，书看上去非常新，仔细一看，塑封都还没有拆开过，这本书的名字是：《苦难辉煌》。这是一本讲述中国革命历史的书，他印象中好像没有买过这类书籍。周亚婷走过来告诉他，这是马东明送给他的，说是他们单位上上下下都在读，让他没事的时候可以读一读。

他坐在久违的书桌前，拆开书的包装，然后翻了起来。这本书非常厚，多达六七百页，沉甸甸的，端在手里有一种厚重的历史感。慢慢地，读着读着，他就被带进了那段波澜壮阔的历史。在20世纪初的世界东方，中华民族在经历了百年沉沦后，仍然在黑暗中摸索前进，如何实现民族的救亡？如何摆脱"东亚病夫"的称号？一批顶天立地的中国共产党人站了出来，他们不为钱、不为官，不怕苦、不怕累，不贪生、不怕死，只为心中的信仰和主义。

然而，救国救亡的道路绝不是一帆风顺的，中国共产党人也不是从一开始就所向披靡的，在这一过程中，各种矛盾冲突空前尖锐，斗争局面极其复杂，有外部的围追堵截，也有内部的争论与妥协，还有不尽的跋涉、惊人的牺牲和大量的叛变。红色政权为什么能够存在？中国共产党人正是在经历了地狱之火的千锤百炼之后，才带领中华民族完成了中国历史上最富史诗意义的壮举，中国革命也由此成为一只浴火凤凰，从苦难走向辉煌。

花了整整两天时间，王思诚读完了这本书，就像看完了一部令人热血沸腾的电影一样，澎湃的心情久久不能平静。正如书中引用的法国史学家吕西安·费弗尔的话：在动荡不定的当今世界，唯有历史能使我们面对生活而不感到胆战心惊。至此他也明白了，为什么马东明会在这个时候送这本书给他。他当然是有用意的。马东明总是快人一步，真是神机妙算，什么都预测到了，王思诚的内心不由得对马东明又一次表示叹服。

回到眼前，很多青年人对于苦难、对于历史知之甚少，总喜欢动辄便提及自己的个人成就，一旦遇到生活上、事业上的挫折就灰心丧气。重新审视这段历史的意义，就在于让今天的我们更明智，让我们前事不忘后事之师。如果没有那段苦难的历史，又何来我们今天的丰衣足食？

天终于放晴了，王思诚走出家门，来到小区的中心花园里，悠闲地散着步，太阳驱散了浓密的乌云，阳光铺洒在淡绿的草坪上，虽不强烈，但也足够温暖。

他坐在长椅上，想着想着，心中对于未来的方向渐渐有了清晰的答案，耳边仿佛又传来那首经典的粤语老歌，伴随着悠扬的曲调，他跟着轻声吟唱着：现已看得透，不再自困。

新的一年新的开始

春节过后的第一个工作日,思诚腾达公司准时复工,王思诚第一个到达办公室,回想起这一年来的创业历程,他百感交集。其中最大的收获,莫过于找到一群愿意跟着他一起奋斗、一起打拼的好兄弟,即使是在他已经身陷囹圄之际,他们也没有抛弃他,至少他是这么想的。

世界上没有不透风的墙,即使是苏玺儿严守秘密,公司的其他人也仍然可以通过各种渠道知道老板为什么会"失踪"了,只是大家三缄其口,避而不谈罢了。不过,现在一切都已经是过去式了,云开雾散,是时候好好规划一下新年的目标了。

所有人到齐后,王思诚在会议室里向大家发表了简短而动情的演讲,他号召大家加快研发进度,争取早日为中国智造、中国创造作出自己的贡献,阶段性的小目标则是在三个月内拿出人体安检仪的 DEMO 样机。大家看着老板的工作状态,丝毫看不出前阶段在他身上曾经发生过的重大挫折,这完全是满血复活嘛!

如此一来大家也就安心了,有些人过年前曾经投出去的简历也就当是白投了,于是,跑学校、做实验、搞测试,大家开始规划并推进自己手头的工作了。

而苏玺儿除了继续给研发部门做助手外,还要肩负起配合老板进行市场开拓的工作。她试着联系了汪春凤,拿到了一些项目招标信息后,开始了投标的探索，或者更准确地讲，是"抢标"的探索。她试着用王思诚教给她的分析方法对招标文件进行分析，努力地筛选并寻找着更符合要求的项目。

摸着石头过河的感觉其实并不好，不仅困难，而且不熟练，对每个人来讲莫不如此。因此，有的人选择了知难而退，而苏玺儿却刚好相反，她是知难而进。因为她明白，做困难事必有所得，退一步讲，就算是失败了也不要紧，只要认真总结，也一样会有提高，更何况这还是在公司的平台上，由公司来承担她失败的成本，何乐而不为呢！

而此时，王思诚最需要担心的，恐怕就是公司的资金问题了，用时间管理的四象限来类比，那就是第一象限，重要且紧急。Simon那边终断了芯片的合作，这条现金流算是彻底断了，源头没有了，而"存货"也不乐观，周亚婷为了把他"捞出来"，已经花光了公司账上所有的流动资金。

狗急了会跳墙，人急了最容易想到的，往往是从自己熟悉的领域想办法。王思诚也一样，他想到了当初的老本行，Wi-Fi无线产品，去那里挣些小钱应该不是难事，找石亦冰去拿个唯创的金牌代理商资格，然后再把原来的一些老客户变现，应该能够支付前半年的员工工资和房租水电。

然而，跟石亦冰在电话里聊完，他才发现，现实是此岸，理想是彼岸，中间则是无法跨越的湍急河流。石亦冰倒是愿意给他一个金牌代理商资格，但问题是今时不同往日了，甚至唯创不少曾经的"铁粉"都抛弃了它们，用时过境迁来形容毫不为过。

唯创已经被赶下市场的王座，尽管只有短短一年时间，但是市场的变化可谓风云莫测。受疫情的影响，整个市场的大环境不佳，加之与国外的持续贸易摩擦，以及国内Wi-Fi厂商的崛起和5G技术对Wi-Fi技术的冲击。总而言之，在多重压力的内外围攻之下，唯创像一个没落的贵族一样，被迫走下了神坛。其实不仅是唯创，他们的老对手科林公司也没有好到哪里去，两家公司就像一对难兄难弟，在一众国内Wi-Fi厂商的追击下，被打得丢盔卸甲，节节败退，民族品牌的Wi-Fi产品异军突起，势不可当。

以往，唯创和科林之所以能够在市场上形成双雄称霸的格局，主要原因就在于技术上的领先优势。然而,随着国内 Wi-Fi 厂商在技术上的持续积累,再加上受美国"卡脖子"政策的刺激,它们拼了命搞研究,做开发,终于在 2020 年实现了产品技术质的飞跃,伴随而来的就是在市场上的攻城略地。唯创和科林的价格是明显高于国内厂商的,当技术的优势被抹平时,在市场上被打得割须弃袍无法避免,特别是在大大小小的项目都要招投标的时代更是如此。

王思诚对此可以说是悲喜交加,喜的是他看到了人体安检仪市场的明天,他相信将来这个市场的主流也肯定会是民族品牌,就看他自己能不能赶得上这一班车了;而他悲的是,眼前的资金问题可就不好办了,如果不能按时发工资,他该怎么跟兄弟们交代呢?

钱能解决的问题都不是问题,这是他一直以来的座右铭。但现在看来,这句话,似乎只有不差钱的人,才能说得风轻云淡。对于他现在的近况而言,可谓一分钱难倒英雄好汉啊,不过好在还没有到发薪日,他还有时间去想办法。

具体怎么办呢?如果通过经营来获取资金的道路暂时走不通的话,那就只能想办法通过融资解决了,而融资的方式无非是两种,一种是债权融资,另一种是股权融资。虽然政府对初创企业有相应的政策扶持,但因为需要的资金数额巨大,所以债权融资这条路并不适合王思诚的公司。那就只能股权融资了,但是公司现在还属于只有想法的发展阶段,要想找到合适的投资人何其困难啊。

左思右想,他一时也想不好该怎么办,但眼下,还有一件紧急的事情要去办,他得专程去拜访马东明一趟,以示谢意。毕竟自从开始创业以来,马东明给予了他不少帮助,具体项目上帮他牵线搭桥,精神思想上也是给了他很多指引,年前的突发事件相信也没少出力,还特意送了一本书给他指点迷津。为此,他特意给马东明打电话约好了时间,见面后打算说一下自己创业的进展情况,顺便再向他汇报一下自己的读书心得。

马东明倒是不着急,他心里很清楚,任何人在遭遇这么大的变故之后,都需要一些时间来恢复，需要一些空间来思考。有些人因此而作出放弃创业的决定，也实属人之常情，甚至有些已经有点身家的企业老板选择移民海外。所以，他不会去催促，而是一直在等待，等待着王思诚的最终决定。当然，如果王思诚从此不再找他，那无疑也是用实际行动作出了决定。

然而让他没有想到的是，王思诚新年上班后的第一天就给他打了电话，约好时间后，下午就来找他。还是跟原来一样，王思诚这次也是带着上好的茶叶来的，而跟原来不一样的是，王思诚这回像模像样地捣鼓起茶具了。

"马主任，给您拜个晚年了。"王思诚作了作揖，然后又递上了红色喜庆的大礼盒，"武夷山大红袍。"

"过年好啊，小王，来就来了，这么客气干嘛！"马东明微笑着招呼他坐下。

"主任，今天我坐里位，给您请茶吧。"说罢，王思诚开始给水壶充水。

"你是客人，这怎么好意思。"

"主任，我刚学了个一招三式的，正好想请您指点指点。"

"哦？那要这么说的话，你来试试手，我给你看看？"马东明也有好为人师的一面。

"请主任多多指点。"

两人入座后，王思诚向前弯腰15度："行茶师礼！"

"这一步这就免了吧。"马东明笑了笑。

紧接着，王思诚左手拿起茶叶罐，右手用茶拨将茶叶由里向外拨至茶则上备用。然后用热水将主泡器盖碗内外彻底温热。

"这一步很有必要，有利于激发茶叶的香气。"马东明点评道。

王思诚又用碗盖微微斜盖在主泡器上，然后双手捧起盖碗置于胸前，右手四指托住碗底，拇指扣住盖纽向前推，出水至摆放在正前方偏右的公道杯，以温热之，马东明在一旁边看边点头。

王思诚左手端起茶则，右手用茶拨将茶叶拨进温热过的盖碗内，再盖齐盖碗，双手捧起盖碗朝自己的方向摇晃三次，然后开盖，将碗沿置于嘴之上鼻之下，用鼻子闻了闻茶叶的香气。

"摇香！"马东明点点头，"嗯，学得很细。"

接下来，王思诚开始用公道杯里的热水温热放在正前方偏左的两只品茗杯，但他的操作过程却故意留下了一个小小的破绽。马东明立即点评道："你刚才的操作要以主泡器为中心，左手负责左边，右手负责右边，左右手不越物不交叉。"

"哦！明白！"王思诚的表情好像突然打通了任督二脉一样，然后又重新做了一遍，这一次，他用左手举公道杯前推至左前方的品茗杯，倒出热水，之后左手拿起品茗杯递到自己的右手，再用右手前推品茗杯至右前方，将水倒进建水里，"是这样吗？"

"做的不错。"马东明很是满意。

王思诚继续操作，他左手提起水壶，将热水倒入盖碗，盖住15秒左右之后，将醒茶的水倒入建水中。接下来就是正式泡茶环节了，他把盖碗注满热水，又一次盖住15秒左右之后，茶叶吸水逐渐舒展开来，随后他将茶汤滤出至公道杯，最后再将茶汤倒入品茗杯："马主任，请喝茶。"

马东明端起品茗杯先是闻了闻香，之后吹了吹冷，再一饮而尽。

王思诚左手持杯，右手托杯，向马东明敬茶："左手持杯以为礼，右手托杯以为敬，感恩之心以为品。"

"嗯，学得不错，至少80分。"

"还是主任水平高啊，我这还没学到位呢！"王思诚谦虚道，又给马东明倒了一杯。

"你怎么想起来学茶道了？"马东明知道王思诚以前对茶道没什么研究，也大概猜得出来他为什么要刻意学这个。

"我能想到最好的感恩主任的方式，就是向您请茶了。"王思诚心里很明白，在马东明这样的高人面前，没必要玩那些庸俗的套路，那无异于关公门前要大刀。

"你有心了。"马东明越来越觉得王思诚有他年轻时的样子。

"主任，不好意思，年前的事给您添麻烦了，今天在此向您表示感谢。"王思诚又敬了一杯茶。

"这件事也谈不上我有什么功劳，主要还是你自己没做犯法的事，否则谁也帮不了你。"真要是王思诚触犯了法律，马东明确实也是无能为力的。

"请主任放心，我已经做了深刻的自我检讨，保证以后绝不再犯。"表完决心，王思诚又给马东明斟满茶水，"主任您都给我指点迷津了，我能不豁然开朗吗？"

"读书归读书，未来的路到底该怎么走，还是要你自己做选择啊。"马东明知道他说的是《苦难辉煌》那本书。

"今天来，第一是向主任感恩，第二就是向主任表决心，必须要将革命进行到底！"王思诚右手拍拍胸口。

"书已经读透了？"

"已经读了两遍了，说实话，跟先辈们比起来，我遇到的困难根本不算什么。"

"你真的想清楚了？"

"那当然，苦难我都经历这么多了，这辉煌我怎么能错过呢？"

"别老想着辉煌，搞产品研发可不是一件轻松的事情，这是个又苦又脏又累，还特别烧钱的活儿，而且你现在芯片贸易没得赚了，还能撑多久啊？"马东明的提问直击要害。

这确实是当前王思诚所面临的困局，但是一时半会儿他也想不出特别好的对策，于是只能继续喊口号表决心："要向先辈们学习，有条件要上，没有条件，创造条件也要上。"

"你要是做个小产品，咬咬牙，勒勒裤腰带，说不定也能坚持下来；但你现在要做的可是大型装备，这玩意没有大几千万，甚至过亿的资金，怕是打不住啊。"马东明继续点拨王思诚。

王思诚很快就听出了弦外之音，心中暗喜："那主任有何高见，您请指点。"王思诚一边问，一边又敬了一杯茶。

"我们乾江高新科技园区属于国家级高新技术产业园区，每年都有专项发展资金用于支持企业的科研创新和产品研发，这一块你有没有关注过？产业促进处那边没有向你宣传过政策吗？"

王思诚想起来了，公司里的确是有一些相关资料，好像有些还是彩色的宣传册，做得很精致，他扫过一眼，也在网上了解过一些情况。这一类的扶持资金一般都是政府直接拨给企业的，当然也会要求企业等比例配套资金，各地政府部门、产业园区通常都会根据自己的政策导向和产业导向决定到底拨给哪些企业。

从融资的角度来讲，不管是债权融资还是股权融资，企业都是需要支付一定对价的，而拿政府的产业扶持资金，政府不要求企业还本付息，也不要求企业划拨股份，唯一的要求就是，企业要好好发展，将来给政府多贡献一些税收。所以，每一年都会有大量的企业去申报，便衍生出了一个行业——科技中介行业，它们的主要业务就是帮企业代理递交申报材料，然而，世界上的事情哪有那么简单？

每一行都有每一行的门道，表面看上去公平合理的事情，其实往往是暗流涌动。王思诚经过一番打听后才知道，小资金倒是有可能拿到，一般政府也就组织专家对申报材料评审一番，然后筛选出一些稍微好一些的企业和项目，最后拨款十万、二十万不等，俗称"撒胡椒面"政策。而大资金，几百万、上千万，甚至是过亿的，不仅对企业的各项经营指标有一定的要求，更关键的是，这些重点项目、重大项目基本都是提前内定的，在网上公开申报材料无非是走个流程，这跟公开招标之前提前内定中标人基本是一个逻辑。

王思诚盘算过，拿小资金没什么意思，自己做申报资料也要花不少时间，委托给中介机构吧，它们还要分走三四成，本来就是个"鸡肋"，这再一分那完全是味同嚼蜡了，所以有这个工夫，还不如去做几单小业务来得快。而拿大资金吧，像他这样的新公司基本指标都达不到，跟领导关系再好也没有用，所以，他也就没有动这方面的心思。

但这一次，既然是马东明主动提起，想必他心中已然有了棋局。"主任啊，您刚才说的大几千万、上亿的，那得是重大项目吧？我们这样的新公司的经营数据，就算是几百万级的重点项目，那也不达标啊！我总不能因为跟您比较熟了，就来找您开后门吧？那不是给您找麻烦吗？"

"亏你还想做企业家呢？想想看，你们这个人体安检仪项目，有什么优势？"马东明引导式提问。

"优势？"王思诚皱了皱眉头，抿了一口茶水，思索了一会儿，"祁院士？和胡教授？"除了这两个人，他实在想不到其他的了。

"院士可是一块金字招牌，由院士担当项目负责人，这申报成功的可能性至少是50%起步了。"

"那另外50%呢？"

"你说呢？"问题的答案不言自明，马东明继续反问。

"学校可以直接来咱们园区申报吗？"王思诚有点疑虑，第一直觉是可能不太行，但他还是结结巴巴地先问了出来。

"你想一想我们园区每年支持的项目，申报主体都是谁？"马东明这么反问，其实都不用查了，猜都猜得出问题的答案。

"哦，对了，学校是偏重基础技术研究的，应该是去科委申报项目。"王思诚想起来了，他好像在跟科技中介沟通的过程中，对方告诉过他相关情况，科委、经信委、发改委、产业园区都有资金，但扶持的重点是不一样的。

"就是嘛，我这里是产业园区，项目申报的主体必须得是企业，而且重大项目，肯定得是综合实力较强的企业，才拿得下来。"

话说到这里，王思诚基本想通了，大致的方向他基本清晰了："所以，项目负责人可以是学校的院士，但申报的主体一定要是实力强大的企业，对吧？"

"是的。"

"明白，主任。"王思诚给马东明盛满水杯，"我再敬您一杯，您可真是我的再生父母啊！"王思诚一饮而尽。

告别马东明后，王思诚心情大好，哼着小调一路快步走回公司，这可真是否极泰来。如果自己家的鸡下不了蛋，又必须要吃鸡蛋的话，那就只能借鸡下蛋了，这和项目招投标里借壳投标的操作完全是一回事嘛！接着，他又吟起了著名的《游山西村》，一边回忆着中学时学的佳句，一边拿出手机拨通了康广源的电话。

  莫笑农家腊酒浑，丰年留客足鸡豚。
  山重水复疑无路，柳暗花明又一村。
  箫鼓追随春社近，衣冠简朴古风存。
  从今若许闲乘月，拄杖无时夜叩门。

寻找新的机会

王思诚以为申报专项资金时借华康视讯的名义与招投标时借大公司的名义没什么不同，结果他与康广源见面一聊，才发现完全不是那么回事，真可谓：内行看门道，外行看热闹。

华康视讯有一个"政府关系事业部"，专门负责申报政府的各类研究课题、产业化项目等等，康广源以前刚好轮过岗，管过这个部门，所以对这项工作一点也不陌生。每年大大小小的各种扶持资金加起来，它们平均能从各级政府部门拿到几个亿的资金。但这些钱好是好，也比较麻烦，毕竟是政府的专项资金拨款，为了规范化使用，政府现在都要求企业专款、专户、专账，而且每笔钱具体怎么花的，研发人员的工资是多少，固定资产的投入是多少，企业的配套资金有没有到位，等等，在项目结项验收的时候都是需要进行详细审计的，这跟与客户招投标并履行一份买卖合同，完全不是一个难度级别的事情。

所以，通过"借壳"招投标是司空见惯，但通过"借壳"申报专项资金的，还真没有。而且，如果申报产业化类的专项资金，还要承担很多社会价值类的指标，例如：创造了一千人就业、增缴了五千万的税收等等。相对会更麻烦一些，说白了，这些资金名义上是白给，但实际上政府也是有诉求的。

从华康视讯走出来的王思诚，顿时有点摸不着头脑，这是马东明给指的路啊，难道说这会是一条走不通的死路吗？不可能啊！一定是哪里还没有想清楚,他本想杀个"回马枪",再去拜访马东明的。但仔细一想,不对!不能这么傻乎乎地再去问东问西,自己稍微有一点点想不明白的,就去找领导,这显然不妥,领导又不是保姆,不可能把饭端到你嘴边,更不可能把什么话都说得一明二白。

创业者必须要有创新精神,有些东西必须要自己去研究,去思考,自己发现问题并自己解决问题,甚至是想尽各种办法,利用各种资源去穿墙打洞,把不可能变成可能,否则,就别走这条路了。所以,他可以再去,但去之前必须要做一些基础工作,必须要拿出自己的方案,因为没有哪个领导喜欢跟脑子空空,没有任何思路的人谈工作。

回到公司后,他接二连三地约见了几家科技中介公司,了解相关的情况,又调查了近三年来乾江高新科技园区的重大项目和重点项目都扶持了哪些企业。果然,绝大多数都是实力强劲的股份有限公司,突然间一个熟悉的名字映入他的眼帘:安泰科技股份有限公司。它们是两年前获得重大项目的,支持的项目正是磁控胶囊胃镜系统,是一个产业化基地的项目,实际拨付资金竟然高达 1.5 亿元,这钱给得也太多了吧!难怪上次参观的那个厂房建得那么气派,原来这里也有官方的一份支持啊!

之后他便顺藤摸瓜,联系了安泰科技的肖国清,然后又专程登门拜访,了解当时的详细情况。虽然有一段时间没有联系,但由于此前交流得比较愉快,肖国清很热情地接待了他,两人见面这一聊,果真又聊出了新东西。听完王思诚讲明来意之后,肖国清哈哈一笑,感叹道:"古希腊哲学家阿基米德说过,给我一个支点,我能撬动整个地球。王老弟啊,你现在是棍子在手,支点没有。"

"肖总,您觉得我应该到哪里去找支点呢?"王思诚虚心讨教,他的确没有这方面的经验,需要像肖国清这样的过来人指点迷津。

"解铃还须系铃人,政府的事情,当然答案还是在政府那里。"

"此话怎讲?"

"为什么项目负责人必须是院士?为什么申报单位必须是实力强劲的企

业？风险！明白吗？"

"嗯。"王思诚点点头，其实这一点他是清楚的。

"换位思考，如果你是马主任，你会把这么多资金给一个名不见经传的新人吗？所以，你要帮领导考虑周全，不能让领导的头顶上悬一个堰塞湖啊。"

"我也想'借鸡下蛋'，但是我找华康视讯谈不下来啊。"

"你那个思路不对，拿华康视讯当'壳'肯定不行，你得让它们真有兴趣加入这个项目。"

"噢？"王思诚脑子一闪，这一点他此前的确没有想到，"怎么让它们有兴趣加入？"

"它们这个级别的公司，这类资金一年能拿几个亿，重大项目也不在话下，你认为它们在乎的是那些钱吗？"

"嗯。"王思诚一边听着一边沉思，钱肯定不是它们的重点，那到底它们在乎什么呢？

"它们有兴趣加入这个项目，只有一种可能。"

"哪一种？"

"这个项目是高层领导都关心的项目。"肖国清右手竖起食指，向上指了指，然后又特意强调，"不是一般的领导，是高层——领导！"

"噢，明白了，政绩！"王思诚的内心如拨云见日，但是新问题又随之而来了，这么高层的领导，他又不是皇亲国戚的，怎么撬得动呢？这倒是一个支点，但是不能直接用，要先撬动这个支点，然后才能利用它去撬动地球，一环扣一环。

"知道缺口在哪里吗？"

"在哪里？"

"中国（江城）国际技术进出口交易会，了解过吗？"

"什么会？"

"简称江交会，是商务部、科技部、国家知识产权局和江城市人民政府联手主办的国家级科技展会。"

"级别这么高？"既然是国家部委牵头的会，那出席会议的领导级别肯定低不了，王思诚心想。

"是啊，今年是第六届，我们公司上两届都参加了，这个会每年有大领导来参观的，2019 年是科技部的副部长，去年是江城市长。"

"噢，我明白了，如果大领导都看过了，都认可了，那华康视讯也就有靠近的理由了，马主任那边的工作也就好做了。"王思诚终于想明白这个连环扣怎么解了。

"正解。"

"肖兄，你们前年参加这个展会，然后前年又成功申请到园区的重大项目，这二者之间，不会完全没有一点关联吧？"

"你说呢？"两人目光交汇，笑了笑。

"我听说啊。"肖国清刻意压低了分贝，"我们园区的重大项目要申请成功，都得去江交会上走一圈，大领导看过了，点过头了才行。"

"原来是这样啊，果然是哪里都有门道啊。"王思诚点点头，心想，这要是没有高人指路，自己悟的话得悟到哪一天才能悟得出来啊。

"当然，我这也只是听说而已，无法求证，仅供老弟你参考吧！"

"听君一席话，胜读十年书啊！不管肖兄你信不信，反正我是信了！"王思诚心里很笃定。

"那你要抓紧了，现在离展会开幕也就不到两个月时间了。"

"哦？今年什么时候开？"

"4 月 15 号开幕，我们今年还会继续参会，这两天已经开始筹备了。"

"那太好了，肖总，那我们就展会再见喽！"

站在巨人的肩膀上前进，是多么美妙的体验啊，王思诚想着。这一趟沟通下来，可以说大有所获，肖国清的话直接给他打开了一扇新的窗户，这就是创业者最大的乐趣之一。接触新鲜事物、跨入新的领域，做自己从未做过的事情，这既是挑战，也是机遇，他喜欢战胜挑战并赢得机遇，因为这会让他倍感兴奋和激动。

当然，接下来他还有很多具体工作要推进。他理了理自己的思路，项目如果能被高层领导看中，不仅可以拿到一笔不菲的支持资金，更重要的是，还意味着项目获得了政府的官方背书，这可是花多少钱都买不来的东西，创业的路上有一句话——越多的人希望你成功，越多的人帮助你成功，你越有可能成功！而如果帮助你的人是政府，那无疑成功的可能性就更大了。

所以，当前的首要任务就是展会，而关键点就是一台合格的人体安检仪样机，原来的那个一代机肯定不行，噪声那么大，叮铃哐啷的，也就只能自己在实验室里自娱自乐，去展会参展那实在是贻笑大方，必须要将优化过的第二代样机赶紧做出来。但这个任务还是十分艰巨的，原定目标是三个月的周期，肯定要提前了。

刻不容缓，王思诚立即联系了胡宇晖。第二天一早，他与兄弟们一块儿赶往学校。学校目前还尚未开学，胡宇晖最近的时间也基本都泡在了实验室里，王思诚和胡宇晖单独聊了一会儿，胡宇晖听完他的计划后，不仅很感兴趣，更是十分兴奋，把整个项目推到高层领导能够看到的位置，这也是他希望看到的，这绝对是双赢。当然，他也不白干。一方面他表示会马上向祁昌龄院士汇报，并推动整件事情；另一方面，他也向王思诚提出了自己的要求，他想要入一些股份到王思诚的公司。

王思诚一开始满口答应，并表示他下一步就会跟校方直接谈，到时候校方会把相关专利技术打包找第三方机构做价值评估，然后再通过技术入股的方式注入公司，而学校会奖励一部分股份给研究团队，到时候，他们自然会有相应的股份。然而，胡宇晖的意思并不是这样，或者说，胡宇晖的意思并不仅仅是这样，他还想要更多，他希望个人再单独入一份股到公司，因为他觉得他在这个项目上的贡献是独一无二且无可替代的，而且还要求股份至少是 10% 以上，这意味着他将是公司里举足轻重的股东之一。

王思诚来之前并没有想到胡宇晖会突然提出个人入股的要求，但一想到公司最近现金流奇缺，如果胡宇晖入股的话，倒也正是时候，正好可以筹集部分资金，以解燃眉之急。然而，事情远没有他预想的那么美好，胡宇晖的想法是不拿真金白银出来入股，而是公司直接给他入"干股"！

人心不足蛇吞象！这不是明抢吗？王思诚心想。他的肺都快要气炸了，但此时的他也只能强压着心中的怒火，毕竟现在是他有求于学校，这件事没有"院士"这块金字招牌，是根本玩不转的，而祁昌龄院士最信任的人就是胡宇晖教授，对方既然敢提这么离谱的要求，八成也是号准了他王思诚的脉。

这钱都还没挣到手呢，只是看到了一点儿希望而已，说实在的，八字都还没有一撇呢，胡宇晖这么快就想到了怎么瓜分利益，不知道是他临时起意呢，还是蓄谋已久？但不管是哪种情况，胡宇晖此前在王思诚心中无比高大的学者形象立刻就跌落人间了，原来他也只不过是紧盯着眼前利益，满身铜臭气的凡人罢了。

但是站在胡宇晖的角度，这时候提要求却是恰逢其时的！如果不先把要求提出来，不先把利益切割好，不先发制人，等后面再说，那就处处被动了，一旦技术给出去了，院士的名号也挂进去了，蛋糕都做大了，再提出来要多分一点，恐怕也没几个商人愿意把自己碗里的肉往外夹吧。

说白了，没有所谓的好与坏、白与黑、正与邪，大家只不过各为其主，各自为了自己的利益而已，只是10%的股份是否合理呢？王思诚觉得胡宇晖这是狮子大开口。但立场不同，结论肯定也不一样，胡宇晖觉得技术都是他搞出来的，没有他这个项目的根基都没了，皮之不存毛将焉附？就这，他才要10%，一点儿也不过分嘛！再说了，即使学校将来再技术打包入股一部分，那他王思诚至少也还有百分之六七十的股份，挣大头的不还是他吗？

王思诚没有当场答应，他借口公司的股权结构目前比较复杂，还需要征求其他股东的意见，想先推脱一下。然而，胡宇晖却不愿意等，他担心夜长梦多，要求王思诚尽快落实这件事，否则，心思不安定，干活儿质量也受影响。王思诚气不打一处来，这不是赤裸裸地要挟吗？看来，他要彻底重新认识一下胡宇晖这个人了。

其实，胡宇晖也是提前做过功课的，凡事不打无准备之仗，他早就想找王思诚谈入股公司的事情，也早就在网上查过思诚腾达公司的股权结构，知道这就是他一个人就能说了算的公司，只是一直没有找到合适的时机罢了。这回王思诚说准备去申请重大项目，还要去参加这么重要的展会，两件事情加在一块儿，如果做成了，公司就从乡村公路驶上高速公路了，此时不出手更待何时？王思诚还想跟他玩缓兵之计？门儿都没有！

　　王思诚很是纠结，如果这 10% 股份不让出去，整件事情就推不动，棋局犹如一盘死棋；而如果让出去，那后面再融资的空间就会缩小，成本也会上升。说到底，这是一个长期利益和短期利益怎么平衡的问题。考虑再三之后，他还是决定作出让步，弃卒保车，这是必走的一步棋。然而他也有自己的底线，他同意出让 10% 的经营收益分红，但他不同意胡宇晖以 10% 的股东身份参与公司的治理。这一点胡宇晖也同意，他不懂公司经营，也没有这方面的兴趣，所以他本身就没有参与其中的打算，他看中的只是项目的经济利益，于是双方终于达成了一致意见。

　　这一次，王思诚吸取了此前不懂法的经验教训，对于公司股权以及公司治理的这个重大事项，为避免后期可能产生法律风险，他特意咨询了唐若娴律师。唐若娴在电话中十分热情，对于他的疑问和想法，唐若娴告诉他，他的想法完全可以实现，只需要适当修改公司的章程，再和胡宇晖签一份协议，即可以达成他的想法。唐若娴不仅仅提供了一些简单的建议，她甚至还把相应的法律文本都设计好了，给王思诚快递了过去。她之所以这么热情，也是因为今年她想把乾江高新科技园区这个政府大客户的法律顾问服务给签下来，王思诚跟马东明关系这么好，她还需要仰仗王思诚多多荐言，大家互惠互利。

　　忙完外部事宜后，王思诚回到公司又进一步布置内部工作，他叮嘱曹子墨，他们自己的滚筒式反射镜方案也要加紧，这算是一个备胎，以防万一。如果胡宇晖的那台机器改良效果真不行的话，那到时候可能会启用这一台，所以也必须要赶在展会之前完成。另外，苏玺儿除了继续到处找项目投标之外，还要增加一项工作，就是研究一下如何申报重大项目，包括：申报流程、需要提交的材料、申请费用等等。

　　总之，公司已经到了生死攸关的存亡时刻，铆足了劲，憋住这口气冲过去，后面可能就是海阔天空了；而冲不过去的话，他的这一次创业之旅恐怕就只能戛然而止了。

第十章

创业迎来新局面

努力不会被辜负

转眼一个多月过去了,这段时间苏玺儿也是异常忙碌,两件事情她是齐头并进,一边是针对重大项目的申报工作,她做了相当多的前期准备工作,包括:研究去年的申报指南,准备相关申报材料,以及约见中介机构了解情况,等等。另一边则是令她更糟心的投标工作了,算下来她也投了不下10个标了,结果却很不理想,一标未中!

此时的她,对两个词语有了更深的体会,屡战屡败和屡败屡战。据说这背后还有一段故事,于是她在网上查了一下,大意是曾国藩有一个叫李次青的手下,这哥们是一介书生,就像赵括一样只会纸上谈兵,曾国藩让他领兵打仗,没想到他打一次败一次,曾国藩很是生气,准备写奏折弹劾他,奏折中描述他"屡战屡败"。但曾国藩的幕僚中有一个人想为李次青求情,于是就把"屡战屡败"改成了"屡败屡战",这一改导致意思完全不同,于是李次青得以免罪。

"屡战屡败"是多么让人气馁啊,虽然老板并不要求她一定中标,但上了战场的士兵哪有想输的啊,所以,做了很多事情之后,屡屡拿不到结果的感觉还是有些失落的,即使不为钱,人也是需要认同感和成就感的。而改成"屡败屡战"之后,感觉马上就不一样了,百折不挠,绝不服输的精气神立刻就出来了。苏玺儿以这个故事进行自我激励,与其他成功的过程一样,中标之路也从来都不是平坦笔直的,而是荆棘丛生、坎坷不平、曲折多变的,梦想还是要有的,万一要是实现了呢!

然而,精神归精神,能力是能力,仅有精神气势,知识能力不够,那是有勇无谋的猛张飞,终究还是成不了大事的,所以她迫切地需要提升能力,好在能力是可以通过不断地学习来提高的,毕竟没有谁是一出生就会走路的。

于是,苏玺儿着手进行总结,她总共投标十来个项目,都是按照王思诚教她的分析方法筛选出来的,客观分的分值都不低,基本在30分以上,而且用华夏数码的材料去投标,公司实力、案例业绩等方面都不吃亏,拿下90%以上的客观分是没问题的。价格方面,她有四次是最低价,三次是次低价。每次中标结果发布后,她都会对中标企业的基本情况进行网上查询,她发现除了其中两次的中标企业和华夏数码的实力不分伯仲以外,其他每一次的中标公司的综合实力都明显弱于华夏数码,其中又有多半项目这些公司的报价并不占优势。

那为什么这些报价更高,实力却很一般的公司能够中标?而华夏数码报价更低,公司实力更强还无法中标呢?难道仅仅解释为"那家公司肯定跟客户有关系,肯定是内定单位"就算完了吗?还有没有其他解释?又或者说,如果从招投标文件入手,还有没有可以进一步提升的地方?

答案其实显而易见,既然价格分、客观分都不吃亏,那就肯定是输在主观分上,但主观分的内容她所能做的并不多,因为不懂技术,所以每一次这部分内容都是曹子墨负责提供的,她只负责做一些文档的格式排版工作。

为了有所突破,她也在网上找了一些免费的视频资料进行学习,但她一路看下来,感觉大失所望,大多数内容都乏善可陈,讲得都比较粗浅,真正能够让她眼前一亮的必杀技几乎没有。不过这也正常,如果某个企业真的掌握了这种必杀技的话,那也算得上是不大不小的商业机密了,怎么可能轻易地免费分享到网上去呢?将心比心,如果是她掌握了,她也未必愿意分享,自己揣着独门绝技闷声发大财多好啊,就像炒股高手留一手,自己低买高卖不就完了,哪还有空去电视台当什么股评家啊。再说了,退一步讲,真要是商业机密泄露了,互联网上都能免费看到了,那这个必杀技也没什么作用了,现在"内卷"多厉害啊，当所有人都掌握了某个必杀技的时候，也就意味着所有人又都站在了同一条起跑线上。

此时，她想起了汪春凤曾经推荐给她的一门课程——中标魔方。说这是他们中国采招网专门针对会员单位的招投标培训课程，而且是国家级版权课程，她去听完肯定会大有收获。她最关心的有关主观分的标书材料应该怎么写，这个为期两天的培训课程中也会有一个专门的模块来剖析，而且都是培训师根据自身的多年经验总结出来的独门秘籍，只在线下教学，网上是学不到的。

苏玺儿看了课程的介绍资料后，的确有一点动心，只是由于不菲的报名价格以及必须要去北京上课等因素，让她一直没下定决心。不过，她又确实很想去，那种使出了浑身解数，却仍然竹篮打水一场空的感觉；那种用尽了全身力气，却仍然突破不了能力的天花板的感觉；那种打光了全部弹药，却仍然炸不毁敌人的一座桥梁的感觉，真的让人很抓狂！最终，还是闺蜜齐可欣的一句话让她下定了决心：财富在大脑里，而不在手心里，这世界上最有价值的投资就是投资自己的大脑。

3月下旬，春分都已经过了，这意味着春天已经过去了一半，但京城的气温仍然偏低，夜晚甚至在5摄氏度以下。苏玺儿在温暖的高铁车厢里坐了将近5个小时后，终于人生第一次来到了伟大祖国的首都。从北京西站走出来，此时已经将近深夜十一点，才走了5分钟的她就感觉到了寒冷，都说北京一年只有两个季节——夏季和冬季，看来此话不假。

好在酒店的位置离北京西站不远，她很快就走到了，这是主办方的定点场地，之所以安排在这里，也是为了方便外地的学员，在酒店前台办好入住手续后，她坐电梯上了10层，走进一间单人房。放下行李后，她打开窗户一看，刚好可以一览整个北京西站的全貌，那画面真是太美了，整幢建筑的正中间是令人震撼的巨大孔洞，上面是充满古都特色的复古式亭子，夜色中，一排排温暖的聚光灯将亭子照得通体透着金光，这要是拍电视剧的话，应该是有一个高僧坐在里面修行才对。

周六这天，北京迎来了一个难得的好天气，碧空如洗、万里无云，是一个外出踏青的好日子，早早醒来的苏玺儿，却无法享受这样的明媚春光。吃完早饭后，她提前 30 分钟就到了会场，没想到会场里已经坐了三分之一的人，大家都很勤勉啊，这世界比你优秀的人并不可怕，可怕的是比你优秀的人比你还努力。

她很快就在第一组找到了自己的铭牌，座位刚好斜对着讲台，离培训老师很近。这是她特意跟汪春凤提的要求，毕竟她是自掏腰包来听课的，一定要尽可能地汲取营养，至少要值回票价，离老师近，听得更清楚，也更方便互动。

上午九点，会场已然坐满了人，自称"玲儿"的主持人拿起话筒登上讲台。她首先让各个小组组员内部相互介绍、相互认识、互递名片，并选出一名小组长；然后又带领大家现场面对面建群，并在群里发了百元大红包，现场气氛一下子就活跃了许多；紧接着又宣布这两天的上课规则，会有随堂讨论案例发到群里，希望大家积极参与，跟老师多多互动，争取积分，最终积分最高的优胜小组将获得神秘大奖。

在短暂的暖场活动之后，她请出了本次课程的培训讲师，一位身材健硕、西装革履的中年男人随之踏着轻盈的步伐出场了。苏玺儿仔细一看，这比会场外宣传海报上的那张英姿飒爽的照片可差远了，大概是用十八层滤镜美颜过了吧！

"各位学员，早上好。我先做个自我介绍，我姓黄，黄鑫亮，黄金本来就很亮，我这是三个金，三倍黄金的亮度！今天现场，还有没有比我还亮的？"他的目光在会场内扫视了一圈，"如果没有的话，那我就是现场最靓的仔了哈！"

现场学员哈哈笑了起来。

"开个玩笑。接下来，我们话不多说，正式进入课程正题，第一个问题：产品更重要，还是关系更重要？"黄鑫亮一边问道，一边作出举手姿势示意大家，"举手回答，有加分的哈。"

"当然是产品更重要。"第三组的一位帅气的小男生回答道,"产品好的公司,关系肯定差不了,甚至它们都不需要主动上门去跟客户搞关系,供不应求的话还有可能客户拿着支票到公司去提货呢。什么叫'饥饿营销'啊,看看苹果手机吧,产品不好,客户怎么可能饥饿得起来?怎么可能彻夜排着长队抢购首发机?"

"这位帅哥,你们公司的产品应该不咋的吧!"黄鑫亮略带挖苦式地点评道,不少学员嘿嘿笑了起来,大家心照不宣,都听出了话外之音,"好,谢谢小帅哥的分享,第三组加100分。"

"我的观点刚好相反,我认为关系更重要。"旁边第四组一位眉心紧锁的中年男人举手发言,他的年龄看上去跟培训老师差不多,"第一,中国是什么样的社会?关系型社会,在这里做生意,没有关系行得通吗?恐怕是寸步难行吧!第二,对于刚才那位小伙子说的'产品好,关系就顺理成章会好'的观点,我深表不能认同!我觉得,产品好从来都是一个结果,而不是一个原因,说产品好就不用搞关系了,那是因果倒置。苹果这样的外国公司我不了解,但我们中国的公司发展,都是一个从低到高的过程,就说华为吧,不错,它们现在的手机的确是做得非常好,甚至在某些方面都超过了苹果,可它们是第一天就这么好的吗?它们是怎么一步一步走过来的,你知道吗?我知道!当年,华为卖给电信局的程控交换机不好用,各种小毛病多不胜数,它们就派工程师去电信局的机房里打地铺,只要设备有问题,工程师们就马上起来修改软件程序,就这样一步一步地把产品慢慢改造成熟。它们把这些创业的心酸过程都写进了书里,叫作华为的'床垫文化'。但是你有没有想过,这里面难道就没有关系的作用吗?跟电信局的关系不好,电信局能打开大门让它们睡在机房里吗?跟电信局的关系不好,电信局能放着好用的进口交换机不买,而偏要买它们?所以,不要只看表面,有些东西只可意会,不可言传,我们要学会自己独立思考。最后,我分享一句话作为结尾:'在中国做生意,有关系就没关系,没关系就有关系。'请大家好好揣摩一下这四个'关系'的含义。"

"这位老哥一听就是'骨灰级的老司机',要不今天这个课你来讲吧,我坐下面听。"黄鑫亮又开起了玩笑。

"讲课就免了,要不黄老师给多加点分吧?加1000分?"

"碰到你之前,我一直以为我的脸皮是最厚的!"黄鑫亮佯装叹了叹气,优秀的讲师通常也挺能演的,众人哈哈大笑。

"什么有关系就没关系,没关系就有关系啊,绕不绕啊,依我看,都不重要,就钱最重要。"最后排的小组一位白白胖胖、身材魁梧的男青年站了起来,"有钱能使鬼推磨,不就拉关系吗?钱到位,什么关系拉不过来?产品就更不用说了,那不都是钱堆出来的吗?就前面说的华为,每年营收的8%用于研发投入,这不都是钱吗?所以,道路千万条,有钱第一条。"

"这位帅哥,请问您今年的小目标是挣一个亿吗?"黄鑫亮调侃道,众人又哈哈笑了起来,会场的气氛越来越活跃了,苏玺儿也受到了感染,虽然培训会场的女生占了多半,但是前面几个主动举手发言的反倒都是男同胞,她要成为第一个发言的女同胞。

"我认为,产品和关系同样重要,有关系没产品,是无源之水,现在的客户多精明啊,关系再好也不可能买一堆垃圾回家吧!反过来,有产品无关系,那是孤芳自赏,再好的东西也只有找关系把它卖出去才能够体现它的价值,黄老师,您说是不?"

"我说你可真会把我往沟里带啊,加200分!"挣了分数,苏玺儿心满意足地坐回座位。

"第一,产品更重要;第二,关系更重要;第三,二者都不重要;第四,二者都重要。这个问题有可能的四种回答,大家都给它包圆了,你们可真够厉害的啊,还有第五种回答吗?"没有人回答黄鑫亮的话,不少人都浅浅地笑了笑。

"我的观点是什么?我先不说!为了让大家更好地理解这个问题,接下来我先讲一个案例,大家一块儿分析分析。"黄鑫亮说罢,拿出白板笔准备板书,但又忽然感觉白板的位置离他有点远,于是说道,"帮忙把白板抬过来,加 100 分。"

一些人又哄笑起来，但第一组近水楼台先得月，组长立即带领另一名组员跳下座位开始搬白板，别说重赏之下会有勇夫，有的时候即使只是虚无缥缈的分数，也能让人趋之若鹜。

黄鑫亮开始一边口述着案情，一边在白板上勾画出人物关系，末了又抛出了几个可左可右的疑难杂症，让各小组先讨论 10 分钟后再进行观点分享，等各小组分享后他再作总结，并给出自己的建议。就这样，学员们在他的带领下，一步步地走过中标魔方的六个面，分别是客情、招标、投标、评标、中标、质疑，最终形成一个完整的开展招投标工作的方法体系。

苏玺儿最想知道的如何写标书的内容，黄鑫亮在投标面作出了详细讲解。她的笔记本上被记得满满当当，图文并茂法、庖丁解牛法、画龙点睛法、移花接木法、瞻前顾后法等。不得不说，这些方法不仅很实用，很接地气，而且名字起得也是诗情画意，不仅容易记忆，而且也朗朗上口。更让苏玺儿兴奋的是，他们小组有幸以微弱的优势成了优胜小组，神秘奖品是一本名为《中标魔方手记》的印刷物，暗红色的封面右上角写了一行字：绝密资料，切勿外传！再翻到最后，才发现它没有书号，显然并不是正式的出版物，应该是主办方自己印刷的内部材料。

两天的培训时间不知不觉就过完了，这花钱享受的时间怎么永远过得这么快呢！学员们依依不舍地互加了微信，一一道别。对于苏玺儿而言，这一趟可谓满载而归，在回程的高铁上，她打开《中标魔方手记》翻了翻，那里面的内容正是以这两天的培训课程作为主线，对中标魔方每一面的关键知识点进行总结，并给出了具体的应用建议，以及相应的工具表单。如果不听课程，只看这本材料，其实未必能看懂多少；而如果只听课程，没有这本材料，那你对课程知识可能会消化不良。她一边翻阅着，一边回味着上课时的情景，脑子里同时又想象着她大杀四方的豪迈画面，已经等不及要回到江城去大展身手了。

热火朝天地布展

转眼时间就来到了 4 月，清明节过后一上班，王思诚的全部心思都扑在了江交会上。离展会的正式开幕也就不到 10 天了，各项准备工作都在紧锣密鼓地进行中，第二代人体安检仪的测试工作也已经进入了最后阶段，经过胡宇晖的优化后，设备的噪声的确有所改善，但王思诚还不是非常满意，不过他也没有其他选择了。

王思诚原先打算自己做的那套设备，由于经费跟不上已经被迫暂停了，马东明说得没错，搞研发的确是一件非常烧钱的事情。之前有芯片贸易的收入，他还烧得起，但春节过后，他的公司只出不进，账户上的现金早就没了，他只好将汽车抵押了出去，先撑一段时间，但这也只是一时的权宜之计，不可能长久。

于是，为了降低开销，他只能先暂停设备研发，保障员工工资的正常发放，否则连军心都会动摇了。当然，对员工他又是另一套说辞了：时间紧迫，集中精力先把一台搞好，如果两台都搞，那两台都是半吊子。尽管员工有点迷惑，但老板怎么说就怎么干吧。之前要求齐头并进的是他，现在要求单兵突进的也是他，员工尽管仍然卖力地整天泡在学校的实验室里，但内心已经没有之前那么坚定了。

王思诚的规划是，等拿到重大项目的支持资金后，再重启设备的研发。然而，重大项目的申报有一个过程，按照马东明的说法，往年都是 5 月在网上提交申报材料，6月组织专家评审，7月签订合作协议，快的话一般也就是7月底拨付资金，慢的话可能要到8月了。王思诚算了算，公司撑到那个时间应该没什么问题。

另外，他还得到了康广源的口头承诺：如果在江交会上的参展效果好，那么他可以推动华康视讯来加入这个项目。这也让王思诚的心里更有底了，到时候华康视讯可以作为牵头单位，思诚腾达公司作为参与单位，再联合学校一块儿，三家共同申请重大项目，大家优势互补，强强联合。当然，这也是马东明最希望看到的局面。

当时，王思诚向马东明和盘托出自己的想法，马东明就十分兴奋，王思诚这小子果然是一点就透，所以，对于毫米波人体安检仪参展江交会的事情，他是全力支持的。江交会主办方每年都会给乾江高新科技园区开辟一个专区，区内共有8个展位，本来今年的8个参展单位已经确定，但随着王思诚的加入，马东明在不得罪其他单位的情况下，只好另辟蹊径让主办方将八个展位的空间重新划分为9个展位，硬是给王思诚挤出了一个不到10平方米的小空间，而且对于具体位置的安排他也是颇费了一番脑筋，最终把第三好的位置给了王思诚，展台虽小，但位置优势明显。

事实上，越排在前面，被高层领导亲自参观的机会就越大，因为领导的时间很紧张，几点到会场，几点出会场，参观线路怎么走，每一个地方停留多少时间，都是事先精确计算过的，但如果有意外，领导到会场的时间晚了，那么线路就会改变，参观的地方就会减少，有些展区可能就不去参观了。所以，会务组织方总共给领导设计了3条参观线路，其中第3条的极简线路就绕开了人体安检仪的展区。

尽人事听天命，领导最终会走哪条线路，王思诚决定不了，他能决定的仅仅是他自己，机会是留给有准备的人，他要把准备工作做到尽善尽美。布展那一天，他一早就陪同运输车辆到学校实验室拉设备，由于设备不能拆卸，只能整机搬运，所以一般的中型面包车根本装不下，他们只好花高价租了一辆敞篷的卡车。这一趟的运费就是3000元，真是代价不菲，但偌大的一辆卡车的车斗上，也就仅仅摆放了这一台设备，四周空空荡荡，着实有点浪费。为了固定好这台设备，避免它在运输中因颠簸而出问题，司机认认真真地从四个角拉绳子把它固定得稳稳当当。即使是这样，王思诚仍然不放心，他开着自己的车给卡车司机带路，特意全程都把车速压在 30 码以下，怕的就是设备被磕碰。

在小心翼翼、慢慢悠悠地开了将近 1 个小时之后，他们终于到达了江交会的主会场所在地——江城市展览中心。卡车从卸货通道开进去，众人在胡宇晖的指挥下，一步步将设备卸下车来。很快，这台人体安检仪被拖进了会场，它总算来到了这个暂时的新家，但这里的环境可比实验室差远了，嘈杂、喧闹、灰尘飞扬，大家都在热火朝天地布置着自己的展位，现场宛如混乱的建筑工地，有人大声喊叫着传达指令，有人手持电焊枪进行着焊接，也有人开着叉车来回搬运物品，保安人员则在有序地维护着现场秩序。

人体安检仪放入展位后，胡宇晖在大家的拥簇中，开始了调试工作。刚一通电就遇到了状况，设备点不亮，所有灯都不亮，大家开始紧张起来，有没有可能从车上卸货的时候擦伤了？要不就是电源模块有 Bug 了？各种不祥的念头瞬间涌入大脑，但仔细一检查，却发现是插头没有插紧，这么低级的乌龙！曹子墨赶紧把插头按紧，设备随即通电了，大家一片欢呼，王思诚心想：这也太粗糙了吧？电源模块怎么连个开关都没有？接上插头就直接开机了？这也太离谱了吧！

当然这还只是小事，所谓没有比较就没有伤害，不一会儿，安泰科技的设备也进场了，领队的正是肖国清，他指挥着员工在安装设备，很快，手脚麻利的工作人员拆箱、拼装、摆放，磁控胶囊胃镜系统就像搭积木一样安装完成了。看来这个过程他们已经操作过不下几十遍，甚至是不下上百遍了。设备摆放的位置正好在王思诚他们斜对面，王思诚远远看着，再看看自己的参展设备，实在是有一种说不出的寒酸啊。如果仅从观感上对比一下两台设备，那真是天差地别，没得比，这么说吧，如果说一台是豪华轿车的话，那另一台就只能是儿童玩具车了。

磁控胶囊胃镜系统他一眼看上去就有一种高端、大气、上档次的强烈感觉，这就是传说中的"别人家的孩子"嘛，即使外面包着一层没有拆开的塑料薄膜，也照样掩盖不住它的光芒，如果跟国外原装进口的医疗器械放在一起对比，相信也丝毫不逊色，看来中国的工业设计能力已经逐步追上了国际顶尖水平。难怪马东明会看上它们，也难怪它们能够发展得那么迅速，自身的实力还是硬道理啊。

看到肖国清忙得差不多了，王思诚随即走上前去跟他打招呼："肖总，您好，刚才没好意思打扰您！"

"不打紧，设备早装晚装都不影响。"肖国清客气道。

"我吞完那个摄像头胶囊后，平躺在这张床上就行了吗？"王思诚拍拍医疗床，这还是他第一次见到实物，此时的他，眼神里充满了好奇，它就是他的梦中情人，未来的努力方向啊。

"是的，机械手臂上的磁控装置可以控制着胶囊的旋转，360度无死角拍摄。"

"太神奇了。"

"对了，明天你来早一点，别吃早饭，我让他们给你体验一把。"

"那我这个便宜可是占大了，听说在医院查的话，要大几百块呢。"

"展会嘛，都有体验的。再说了，给谁查不是查啊，我们也没少遇到特意跑过来蹭检查的人。"

"还真有这么不靠谱的人？"

"世界之大，无奇不有，哪个展会上没有'会虫'出没啊，见怪不怪了。"

"那倒是。"王思诚看到安泰科技的工作人员好像准备收工了，很是纳闷地问道，"对了，你们不通电测试一下吗？"

"现在不合适，我们晚上通电调试。"肖国清表情淡定，看上去似乎胸有成竹，成熟设备参展的心态果然不一样。

"现在不合适？"王思诚不明白为什么，不是说要宜早不宜迟吗？"太吵了吗？"

"不是，现在电压不稳，你看看周围，都是些高功率设备在作业。"

"哎呀！我怎么没想到。"王思诚惊出一身冷汗，难怪他刚才看到电焊枪这些玩意儿，内心里总有一种怪怪的感觉，原来是这个原因啊，他顾不上跟肖国清打招呼，赶紧一个箭步冲到胡宇晖面前："胡教授，我们晚一点再来调吧。"

"很快就好了。"胡宇晖不以为然，其实学校实验室里的各项条件都比这里好得多，他从来都是高枕无忧地只考虑设备本身，而不用担心其他。

"不行，这会儿电压不稳，可能会对设备有冲击。"王思诚立刻阐明事情的严重性。

"啊？那你不早说，赶紧关掉。"胡宇晖说完，曹子墨立刻拔掉了插头。

"这就是你们的毫米波人体安检仪设备吧？"肖国清也走了过来。

"肖总见笑了，我们这也就是个实验室产品，还不成型呢。"

"嗯。"肖国清点点头，然后又鼓励道，"谁不是这么一步步走过来的。"

"刚才一急，都忘了介绍，这位是江城科技大学的胡教授，也是我们这个项目的负责人。这位是安泰科技的肖总。"王思诚介绍着二人相互认识，胡宇晖和肖国清握了握手，随即简单交流了两句，王思诚又看了看手表，时间已过十一点，他提议道："我看时间也差不多了，要不我们一块儿去吃个中饭，大家边吃边聊吧。"众人一块儿往会场外走去。

"刚才过来的时候，看见一家日料自助，感觉还不错，反正下午也不着急赶回来，不如在那里多坐一会儿。"胡宇晖提议去吃日本料理。

"还日料呢？我吃你姥姥个球！"王思诚心里暗骂，"这么一大帮人，那还不得干掉好几千啊，真当老子是凯子啊？"他嘴上却说："日料餐厅小，咱们这么多人，不方便交流，我知道附近有一家港式茶餐厅不错，有大圆桌，而且还有简易包厢，方便交流，最重要的是一直坐到晚餐都没问题啊。"其实这是他早就做好的功课，自从上次胡宇晖找他索要股份之后，他就知道这个教授不是个善茬儿，自己现在这座庙还比较小，不能大手大脚地由着这尊佛乱花钱，他向曹子墨也是这么交代的。

227

众人有说有笑地走进了茶餐厅,时间才十一点半,餐厅里的上座率已近八成,看来疫情也挡不住大家外出寻觅美食的脚步啊,王思诚领着大家在大厅的一张圆桌坐下。

"今天我买单,肖总,您随意点。"王思诚向肖国清递过菜单,否定日料店,换到茶餐厅,肖国清当然猜得出王思诚的用意了,于是客气道:"要不这顿我请吧。"

"那哪儿行啊?"王思诚立即否决,"就凭您刚才提这么大一个醒儿,今天这顿必须得我来啊!再者说了,整个参展这件事,都还是您给建议的,我都还没来得及谢您呢。"

"那就你来。"肖国清不再推辞,他拿起菜单翻了起来。

"服务员。"胡宇晖朝远处招了招手,一位服务员走了过来,"你们这里不能扫二维码点单吗?"他指了指桌角,意思是很多店都把点单二维码放在那里。

"不好意思,我们这家店刚开业不久,系统还没上线。"

"什么破店啊。"胡宇晖一脸不满。

"胡教授,要不您来点吧。"肖国清客气道,随即将菜单递了过去。

胡宇晖倒也不客气:"我就点两道我自己吃的菜吧。"

不一会儿,各种美食和点心陆陆续续被端上来,由于后面还要干活儿,所以大家也就以茶代酒,边吃边聊。茶足饭饱之后,每人又各点了一杯咖啡,一边品着,一边开始了捉对儿聊天。时间很快就到了下午四点。众人起身离开了餐厅,向会场方向走去。

此时的会场,已经跟上午的时候感觉完全不同,一眼看过去,大多数展位已经准备就绪。王思诚还是第一次经历展会的布置过程,这过程真跟装修有点像,先是泥工,各种高分贝噪音和脏兮兮的泥活儿;然后是木工,敲敲打打,虽然没那么脏,但灰尘也不算少;最后是漆工,安安静静,越整越漂亮,越整越像个家。

有惊无险的参展过程

时间已经来到深夜十一点多了,王思诚徘徊在会展中心的服务台,刚刚交好了 3000 元的加班费。对此他很不开心,甚至还有那么一点儿怀疑,是不是胡宇晖因为中午没有吃成日料在故意使坏。总之,他对胡宇晖的看法发生了细微的变化。

按照规定,所有参展单位都要在晚上十点之前完成布展,撤出场地,否则,就要向展览中心支付加班费。而下午从茶餐厅回来时,他们本以为测试很快就能结束,没想到胡宇晖来来回回地捣鼓,一会儿打开机箱后盖板,钻进去拨弄一番,一会儿又回到电脑前,调整一下测试参数。其间,还指挥一个学生帮他回学校实验室里取一个零配件。总之,就这么着一直折腾了六七个小时,到现在还没有消停。

广播里每隔一个小时就会准点播报,提醒参展单位尽快完成工作。王思诚听着倒计时的声音,心里很着急,他倒是想尽快,但有的时候,不是他想快就能快得了的。此时会场中大多数公司都已经结束了布展,只有少数几个公司还在艰苦地跟时间赛跑。

这可真不是一场省心的 Show 啊!

越来越安静的会场里,设备的运行声音好像听上去越来越大了。这让王思诚越来越疑虑了,他不好上去直接问胡宇晖,因为表面上他还要表现出对胡宇晖的绝对信任,因此只好找曹子墨过来窃窃私语。

"到底什么原因?"

"今天现场的灰尘有点多,那些噪音优化装置,比如吸音棉什么的,受到了点影响。"

"扫一扫也不行吗?"王思诚心想,这都什么密封水平啊。

"胡教授已经开箱处理过两次了,还换了零配件,效果还是不理想。"

"仅仅是噪声的问题吗?"王思诚思考着解决办法,当然那并不是技术层面的解决办法,他一边说着,一边给苏玺儿发了个微信。

"那个平面反射镜的扫描精度也一直没有达到我们在实验室里的最佳状态。"

"那能扫描吗?"

"效果很差,原图灰度太高了,几乎看不出来障碍物。"

"那就是不能用喽?但今晚最多也就到十二点了。"王思诚焦急地看了看表,"还来得及吗?"

"能不能让会务组通融一下,让我们通宵加班呢?"

"这是胡教授的主意?"

"嗯,他问过。"

"先不说能不能通宵,就算是真可以的话,那我们一定能解决问题吗?"王思诚反问道。

曹子墨也吃不准:"胡教授的另一个想法是,实在不行,明天就不真扫描了,领导站上去之后,我们做做样子,然后直接推一张现成的卡通图出来。"

"那怎么能行?这不成忽悠了吗?"霎时间,王思诚对胡宇晖的人品都有所怀疑了,"知道明天谁来吗?市委书记郑寒,一把手好不好,这不是开国际玩笑嘛!"

"硬着头皮扫的话,可能会有点风险。"

"你这样,现在马上回公司。"王思诚心生一计,"把我们那个滚筒反射镜拿过来。"

"王总,我们那个不是停了吗?整机框架也没继续做啊。"

"只要那个滚筒反射镜就可以,其他不用。"

"什么意思?您想把咱们的滚筒反射镜装这台机器里?这不能用的,内部结构完全不同。"

"这点常识我能没有吗?奔驰车的发动机坏了,怎么可能换宝马的发动机呢?现在来不及解释了,你赶紧去拿,我自有办法。"

吩咐完曹子墨之后,王思诚又开始找胡宇晖商量:"胡教授,明天咱们的方案可能需要调整一下。"

"怎么调整?"胡宇晖停下手中的操作。

"您专门负责设备操作,为领导讲解的工作由我来做。"之前双方商定的方案是胡宇晖一边操作,一边讲解。

"这样也好,设备还是有点不稳定,单独操作的话我还能专注一点。"

"咱们明天还是正常扫描吧?"

"看情况吧。"胡宇晖不置可否,看样子他还没有最终决定。

"我听小曹说,咱们在操作上其实可以有一定的灵活性?"王思诚故意说得隐晦一些,他知道胡宇晖是个聪明人。

"当然,机器是死的,人是活的。"

"嗯,所以我的意见是,该扫描还是得扫描,领导也知道咱们的设备目前还只是个实验室测试品,不可能很完美。"王思诚越来越懂得,什么时候该夸大其词,什么时候该实事求是,"这样吧,咱们先模拟练几遍,互相配合熟悉一下。"

说罢,王思诚组织起大家进行彩排,一直到关门之前,他们才恋恋不舍地离开会场。

4月15日上午八点,江城市展览中心的工作人员通道准时打开,王思诚带着员工提前进场布置。苏玺儿到达场地后的第一件事情,就是把昨晚深夜王思诚交代的贴纸贴在安检仪的扫描腔里,那是王思诚的主意,为此她跑了好几条街,才找到一家还在加班的打印社,好在最后没有耽误事情。

很快，胡宇晖和祁昌龄也都到场了，看到祁院士也来了，王思诚立即上前毕恭毕敬地跟他打招呼，请他落座。王思诚今天格外容光焕发，昨晚还特意嘱咐老婆帮忙准备一套正装，只为一项重要的任务，就毫米波人体安检仪项目发表 30 分钟的主题演讲。

九点整一到，保安人员动作齐整地打开了展览中心正门处的十多扇玻璃门，参会的观众们一排排鱼贯而入。苏玺儿斜挎着红色的绶带站在接待台，给前来参观的观众们递出资料袋和名片，现场也有不少观众饶有兴趣地走到他们的展台前，左右打量起这台设备。但此刻王思诚完全没有心情搭理他们，他心里只有一件事——接待好郑寒书记，尽可能地向他展示出这台人体安检仪的价值。

九点半左右，马东明带着他的工作人员过来打前站了，他要确保各方面工作都井然有序，绝不能出现任何状况。

"马主任，您过来了。"王思诚立即上前打招呼。

"怎么样？还顺利吗？"马东明关切地问道。

"顺利，顺利！"王思诚懂得，事情除非一定需要领导帮助，否则就是一切顺利。

"郑书记十点左右到会场，你这里都安排好了吧？"

"放心吧，主任，昨晚都彩排过两遍了。"

"行。"马东明不再多问，带着队伍去其他展台巡视。

王思诚回到设备旁，一会儿对着空气做着手势，一会儿嘴里念念有词，他正在抓紧最后的时间进行练习，生怕自己不熟练、忘词。如果说第一次见到院士让他感觉人生有点飘飘然的话，那么今天第一次见到省部级领导，则更让他有一种志得意满之情。

时间已经临近十点，王思诚开始不自觉地紧张起来，心跳也在不断加速，嘴唇的肌肉也开始有点不听使唤，声音也变得微微发着颤。但领导还是没有出现，十点五分，十点十分，十点十五分，时间一分一秒地过去，王思诚感觉领导随时会到，但又始终盼不到。

十点二十分,王思诚的心都提到了嗓子眼儿,领导的车还是没有到。怎么可能这么久呢?王思诚开始担心起来,难道是领导的时间临时有变?又或者是塞车迟到?虽然江城糟糕的交通状况一直全国出名,但是也不应该这会儿还没消息啊。

王思诚忍不住开始胡思乱想起来,不行,他突然想起来,如果时间再晚的话,那领导可能要改变参观线路了,走线路3他这里就会被跳过了,真是怕什么来什么,该死的"墨菲定律"又要在他身上阴魂不散了,他不能坐以待毙,得想想办法!

王思诚冲到入口处找到保安队长协调,他想把安检仪搬到入口处,这是领导步入会场的必经之路。却遭到保安队长的一口回绝:"前面已经有安检系统对观众进行过安检了,怎么能再摆一个设备呢?而且这里也已经很拥挤了,不行不行不行!"

王思诚请保安队长借一步说话,两人一块儿走到旁边的角落里,王思诚立即拿出一个厚厚的信封,塞进了他的口袋里:"队长放心,绝不会给您添乱的!"保安队长满意地摸摸了口袋,很不情愿地说:"行行行,那就摆边上吧。"

王思诚赶紧指挥大家搬设备,结果猛然发现,设备底部居然没有安装滚轮,真是要了命了,王思诚想骂娘,这TMD是哪个四肢发达、头脑简单的设计师设计出来的东西?狗屎!再想找叉车帮忙吧,叉车这会儿又不能进场,没办法了,天不助人只好人自助,王思诚当机立断,带领大家一起卖苦力,一个字——抬!

还好公司里的人今天全都过来了,再加上胡宇晖和他带来的两个研究生,一共八个人,端起了这个重达三四百斤的设备,慢慢地向入口处移动着,苏玺儿在前面给大家看路。一路走着,周围观众的目光不断聚焦过来,这也算是在会场内引起了一阵不大不小的围观,只是大多数人并不清楚这台设备到底是干吗用的。

设备搬运到位,这里却没有电源,时间紧迫,临时引线可能也来不及了,而且明线露在外面也是隐患,摆在这里让领导看一眼也好,虽然不能通电不能使用，但总比直接被跳过要强吧，王思诚这样想着。这时，他的手机响了，是马东明打来的电话。

"郑书记已经到了，你们设备呢？"

"啊？领导来了？我怎么没有看到？"王思诚十分疑惑。

"你人跑哪儿去了？怎么机器也不见了？"马东明的口气十分焦急。

"我把设备搬到正门的入口处了，我怕领导来不及看。"

"哪个门？"

"正门，就是观众入场的那个门。"

"谁让你自作主张的？领导能从那个门进来吗？立刻搬回来！"说完，马东明急匆匆地撂下电话。

"对不起，主任，我马上搬回来。"王思诚还没有说完，电话就断了，看来马东明是真的生气了。

王思诚立即又组织大家往回搬。此时，马东明领着郑寒已经参观到安泰科技的展台了，为了拖延时间，在肖国清介绍完毕后，马东明立即主动上前，要求体验一回磁控胶囊胃镜系统的检查过程。

肖国清斜眼一看对面空空荡荡的展台，心里就猜出个大概了，但他哪能让马东明做这么大的牺牲呢。

"马主任，吞服胶囊后，它进入胃里需要五分钟时间，这样吧，这位大妈刚好是在五分钟前吞服的，我们就让她来躺下做个检查吧。"

于是，一位头发花白的老太太被邀请走进展区，不过，她似乎认出了郑寒，还借机上去找他握手："郑书记，您好，您好。"郑寒微微躬身，双手握住老太太的右手，亲切地问道："老人家，身体可好啊？"一旁拍照的记者咔嚓一下，记录了这个难得的瞬间。

"还可以还可以，就是肠胃总有点不舒服。"

"那让大夫给您好好检查检查。"

"唉！"老太太重重地答应了一声，然后在工作人员的引导下，走向检查台，慢慢地躺平了下来。

不一会儿，电脑屏幕上传来了胶囊从胃部拍摄到的多个影像，肖国清一边操作，一边向郑寒做着讲解。最后，他将这些照片都打印了出来，老太太高兴地拿着检查结果，又向郑寒道谢："谢谢书记。"

斜对面的展台里，设备终于搬回来了，安置妥当后，八个人全都满头大汗。然而麻烦的是，这一来一回的折腾让这台本就不够皮实的设备正式"罢工"了，接上插头后，胡宇晖发现设备倒是能通上电，反射镜旋转的噪音也还在，但扫描出来的灰度图一片漆黑，什么也看不见，实际检查效果已经没有了。

不过时间紧迫，现在也来不及查找原因，而马东明领着郑寒等人转身就到了他们的展台。此时，除了向领导努力展示安检的过程，似乎已经没有别的选择了。

"郑书记，您好，我叫王思诚，接下来由我向您介绍这台毫米波人体安检仪。"王思诚双臂自然垂于胸前，左手握着右手的后背，他没敢伸手去跟领导握手。

郑寒面带微笑点点头，眼角边细细的皱纹写满了亲民的符号，他并没有把双手扣于后背，而是做了个跟王思诚几乎一样的站姿。"嗯。"

"毫米波人体安检仪最大的特点就是，用非接触方式对人体是否夹带危险品进行无害化检查，而且整个过程只需要短短的30秒，如果要用七个字进行总结的话，那就是：安全、极致、舒适、快！"这个介绍足够简短，是王思诚改了数个版本后浓缩的精华。

"这设备是在机场使用吗？"郑寒问道。

"是的，但除了机场，地铁、海关、剧场、体育馆、博物馆、政府机关大楼等这些人员密集度高的场所都有可能用到。"王思诚一边解释着市场前景，一边又指了指设备的扫描腔，"接下来请郑书记移步到这里，我们来体验一下。"

郑寒兴致勃勃地往里走，王思诚向他递过一把木头刀，领导身边的工作人员不明所以，以为是什么凶器，走过来想阻拦王思诚。"这是用于测试的道具。"王思诚连忙解释，"领导可以左手握着他，一会儿我们看看安检仪能不能把它检测出来。"

郑寒手握木刀在扫描腔的指定位置站定后，他的目光平视的前方刚好有一张贴纸，那高度刚刚合适，上面写着：我工作的时候有点吵，别担心，那是因为我正竭尽全力。

正当他在读着这行字的时候，机器一阵杂音，他眨了眨眼，眉头紧锁，声音从越来越大到越来越小，15秒钟就结束了，他走出扫描腔，又仔细观察起设备的外观。

那边胡宇晖看准郑寒的左手摆放的位置，从提前准备好的十多张图片里，挑了最接近的一张推送到显示屏上。"领导您看。"王思诚指着显示屏向郑寒说明。"设备检测出'危险品'后，就会在相应的位置画上红色的警示圆圈。"

郑寒点点头："这还是一张卡通图片？"

"是的，领导，这是为了保护受检人员的隐私。"

"嗯，这还考虑得挺周到。"郑寒鼓励道，然后又建议道，"噪声再改善一下，那就更好了。"

"其实美国已经有成熟的产品了，我们与他们还存在一定的差距。"

"那要迎头赶上，在智能制造领域，我们中国必须要突破，必须要杀出一条血路。"郑寒激励道。

"第二代机的机芯我们已经做出来了。"王思诚拿出旋转式反射镜，"噪声会小很多，但整机我们还需要一点时间，我们会努力赶上的。"王思诚或明或暗地提出自己的请求。

胡宇晖忽然看到王思诚拿出来的反射镜，心中顿时疑窦重重，他隐约感觉到了背叛。

"我听说你们这个项目是由院士牵头的？"

"是的，祁院士正在主会场演讲，我是院士团队里的负责人胡宇晖。"胡宇晖立即抢话道。

"胡教授是留美回国的博士。"王思诚介绍道,他还没有关注到胡宇晖脸部表情的变化,又或者说他还没来得及关注。

"校企联合,好好合作,把产品做好,多为社会做贡献。"

"一定努力,没有乾江高新科技园区和市领导的大力支持,我们不会有机会来这里参展。"王思诚的话,实中带虚,虚中有实。

"市委市政府一直都会是你们坚强的后盾。"郑寒的话滴水不漏,但这也足以让王思诚感到振奋。

领导走后,王思诚总算松了口气,内心一直悬着的大石头也总算可以落地了,结果还算不错,基本符合此前的预期,他拿出手帕擦了擦额头上的汗。跟王思诚的喜悦心情截然不同的是,胡宇晖则是充满了愤怒,而且他丝毫没有择日再议的意思。

"那个旋转式反射镜是怎么回事?"

胡宇晖的质问让王思诚猝不及防,这里是展会现场,有什么争论可以回家再说,不能在这里发生争执。"一两句话说不清楚,这几天展会结束后,我们再沟通这件事吧。"

"好,那就下周,这事情务必要说清楚。"胡宇晖迫切想得到一个合理的解释。

正当王思诚急着环顾左右的时候,苏玺儿走了过来:"王总,这位客户说想详细了解一番咱们的毫米波人体安检仪。"

王思诚转头一看,满脸堆笑伸出右手,握了过去:"康总,您来的也太是时候了吧!"

第十一章

创业再起波澜

招投标中的法律要点

齐可欣在唐若娴的团队已经干了一段时间了。与阮维宏不同的是，唐若娴并没有分派她去干违法的事情，而是让她去开拓客户，开拓案源。但这个任务可难坏她了，春节过后的两个多月里，她一直在努力地执行任务。她去过医院，蹑手蹑脚地溜进骨科病房给患者发名片；也去扫过大楼，鬼鬼祟祟地闪进公司的经理室给领导递资料。到哪儿都像一个做贼的，这种感觉真不好。

这还只是小事，真正令人沮丧的是，无论怎样放下自尊心去沟通，她还是无法有效地说服客户买单，虽然时间不长，然而她却感觉脸面已经被那些所谓的"潜在客户"按在地上摩擦了一万遍。医院的护士说医院有规定，推销人员禁止进入；公司的经理说他们公司已经聘请了法律顾问，不打算加人或换人。她就这样总是被人拒之于千里之外。

她回想以前在阮维宏团队时的情况，他的说法是：不用担心，只要你把手头上的活儿做好，就会有源源不断的新客户来找你。所以，她也就从来都不曾去想客户从哪里来的问题。而阮维宏那里确实也总有干不完的活儿，撰写代理词、出庭诉讼、尽职调查、合同审查、法律检索等。他不仅业务量大，而且还要花大量的时间在维系客户方面，况且只有她一名实习律师，因此，她成天都有忙不完的活儿。

而转到唐若娴名下后，情况发生了根本性变化，一方面在她之前唐若娴已经有一名实习律师了；另一方面，她的业务量跟阮维宏比也确实存在一定的差距。所以，唐若娴就安排她在空闲的时间去拓展业务，说这会对她以后独立执业大有裨益，然而持续的打击还是让她备受挫折，她不清楚这是否也是裨益的一部分？对此，她已经开始产生了困惑，甚至有点自我怀疑，老天为什么这么不公平？违法乱纪的人挣得盆丰钵满，而坚守底线的人却要四处为生计而奔忙。

这天周末，两人都在家里，看到满脸心事的齐可欣，心情大好的苏玺儿走过来安慰："想什么呢？欣欣。"

"正想着如何把自己卖出去呢！"

"别啊，你卖出了，那我怎么办啊？"

"我说的是法律服务！装疯卖傻很好玩吗？"齐可欣一脸严肃地嘟起了嘴。

"就你这秀色可餐的脸蛋，如果不卖法律服务，早就卖出去了。"苏玺儿的眼神里充满了调戏。

"滚！"齐可欣拎起一个抱枕扔了过去，"不许调戏小女子。"

苏玺儿一手接住抱枕，双膝微微前倾，做了一个武林高手接招儿的姿势："大爷要是有武林秘籍呢？小女子想不想看一看啊？"

"什么武林秘籍啊？装神弄鬼！"齐可欣不以为然。

"《葵花宝典》！"苏玺儿从腰间掏出一本小册子，右手高举，昂首视之，"此处应该有特写。"

"你就玩儿吧，还《葵花宝典》？欲练神功，必先自宫呗！"

"你一个小女子，有什么可宫的？免了！"苏玺儿的话终于逗乐了齐可欣，"哟，小女子笑了？"

齐可欣知道苏玺儿也是一番好意开导她："谢谢你啊，玺儿姐。"

"不不不，我现在是大爷，大爷还有武林秘籍等着传授呢。"苏玺儿还没有玩得尽兴。

"那我是否要沐浴更衣，洁身清心，以示虔敬呢？"齐可欣也配合演了起来，做出宽衣的动作。

"也有必要。"苏玺儿点点头，然后话锋一转，"但更重要的是，这可是独门绝技，小女子何以为报啊？"

"小女子每日起居不过大爷的三米金帐之内，大爷想怎么样，小女子还能说个'不'字？"齐可欣羞答答地低下了头。

苏玺儿靠近齐可欣，用食指托起了她的下巴，两人四目相对，凝视了15秒钟，然后不约而同地笑场了。

良久，两人渐渐恢复了平静，苏玺儿又说道："不开玩笑了，这是《中标魔方手记》。上个月我去北京参加培训的学习资料，最近一阶段我可能也用不上，你拿去先用吧。"

"最近工作内容又有变化吗？"闺蜜二人经常聊天，彼此对对方的情况也都知道一些。

"是啊，上周我们展会大获成功，接下来我们的工作重心，是全力去申报乾江高新区的重大项目了。"

"难怪你心情这么好。"齐可欣点点头。

"这本手记我仔细看过，结合我此前的投标经验，还是颇有启发的。"

"嗯，所以你之前说这一趟物有所值，很有收获。"

"是啊，有的时候事情就差那一层窗户纸，人家给你一揭开，那真是眼前一片豁然开朗的感觉。"

"可你这个教的是投标技能吧，我现在面临的最大问题是，怎么开发新客户。"齐可欣并不了解中标魔方，以为它就是仅仅教投标技能而已。

"难怪你遇到这么大的困难也不来问我，原来是认识错误！"苏玺儿感叹道，但这也正常，毕竟她自己去学之前，也并不知道它是一套系统开发客户并最终中标的方法体系。

"那正确的认识应该是怎样的？"

"既然这样，那我大概给你讲一讲吧。"苏玺儿一想，既然现在自己没有直接练习的机会，那不如给他人讲一讲，也算是复习一遍了。而且按照教育专家们的说法，学习知识的最好方法是把学到的知识讲出来，表达出来，只有把别人讲懂了，你才算真正掌握了它。

"那太好了。"齐可欣求之不得。

苏玺儿翻开了第一页："魔方有六个面，蓝色、绿色、白色、黑色、红色和黄色，分别代表了招投标的六个过程，客情、招标、投标、评标、中标和质疑。"

"噢？这么有意思？还用颜色来表示。"这挑起了齐可欣的好奇心。

"蓝色代表客情，这就是你现在遇到的困难。"

"为什么客情是蓝色？"齐可欣好奇地问道。

"淡蓝的天，纯纯的爱，初恋令多少美少女心驰神往。"

"这跟客情有什么关系？"

"客户虐我千万遍，我待客户如初恋。"这是苏玺儿的老板经常挂在嘴边的一句话，"你不想跟你的客户有一场纯纯的初恋吗？"

"得了吧，我只想做成他们的生意，再者说了，这么多客户，跟哪个都初恋，我吃得消吗？"

苏玺儿不去接话，继续解释道："绿色代表招标。"

"这又为什么？"

"招标的原则是公平、公正、公开，还有哪种颜色比绿色更适合诠释它呢？"

"嗯，有道理。"齐可欣点点头，"那投标呢？为什么是白色？"

"一张白纸指点江山，能不能中标，大家各凭本事啊！"

"那评标呢？怎么是黑色？意思是评标专家都很黑？"

"能不能不要把人都想得这么坏啊，何况人家还是专家，你们律师都这样吗？"苏玺儿反问道。

"害人之心不可有，防人之心不可无，我们律师再怎么谨慎都是不过分的。"

"黑匣子知道吗？专家的评标过程就是一个黑匣子，谁都想知道，但谁都不知道。"

"噢,原来是这么个黑色,那中标呢?"

"中标是多喜庆的事情啊?必须得是——中国红。"

"最后一个质疑呢?"

"质疑就是有状况了,那还不赶紧发布黄色预警啊?"

"哈哈,原来是这个含义。"齐可欣大笑道,"嗯,这解释还真有点意思。"

"这是培训老师总结的,很有趣吧?"

"之前我在网上看到用色彩来分析性格的,这色彩还可以分析招投标了。"

"今天我们说第一面,蓝色的客情。"苏玺儿翻了一页。

齐可欣洗耳恭听:"好!"

"客户分两类,消费者客户,也称 C 端,企业级客户,也称 B 端。"苏玺儿解释道。

齐可欣点点头,这对于所有职场人士而言,都是基本常识:"我想听听 B 端。"

"没错儿,《中标魔方》研究的正是 B 端,因为 C 端客户根本没有招投标一说。"

"嗯。"齐可欣聚精会神。

"开发 B 端客户方法分为术和道。"

"什么是术?什么是道?"

"术是具体的技巧,而道则是方法论。"

"什么是方法论?"虽然是学法律的,但齐可欣对这个词一直很怵。

"我个人的理解是,道是战略层面的,而术是战术层面的。"

"你不能用战术上的勤奋掩盖战略上的懒惰。"齐可欣想起了一句曾经在网上看到的句子。

"也不尽然。"苏玺儿有着不同的理解,"B 端客户也是要分类讨论的,小微企业和大中型国企以及政府机关,那是截然不同的。"

"怎么个不同法？"重点快来了，齐可欣屏住呼吸。

"面对一般的小公司，例如像我们思诚腾达这样由王老板一个人说了算的公司，使用一些术的方法，也就够用了。"苏玺儿以自己作例子，"具体而言，如何打电话约见客户？打电话时遇到前台怎么绕过她？怎么让她转接到总经理室去？接下来跟老板见面了，怎么破冰？怎么观察客户的办公室并找到共同话题？怎么就需求进行提问？怎么倾听客户的想法？怎么介绍或演示自己的产品？客户对产品有疑议怎么回答？客户砍价又应该如何反应？最后，怎么请求客户成交？每一个环节都有若干具体的话术。"

"这些话术我在网上也找过一些，有的确实好用，但有的也不见得。"唐若娴并没有教齐可欣具体怎么开发客户，但她自己也并不是没有主观能动性的人。

"是的，术的层面，网上是有不少资料。但道的层面，就很有限了。"

"那你说慢点。"齐可欣担心第一次听，太快了会记不住。

"应对大中型国企以及政府机关，仅有术是不够的，你前面的那句'不能用战术上的勤奋掩盖战略上的懒惰'，指的就是这种情况。"

"嗯，继续。"

"这些大客户通常都不能一个人说了算，而是集体决策，这时候你就需要更系统的分析方法，否则，你连人都搞错了，那枪法再准也没用。"

"所以要先分析，谋定而后动？"

"是的。老师上课的时候就提了一个问题，产品和关系哪个更重要？"

"哪个更重要？"齐可欣迫切想知道答案。

"我们当时在课堂上，有说产品更重要的，有说关系更重要的，也有说两者都不重要的，还有说两者都重要的。"

"那谁对了？"

"谁都不对。"

"啊？"齐可欣越来越一头雾水，"那答案是什么？"

"思维局限，你都没有分析过客户，你怎么能判断出哪个对客户更重要？"

"什么意思？"齐可欣没有听懂。

"那我再把这层窗户纸揭开。"苏玺儿具体解释道，"产品和关系哪个更重要？这是站在商家的角度思考，营销的第一课是忘掉自己，先分析客户。如果你先分析客户，你会发现，跟 A 客户打交道，产品明显更重要，关系起不到决定性作用；而跟 B 客户打交道，关系不到位，连大门都摸不进。"

"所以，产品和关系无所谓哪个更重要，重要的是，我们要打破思维的局限，根据不同的客户，来决定谁更重要。"

"非常正确！"苏玺儿夸赞道，内心里对于自己能够把问题讲清楚也是暗暗高兴。

"那具体怎么分析客户呢？"

"假设客户是某大型国有企业，就拿你们的常年法律顾问服务来举例吧，你觉得客户如果要决策采购，会涉及哪些部门？"

"法务部。"齐可欣一边想，一边掰着手指，"采购部应该也会参与。"

"还有呢？"

"还有法务部的上级主管领导要点头同意吧。"

"嗯。"苏玺儿点点头，又提示道，"那财务部呢？钱袋子你不管了？"

"财务部说不上话。"齐可欣一口咬定，在她心里，请不请法律顾问财务部没有任何发言权。

"真的吗？那我们一块儿来分析一下。"

"好。"

"法务部经理跟领导报告，说重大法律问题需要外部律所协助，一年顾问费 30 万，领导不好直接拍板吧？于是找到财务部经理和采购部经理一块儿议一议，这没错吧？"

"嗯，没问题啊。"尽管已经感觉到了可能有问题，但齐可欣仍然点了点头。

"财务部经理却说，咱们公司既不是世界 500 强，也不是行业龙头企业，没必要花这么高的法律顾问费吧？采购部经理接着说，据我了解，其他兄弟单位一年顾问费顶多不超过 10 万元，再者说了，高价中标，回头招投标流程也不好走啊。"苏玺儿停顿了几秒钟，"你觉得领导还能硬着头皮拍板吗？"

"那要不费用降一降？"齐可欣很疑惑，这会不会是价格的问题？

"如果你降到 10 万元，那财务部经理的说法就是，咱们都有法务了，干吗还要画蛇添足再请律所？采购部经理也说，很多兄弟单位没请律所不也一样正常经营吗？也没见出什么状况嘛！"

"那你的意思是，财务部和采购部也很重要？"

"不不不！我想问你的是，法务部、财务部和采购部，哪个部门更重要？"

"嗯？"齐可欣有点迟疑，"这又是思维局限问题吗？"

"哼哼，学得还挺快！"

"打破局限，先看客户。"齐可欣一边回想着刚才苏玺儿说的，一边给出结论，"不同的客户，情况不一样，是这样吗？"

"是的。再接着往下问哈，什么样的国企，法务部更重要？什么样的国企，财务部更重要？什么样的国企，又是采购部更重要？"

齐可欣摇了摇头，她完全没有任何思路。

"中国烟草、五粮液、火力发电厂，这三种国有企业，你想想看它们的区别何在？"

"有啥区别？"齐可欣还从来没有跟大型国企打过交道。

"国企分三类：第一类，什么人当一把手都行；第二类，什么人当一把手都不行；第三类，甲当一把手行，而乙不行。"

"具体啥意思？"

"什么人当一把手，这个企业都照样运转，照样业绩很好，这是第一类。"苏玺儿解释道，然后又问，"你对照一下前面我说的那三种国企，你觉得是哪一种？"

"显然是中国烟草嘛，完全是垄断经营的。"

"什么人当一把手，这家企业都是血亏，神仙老子来了都没用，这是第二类。"

"这明显是火力发电厂嘛！火电的成本远远高于水电和风电，碰到煤炭价格上涨，更是亏得连底裤都不剩。"

"甲行，乙不行呢？"

"那就是五粮液了，烟是国家专营，但酒不是。"齐可欣进一步分析道，"白酒市场的竞争太激烈了，没有一个懂经营的领导上去，那是要出问题的。"

"现在回到前面的问题，不同的国企，哪个部门更重要不一样。对照这三类国企，你再想想？"苏玺儿提示道。

"火电厂没钱，财务部门肯定很有话语权。"这一类很容易看出来，齐可欣马上分析出来。

"对啊，你还会觉得财务部都说不上话吗？"苏玺儿反问道。

齐可欣点点头，似乎有所感悟，但另外两个她还吃不准："中国烟草和五粮液怎么区分？好像都是不差钱的主！"

"法务部是使用部门，是需求部门，而采购部负责完成采购流程，它们俩谁更在乎服务质量？"

"那当然是法务部。"

"那负责采购流程的采购部，更在乎什么呢？"

"是不是招标采购的流程要合法合规？"齐可欣不是很肯定。

"正是。"苏玺儿打了一个响指，"其实我前面已经提到过了。"

"嗯。"

"五粮液是高端白酒，它要时刻面临激烈的市场竞争，而中国烟草是垄断企业，没有竞争，这两家公司谁的需求部门会更有话语权？"

这么一想，结论也就很清楚了，齐可欣具体分析道："那当然是五粮液的需求部门更有话语权，原材料买的品质不好，势必影响成品酒的品质嘛！而酒的品质下降，五粮液就会面临被竞争对手淘汰的风险。相反，中国烟草显然没有这个问题。"

"是的,垄断型的企业,核心不是经营,而是要听党的指挥,招标流程的合法合规就是具体的表现。"

"所以负责招标流程的采购部就会有更多的话语权。"

"总结一下,三类国企,一是国家垄断型,采购部更重要;二是优质经营型,需求部门更重要;三是资不抵债型,财务部门更重要。"

"噢,原来这还真是有很多门道啊。"齐可欣颇有感悟。

"这是老师总结的,我只是转述一下。"苏玺儿感觉自己讲解得不错,她也算是重新复习了一遍,"当然,老师还说,这只是一般情况,具体到个案还会存在一定的变数。"

"什么变数?"

"例如说,一家优质经营型的企业,采购部的负责人是大领导的小舅子。"

"裙带关系?"

"对的,这就会让采购部的话语权直线上升。"

"这我可以理解,法律上的说法是,有原则必有例外。"齐可欣继续提问,"那我怎么确定一家国企是哪种类型呢?"

"搜集信息进行综合判断啊,遇到卡住的时候,就用术的技巧啊。"

"嗯,道与术相结合。"

"道中有术,术中有道,二者相辅相成,相互促进。"苏玺儿总结。

"那政府机关呢?还有私营企业呢?"齐可欣想把所有B端的客户都问清楚。

"先说政府机关吧,它们买东西叫作政府采购,归《政府采购法》管。"

"这部法我倒是听说过。"齐可欣点点头,"有专门的法律流程的话,政府采购的规范性应该很强的吧?"

"是的,政府部门对规范性的要求比国有企业只会更强,不会更弱。"

"嗯。"

"其次,政府机关没有经营问题,政府采购花的都是纳税人的钱,在收支两条线的模式下,税务局负责收税,财政局主管消费。所以,政府采购要先看当地财政局,这个钱袋子鼓不鼓很关键,有钱那就能多办事,没钱那就一切从简。"

"是否有钱,那就要看当地 GDP 了,GDP 跟税收基本是成正比的。"

"是的,像有些中西部欠发达地区,那是真穷啊,一分钱掰成八半儿花,财政局恨不得什么项目都最低价中标,这些地方的使用部门也没什么话语权。政府采购中心执行流程也简单,就看谁价格低,那就谁中标,关系再好也没什么用,只要你价格比别人高,那就没戏!"

"那东南沿海经济发达地区呢?"

"那要好很多,使用部门会有一定的话语权,但也不可能所有单位都吃香的、喝辣的。科委、经信委、发改委、公安局、司法局、环保局,每个都顶格买最好最贵的,那也是不现实的。"

"所以,你的意思是,有的单位可以,而有的单位不可以?"

"是的,那些比较强势的政府机关通常都很有话语权,比如公安局、税务局。"

"呵呵。"齐可欣会心地笑出声来。

"公安局说要以最快的速度破案,必须买最好的监控设备,财政局会说'别太奢侈了,能用就行了'吗?"

"那公安局直接回怼一句话:设备不好用,让犯罪分子跑了,是不是你们财政局负责?"两人一唱一和。

"你刚才还说到一个执行招投标流程的政府采购中心,它们的作用大吗?"

"政府采购项目执行流程的,要么是政府采购中心,要么是招标代理公司,这两者还是略有不同的。"

"嗯,有什么不同?"

"招标代理公司是以营利为目的的企业,它们通常会按照采购单位的意思办,采购人让它往东,它不敢往西。而政府采购中心通常是隶属于财政局的科室,它们不以营利为目的,所以通常具有更强的独立性,采购人在它们面前的话语权会稍弱一些。"

"需求单位、代理机构、财政部门，每一块都有不同情况。这政府采购的复杂度，一点儿也不比国有企业弱啊。"

"可不是吗？B端市场的水就是深不见底，你以后再结合实践慢慢领悟吧。"

"嗯，那再分析一下私营企业吧？"

"私营企业分成民营企业和外资企业，它们的共同点是对招投标流程没那么高的规范性要求，甚至有的经常不按法律规定操作，例如：投标人参加开标迟到也照样可以进场，标书未密封它们也照样会接收，中标后还要求供应商再次降价，等等。"

"嗯，这个好理解，它们花的是自己的钱嘛，当然随心所欲。"

"但它们之间还是有很多区别的。"

"又要分开讨论？"齐可欣翻了翻白眼，心想：这样也好，难，就是拉开差距的时候，法律执业资格证为什么值钱，那还不是因为它难考吗！

"外资企业能来中国的，一般都是技术领先、运营规范、经营业绩优良的企业，而且都有成熟的职业经理人制度，公司的股东和经营管理团队也基本都是脱钩的。"

"嗯，对照前面的三类国企的话，第一类垄断型肯定轮不到它们，第三类资不抵债型它们也来不了中国，中国也不可能欢迎它们，所以只有第二类，没错吧？"齐可欣也试着开始开动脑筋，分析起来。

"是的，这一点没错。理论上外企应该是需求部门更有话语权，但是，它们最重要的问题不在这里。"

"那在哪里？"

"在于它们有没有自主采购权。很多跨国公司都规定，各地的分子公司都必须按照总部的供应商进行同步采购，于是，它们的中国公司根本就没有选择的权力。以你们法律服务为例，如果美国总部用的是某家律所，那全球各地的分子公司也就都是那家律所。"

"这倒确实有必要摸清楚，否则忙活了大半天，全都是无用功。"

"而民营企业吧，倒是有自主权，按照我们前面对国企的分析，如果流程不重要，那采购部的话语权应该下降才对吧？实际上却刚好相反，采购部的话语权一般都比需求部门大，因为民营企业的采购经理往往都是大老板的亲戚，采购这么大的肥差，肥水不流外人田呀，是吧？"

"的确，很多民营企业的裙带关系非常严重，公司治理极其不规范。"

"至于品质和价格哪个更重要，那就要看企业自身的定位了，定位高端走差异化经营路线的肯定更看重品质，定位中低端走平民化路线的肯定更看重价格。"

"所以，裙带关系严重的民营企业，采购部至关重要，需求部门和财务部门谁更重要一点则要看企业的经营定位而定。"齐可欣总结道。

"是的。"

"那要如果治理规范化了呢？公司的股东和经营管理团队基本剥离，也没有什么明显的裙带关系呢？"

"这种最要命了，要做它们的生意，你只能当'卷王'。"

"什么王？"

"内卷之王。"

"为什么？"

"那天我们在培训现场，有一个做现场餐饮加工的企业，就是给公司做员工食堂服务的企业，说它们想做阿里的生意，结果发现阿里的采购人员油盐不进。"

"阿里富得流油啊，应该很在乎品质吧？"

"是很在乎品质，但也在乎价格啊，一招标，性价比全看得清清楚楚，你仅仅品质好，那是远远不够的。"

"所以关键是性价比了。那然后呢，那家公司做成阿里的生意了吗？"齐可欣想知道故事的结果。

"做成了啊，就是硬着头皮去投标，最后靠着性价比挤进去了，不过悲催的是，做了几个月，一算账，发现根本赚不到钱，完全是赔本的。"

"那它们还做？"

"后来它们知道，其实不只是它们一家在赔本，那些在阿里园区的食堂供应商，至少一半儿都是在赔本的。"

"那为什么还要做啊？"

"赔本赚吆喝呗，你们唐律师不也是赔本都要拿下马东明吗？"苏玺儿向齐可欣眨了眨眼。

"树立标杆客户，明白了。"齐可欣摇了摇头，叹了口气。

这时，齐可欣的手机弹出了一条直播信息，她一边点开，一边拿出地垫。"今天就先到这里吧，咱们该开始了！"

"又开始了？"苏玺儿默契地问道。

"当然。人生四行嘛！第一，自己得行；第二，得有人说你行；第三，说你行的人得行；第四，身体得行！"

"要做卷王，身体不行，那绝对不行。"苏玺儿一边站起身，一边举起手臂。

伴随着节奏明快的音乐，两人一起在地垫上扭了起来。

钩心斗角的创业合作

　　王思诚并不喜欢跑步，在他看来，跑步根本就称不上是一种运动，没有任何道具，简直无聊至极，一点儿乐趣都没有。踢足球多有意思啊，大家争着抢球然后把球踢进球门，他喜欢看球，也喜欢踢球。只是创业以来，他的时间越来越少，加上年龄越来越大，身边不少朋友都陆续宣告挂靴，想找人出来踢球也是越来越难了，他也是时候寻找一种新的运动项目来玩一玩了。

　　于是在一次跟老同学聚会的时候，有一位爱跑步的老同学向他介绍了其中的乐趣，他饶有兴趣地查了查网上的资料，没想到，这跑步还是有点意思的，特别是长跑，居然跟创业的过程还颇有几分相似。

　　特别是那个极点，和他对公司最近的感觉极为接近。他的公司已经越过极点，即将迎来巅峰高潮。事实上，在磕磕绊绊地参加完展会后，思诚腾达公司的发展局面的确好了起来。马东明虽然对他擅自作主乱搬机器的行为略有批评，但是瑕不掩瑜，结果还是非常圆满的。

　　一方面，郑寒书记对人体安检仪项目非常看好，报纸也进行了跟踪报道，这让马东明后面的工作推进起来顺风顺水；另一方面，嗅到强烈商机的华康视讯也主动抛来了橄榄枝，康广源甚至亲自登门跑到王思诚的公司里来谈三方合作，这让王思诚受宠若惊。在这样的双重刺激下，公司的团队气氛也迎来了又一次小高潮，大家摩拳擦掌，只等老板一声令下，他们就冲上山头，把重大项目的碉堡拿下来！

唯一让王思诚有点摸不准的是胡宇晖，那天他在展会现场当场质问，说明他对王思诚的有所隐瞒很生气。想必胡宇晖当时就体会到了被利用过后又被抛弃的感觉，甚至是被欺骗的感觉，但此后这件事情却没了下文。王思诚一开始还有点担心胡宇晖会穷追不舍，甚至都想好了实在解释不过去的话，那就大家摊牌算了。然而令他没想到的是，胡宇晖好像对这件事情突然失去了记忆一样，全然不提，王思诚也就乐得装傻。于是大家面上仍然保持着体面，继续紧密合作。

看来这真是一白遮三丑，公司要蒸蒸日上了，有问题也变成没问题了，难怪有句俗语说得好：公司发展中遇到的问题，要通过进一步深化发展来解决。

深化发展的机会很快就来了。5月初，2021年度乾江高新科技园区重大项目的申报工作终于拉开帷幕，园区内的企业犹如过江之鲫，争先恐后地在网上填写申报材料，然而这其中的大多数企业，都注定是太子的陪读而已。初筛过后，一多半儿的企业已经被淘汰出局。第二轮是项目评审专家在网上对申报材料进行评审，他们会对项目的创新性、市场前景、社会效益、团队实力等多个方面进行综合评分，虽然他们的评分仅仅具有参考价值，但是一份好的申请材料、一套优秀的项目方案计划书、一个被打出了高分的结果，总会让领导对你高看一眼，申报成功的可能性就会大大增加。

所以，王思诚为了让申报材料不掉价，又一次想到了肖国清。肖国清也是帮人帮到底，送佛送到西，他将前年安泰科技负责写申报材料的项目经理直接派了过来，全程指点他们写材料。当然，华康视讯那边也没有袖手旁观，它们也派出了实力强大的骨干人员，再加上学校方面的技术人员，大家分工协作，在华康视讯的一间大会议室里连续奋战了两个星期，终于交出了一份令马东明满意的答卷。

最终，评审专家们给华康视讯、思诚腾达、江城科技大学共同申报的毫米波人体安检仪项目打出了全场第二高分，它们进入了最后一轮的现场面试。

其实，能够进入现场面试环节的项目，基本上都是十拿九稳了，支持肯定是会获得支持的，差别只在于到底得到多少资金支持。王思诚对此还是非常重视的，毕竟资金越多越好嘛！

于是，项目技术方案由项目负责人祁昌龄院士亲自来汇报，他主要就大方向、大趋势进行一些汇报，设备的具体技术细节就由胡宇晖负责补充讲解了，而面试专家也十分识相，没有提出任何异议，毕竟院士的声望在那里。于是，财务专家们针对一些项目任务书中的财务规划、进度计划进行了沟通，他们的主要任务是挤掉申报材料中的一些"水分"，从而把支持资金往下砍一砍，只是这一次，他们在准备充分且有高人指路的王思诚面前，并没有太多施展的空间。

6月初，结果在网上公示出来了，比往年略早了一些，他们的项目获得了9800万元的资金支持，看来财务专家们只是象征性地往下砍了200万元。看到这样的结果，员工们也是跟着嗨翻了天，大家击掌相庆，拥抱致意。

"择日不如撞日，今晚大家一块儿聚个餐，庆祝一番。"王思诚提议道，这是自打他创业以来最高兴的一天，那感觉就像看见通往天堂的大门已经被打开了一样，"小苏，你定一间小南国的包间。"

"王总，小南国的包间有1500元的最低消费呢，咱们才六个人，有点奢侈啊！"

"那刚好啊，咱们今晚就六个二百五呗！"众人哈哈大笑。

第二天，华康视讯、思诚腾达、江城科技大学，三方一块儿跟政府进行了合同谈判，其中最关键的问题当然是9800万元的资金，三家到底怎么分配？这一点，在项目计划书中并没有明确，但必须要在合同里明确。

王思诚很纳闷，他一直以为这9800万元都是先进他公司的账户，然后再由他来按照研发进度进行具体分配，因为在他的心中，整件事情是他一手推动起来的。然而这一次马东明并没有站在他那一边，而是就事论事，事情该怎么办就怎么办。所以，马东明的意见是按照各方承担项目任务的比重进行分配，在项目计划书中，华康视讯承担了项目任务的50%，学校承担了30%，思诚腾达公司只承担20%，王思诚心想，大事不妙，但他不便说出这其中的隐情。

这个比例其实根本就不是真实意义上的任务分配，三家公司压根儿没有商量过具体的研发任务分配。事实上，它们也不可能在这个阶段就估算出每一块的研发任务到底要花多少资金，即使估了那也是拍脑袋胡编乱造的。所以，项目任务书里的所谓任务分配只是它们当时写申报材料的一种策略，因为思诚腾达公司综合实力太弱，所以就排在了最后，而学校毕竟无法作为产业化项目的主导单位，于是，最晚才加入的华康视讯反倒成了最大赢家，而且从对外的实际效果来看，用实力雄厚的上市公司华康视讯作为牵头单位也更合情合理。

顿时，王思诚感觉亏大了，这一把算是给他人作嫁衣了，他只能拿到不足2000万元的资金，而华康视讯却摘了桃子，拿走将近5000万元。不过，这事儿也怪不得安泰科技的项目经理没有提醒，人家当初可是独自申报啊，根本就不存在他遇到的这个问题。

王思诚感慨，看来人还是不能高兴太早了，可事到如今，昨晚的"波龙"（即波士顿龙虾）又岂是吃进去还吐得出来的，创业路上的坑真是令人防不胜防啊！他只得硬着头皮咽下这个硕大的苦果，按照马东明的要求把合同给签了。虽说康广源向他满口承诺，绝不会挪用项目资金另作他用，所有的资金使用都会听他的统一安排和调度。然而，人心隔肚皮，现在是这么说，那是因为大家暂时还没有分歧，真到了意见不统一的那一天，还指不定会发生什么呢！算了，木已成舟，凡事还是先往好的方向想吧！

6月底，三家公司在同一日先后收到了支持资金，项目合同从7月1日开始，执行期一年。于是，得到资金支持的王思诚迅速开始发力，公司的人员也随之扩张，就像江城火热的夏季温度一样持续上涨。从六人到十人，再到最终的二十人，苏玺儿作为HR也是忙活了好一阵子，曹子墨、钱勇、林海云、张柏涛等"老员工"也都纷纷当起了部门主管，公司的办公场地也从孵化园搬到了智能制造园，办公室面积也增加了一倍。

在大家的共同努力下，产品的研发进度明显加快，8月底，第二代滚筒式反射镜的方案就有了整机，一个夏天的忙碌总算有了成果。经测试，它的扫描效果确实要明显好于第一代，而且设备的噪音也明显下降，在此基础上，华康视讯的研究人员又提出了矩阵式扫描的新方案，于是，大家又投入到了新一轮的产品迭代中。

此时的王思诚虽说欣喜地看到了阶段性成果，但他紧绷的心弦却并没有丝毫放松，他发现胡宇晖指示它们购买的各种物料，以及学校向外采购的相关检测设备和实验设备，都是从一家叫作江城胜世的公司采购的。他粗略地在网上查了查这家公司，发现它的法定代表人居然也姓胡，不会这么巧吧？这引起了他的怀疑，这里面会不会有什么问题？于是，他想起了唐若娴律师，他觉得还有必要找她帮忙详细查一查。

很快，唐若娴就帮他把情况查清楚了，这家公司是一家典型的三无公司，无场地、无人员、无资金，公司的注册地是一个虚拟地址，并不真实存在，法定代表人也是一个即将年满90岁的老人，股东的出资更是完全没有到位。王思诚瞬间感觉这里的问题大了，学校向外采购是要走招投标流程的，这样的公司居然能投标还能中标，背后一定是有人在操控。

"这八成是那位胡教授在搞关联交易。"唐若娴分析道，作为经验丰富的合伙人律师，这样的情形她没少遇到。

"我觉得也像。"王思诚点点头，然后又问道，"这快90岁的胡老头，跟他什么关系？他的爷爷？"

"我查过，不是。"唐若娴很肯定，"不过，即使真的是他爷爷，那也不要紧，问题的关键并不在这里。"

"那在哪里？"

"法律并不绝对禁止关联交易。"

"什么意思？"王思诚感觉听着吃力，跟法律人士打交道真是费劲啊，他们说话怎么总是那么绕。

"关联交易是商事活动中的一种常见现象。"

"嗯。"王思诚点点头,这句他听懂了。

"如果关联交易没有损害公司的利益,那么它就是合法有效的。"

"那要如果买贵了,算损害公司的利益吗?"王思诚继续问大白话。

"当然算。"

"如果损害了公司的利益了呢?"

"那就要赔偿了。"

"怎么个赔法?"

"根据《中华人民共和国公司法》第二十一条的规定,公司的控股股东、实际控制人、董事、监事、高级管理人员不得利用其关联关系损害公司利益,违反前款规定,给公司造成损失的,应当承担赔偿责任。"唐若娴一边说着,一边将显示法条的手机递了过去。

王思诚皱着眉头,研究了好一会儿,发现有点不对劲:"这里面说的是公司的董、监、高(即董事、监事、高级管理人员)和股东损害公司的利益,胡宇晖根本算不上我们公司的人啊!"

"对的,所以这才是问题的关键。"

"那应该怎么办?"

"往后怎么办,当然是加强资金监管。你们自己公司的这部分资金,好办,马上就可以严格管控起来。"

"嗯。"

"但是学校的那部分资金如果不管控,他虚构交易、故意买贵,会影响你们项目目标的实现吗?"

"这当然有可能。"王思诚不假思索。

"那你能管控得了学校吗?"唐若娴反问,她本能地感觉不太可能。

"名义上它们花钱采购是需要经过我点头同意的。"

"那实际上呢?"

"实际上这段时间以来,我压根儿就没有不同意过。"

"明白,大家之前相互信任,合作很愉快,对吧?"

"马马虎虎吧!"王思诚的回答不咸不淡,但他又一想,这事完全没必要对律师有所隐瞒,"其实,也不是百分之百的相互信任,有点小猜忌也是在所难免的,要不怎么会想到找你唐律师帮忙呢?"

紧接着,他把之前跟胡宇晖合作的过程,以及后来他们之间产生摩擦的一些情况都跟唐若娴叙述了一遍。其实他后来也想明白了,之所以胡宇晖不找他兴师问罪,只字不提滚筒式反射镜的事情,无非也是为了共同的利益罢了,毕竟展会成功后,拿到乾江高新科技园区的重大项目已经近在咫尺,上亿的资金唾手可得,此时如果非要闹别扭,把矛盾公开化甚至是决裂,那不是傻子吗?胡宇晖这么高智商的人,怎么可能干这么傻的事情!

"嗯,那王总你要注意了。"唐若娴提醒道,"既然大家已经有了嫌隙,那就不能什么事情都讲感情、讲信任了。"

"嗯。"王思诚点点头。

"就你刚才说的,采购需要你点头这件事,是有明确的纸面协议吗?还是仅仅只是口头上的协议?"

"目前是口头上的。"

"那就非常有必要把口头协议落到白纸黑字上了。"

"其实,当初跟政府签合同的时候,我就跟马主任提过这件事,但他建议我们三家私底下商量,放在政府的协议里不合适。后来它们都说单位的章不好盖,尤其是学校,基本不可能同意再私下另签补充协议的。"

"那能不能建立一个三家相互制衡的机制呢?即所有的项目经费都必须由你们三家共同同意才能使用,如此一来,也算公平合理。"

"我当时就是这么提议的。"

"这也不行?"唐若娴以为另外两家单位不同意的原因是不想单方面听王思诚指挥。

"我是觉得既然大家的目标一致,都想把人体安检仪做出来,那就应该建立一个更协调、更统一的有机整体。"

"嗯，这的确很有必要，也很合理啊。"

"但是研究工作的协调机制好谈，钱的统一管理却根本谈不动。"

"嗯……"唐若娴想了想，"既然这样，那就建议王总先按兵不动。"

"然后呢？"王思诚心想，啥也不做也叫建议？其实唐若娴的话也确实并没有说完。

"咱们可以进一步搜集信息，包括以前的采购流程是否规范，价格是否明显高于市场价格水平，等等。"

"嗯。"

"人在做，天在看。既然我们无法建立事前阻拦的管理机制，那么事后的审查就一定要跟上，而且要及时，如果胡宇晖确实有私心的话，时间长了总是会露出马脚的。"

"到时候如果掌握了足够的证据，我们是否可以起诉呢？"

"当然可以起诉，这是你的权利。"唐若娴很肯定，但她马上又把话说回来，"不过，我并不建议你用诉讼的方式解决问题。"

"噢？为何呀？"

"诉讼是解决纠纷的最后手段，不到万不得已还是不要轻易使用。生意场上，还是和气生财为好。"

王思诚笑了笑，这个唐律师还真有点意思："这不诉讼，你们律师挣什么钱啊？"

"王总，您说的没错，确实就是有些律师，很喜欢当事人去诉讼，甚至怂恿当事人去诉讼，当事人有点犹豫吧，他还不停地拱火，我们业界都把这种人称为'诉棍'。"唐若娴打心眼里也看不起这类律师，为了挣钱毫无底线地忽悠当事人，就是这群人，让律师行业里每天都在上演着现实版的"卖拐"故事。

"嗯，我也很鄙视这种人，君子爱财，取之有道。"

"其实如果我们掌握了足够多的对对方不利的证据，就完全可以通过谈判来解决问题，而不需要大动干戈。"

"嗯。"王思诚点点头，深表认同。

"像你们现在的情况，项目要到明年 6 月底才结束，后面还有 9 个多月的时间要在一起合作，这期间撕破了脸对谁都不好。"

"是啊，的确如此。"

"退一步说，即使是项目结束了，那大家也都还在一个圈子里，低头不见抬头见，也没有必要闹僵。"

"你是个好律师，宁可自己少挣钱，也要为当事人着想。"王思诚夸赞道。

"律师的价值是化解纠纷，促进社会和谐。如果因为多化解一次纠纷而让我少收一笔律师费的话，我心甘情愿。"

"上次我媳妇为了把我捞出来，委托了两位律师。说实话，一直到最后我们也不清楚到底是哪位律师真正起了作用，但是，今天跟你聊完，我觉得那都不重要了，今后我们公司的法律问题就都找你唐律师了。"

"那就太感谢王总的信任了。"

"一年服务费多少，你开个价吧，我绝不还价。"此时王思诚底气十足。

"我回所里再核算一下吧。"唐若娴并不急于当场报价，"另外，马主任那边还请王总帮我多多推荐一下。"

"放心，我一定强烈向马主任推荐你！"

不正常的人员流动

时隔一年多之后，王思诚终于又一次来到了江城国际机场，看着门口熙熙攘攘的人群，他的脑海里浮现出一年前来这里时的场景，好在现在一切又都恢复了常态，不过，他这一次过来的目的却并非出行。

王思诚向机场集团公司的工作人员表明来意后，被请到了会客室。

"二位先喝口茶水，涂处长马上就来。"

"好的，谢谢您。"王思诚很礼貌地点了点头。

"我听说这个涂处长，说话语速很快，你一会儿注意点。"王思诚向苏玺儿叮嘱道。

"王总放心，做记录是我的强项。"苏玺儿拿出记事本，严阵以待。

"除了这里，下周我们还要到周边城市的几个机场都跑一圈。"

"嗯。"

"涂处长吧？"王思诚看到有人推门进来，立即站起来迎了上去，苏玺儿也从座位上站了起来。

"王总吧？"两人握了握手，互换了名片。

"叫我小王就行，这位是我的同事，苏玺儿。"

"坐坐坐！"涂处长招呼道。

"真是麻烦涂处长了。"

"哪里哪里，都是工作嘛。"

"那我就开门见山,直奔主题了?"王思诚不想绕圈子,说罢,他拿出一份文件。

"请讲。"

"这是我们草拟的一份《人体安检仪试用协议》,您看一下。"王思诚将文件递了过去。

"好。"涂处长一边看,一边听着王思诚的介绍。

"情况就是我们在电话里沟通的那样,我们把人体安检仪样机放在机场里试用三个月,到时候我们会派工程师过来全程操作,试用结束后,我们支付一笔费用,以感谢你们对我们工作的支持。"

"内容没有大问题。"涂处长翻完后,抬起头,"但你们这个协议不应该叫'试用',应该叫试验,或者叫测试。试用指的是你们产品已经成熟了,我们有意向买,而买之前进行试用先行体验;但你们现在是不成熟的样品拿到我们这里来,是要拿我们的实际使用环境做测试。"

苏玺儿在一旁听着,一边快速做着笔记。

"涂处长说得对,是有必要更严谨一点,我们马上改过来。"王思诚立即回应道。

"还有,费用就免了,我们这么大的机场集团公司,也不差你这点费用。而且,这也是领导交代的工作,我们也有义务全力配合,以支持民族工业的发展,对吧?"

"那就太感谢了,涂处长。这样吧,明年我们设备正式上市后,一定以最优惠的成本价卖给机场。"

"嗯,这倒是可行!"涂处长点点头。

"那我们把协议改好,盖好章,再快递过来。"

"那行,走吧!"涂处长站起身,"我带你们去实地看一看。"

二人跟着涂处长一起,走向机场3楼出发层的安检区。电梯到达后,三人徐步到达了安检区,一眼望去,人不算多,也不算少,40多条安检通道差不多开了一半,入口的安保人员有序地维护着现场秩序,看到涂处长亮出工作证后，他打开警戒伸缩带，让三人走了进去。

涂处长一边指着安检通道的方向，一边说道："你们就在2号通道测试吧。"

"1号通道那边是？"王思诚看到另一台设备摆在那里，心里隐隐感到一阵不安。

"是另一个公司在测试，也是人体安检仪。"

"是国内的吗？"王思诚小心翼翼地确认。

"是国内的，北京的一家公司，据说是清华大学的技术团队。"

对方看到涂处长过来，立即过来打招呼，趁着这一打眼儿的工夫，王思诚立即拿出手机给苏玺儿发了条微信，然后用眼神示意她看手机，苏玺儿拿出手机，上面弹出一条微信消息：找机会拍照片！

"这位是？"对方和涂处长打完招呼后，打量着王思诚。

"王思诚，思考的思，诚实的诚。"王思诚伸出手掌。

"北京同威科技，何京伟。"两人握了握手，互换了名片。

"他们也是来做人体安检仪测试的。"涂处长向何京伟介绍道。

王思诚心想，这时间也凑得太巧了吧？还是说这根本就是涂处长故意安排的？把两个竞争对手放在一块儿，让你们直接面对面PK，短兵相接，看谁的测试情况好，将来购买的时候也好有个参考。

"噢？那太好了。"何京伟显得很大度，"咱们可以共同进步啊。"

对方既然这么说，那王思诚就不客气了，于是他将计就计。

"我可以参观一下吗？"

"没问题，欢迎指教。"何京伟对自己的设备很自信，丝毫没有犹豫。

从走进安检仪到走出来，整个过程虽然只有短短的两三分钟，但在王思诚看来，这可是极有价值的两三分钟，现阶段能够跟竞争对手产品如此近距离接触的机会并不多，他眼观六路、耳听八方，尽可能地调动自己的感官，视觉、听觉、触觉，甚至还有嗅觉，去搜集更多的信息。

苏玺儿在一旁审时度势，瞅准机会就打开手机偷拍，但今天真背运，她本打算多拍几张的，没想到就是这么巧，总有信息弹进来，一会儿是齐可欣的信息，一会儿是同事的信息，一会儿又是招标公司的信息。

王思诚一边与涂处长、何京伟聊着，一边不时用余光瞄一瞄苏玺儿，一会儿工夫，他看苏玺儿照片也应该拍得差不多了，感觉今天情况也基本摸清楚了，于是就向涂处长、何京伟告辞，带着苏玺儿一块儿返回公司。

两人刚一上车，王思诚问道："照片拍得怎么样？我看看。"他伸出手，示意她将手机递给他。

"王总，我翻给你看吧。"苏玺儿不想把手机递给他。

两人刚看了几张照片。咔嗒！手机就弹出一条微信信息：

由于个人原因，本人特向公司申请离职。发信人：钱勇！

两人对望了一眼，面面相觑了几秒钟，王思诚立即发动汽车，向公司奔去。

"钱勇怎么突然提出离职？之前没有一点迹象啊！"王思诚感到疑惑。

"据我所知，他之前好像是有过一点怨言，但也不至于到要主动提离职的程度。"苏玺儿努力回忆着，按照她的 HR 经验，员工对公司不满导致的离职，通常会有一段情绪积累的过程，"也可能是他已经找到了更好的下家。"

"他有什么怨言？"

"就是对胡教授的一些做法不太满意，但是工作上有点意见分歧，甚至有点摩擦并没什么不正常。"

"具体是什么做法让他不满意？"王思诚继续追问。

"这我也不是很清楚，等会儿我约他面谈吧。"

"嗯好，让他今天别去学校了，到公司，我亲自来跟他谈。"

"好。"苏玺儿发了微信过去。

"如果是找到了更好的下家，这也可以理解，毕竟，水往低处流，人往高处走。"王思诚的话不咸不淡。

"嗯。"苏玺儿不知道接啥话。

"你最近怎么样？"王思诚的开放式提问让人不好回答，他潜意识里担心其他人是否会有想法。

公司的发展从来都是充满荆棘坎坷的，也不是所有人都每时每刻跟领导保持一条心。既然已经有员工主动提出离职了，那接下来队伍的团结性和士气就应该引起重视了，不管钱勇想离职的原因是啥，都不能让消极的气氛和负能量在公司里蔓延。

"当然是全力配合好王总的工作呀，就像今天早上这样。"苏玺儿巧妙地回避了敏感问题，却又给出了肯定的答案。

"嗯，今天早上这个何总，你怎么看？"王思诚感到可能还是自己多虑了，干脆又将话题转了回来。

"他还挺大度的嘛，让我们参观它们的设备。"这的确是苏玺儿没有预料到的。

"北京同威是安检设备行业的老大，它们的货物安检机在全国民航市场的占有率接近50%，是当之无愧的霸主，现在它们要进入人体安检仪领域，而且产品已经做得像模像样，这对我们可不是什么好消息啊！"

"这个竞争对手，确实是很强大。"苏玺儿点点头。

"在它们面前，我们只不过是个菜鸟，所以他当然可以表现得很大度。"王思诚的话多少有点酸。

"那我们更要迎头赶上。"苏玺儿握了握拳头。

"真到了我们快要追上它们的那一天，很难相信它们还能如此大度。"王思诚有点小人之心了。

"希望那一天早点到来。"

"你把照片的原图尽快转发到我的手机上，下周跟胡教授他们开会，我要重点汇报这件事。"

"好。"苏玺儿操作起手机。

"对了，最近投标工作怎么样？"

"还在苦苦挣扎中，怎么中个标就这么难呢！"苏玺儿感叹道。

"我听说，你自己自费去北京学了一套中标秘籍？"王思诚问道。

"是有这么回事,但您是怎么知道的?"苏玺儿努力地回忆着,她印象中除了齐可欣,没有跟任何人说起过啊。

"世上没有不透风的墙,我怎么知道的并不重要,重要的是,管用吗?"

"我感觉是管用的,但是标呢,就还没中下来,呵呵。"苏玺儿自嘲道。

"别灰心,这工作不好做。"王思诚鼓励道,"不过,越是艰难,你将来能获得的成就感越是强烈。"

"噢?王总有过体验?"苏玺儿反问。

"当年我做 Wi-Fi 行业,有个教育城域网的 Wi-Fi 大单,我们跟竞争对手,那真是大战三百个回合啊。"王思诚吹着牛,其实当时他并不是绝对的主角,只是这些陈年往事,苏玺儿并不知道。

"那后来呢?"

"后来当然是我们中标了。"王思诚接着往脸上贴金。

"那你当时什么感觉?"苏玺儿好奇地问道。

"会当凌绝顶。"王思诚一脸君临天下的霸气,"一览众山小!"

苏玺儿暗暗好笑:"这么说,江湖上还有你的传说?"

"哪里哪里,我已不做大哥好多年!"两人开着玩笑,有说有笑,气氛好不轻松。

叮叮,苏玺儿手机又进来一条短信,今天她的"业务"可是比王思诚还要繁忙。

"哎呀!王总,我们中标了,招标公司通知我们去领中标通知书。"苏玺儿惊喜地叫了起来。

"太好了!走,我们这就去,领完中标通知书再回公司。"说罢,王思诚调转车头,驶向招标公司的方向。

"这回,我终于可以说,中标秘籍真的有作用了。"

"不管有用没用,就凭你这个魄力,这笔学习费用,公司就应该给你报销。"

那可真是双喜临门了,苏玺儿心想:"那真是太谢谢老板了。"

拿到中标通知书后，二人赶回公司，一路上的兴奋劲儿还没完全过呢，心里就蒙上了一层阴影，二人同时看见了公司的大会议室里坐着一个陌生人。

"王总，有位陈先生找你。"钱勇指了指大会议室，"他等了有一会儿了。"

"小苏，你跟钱勇到小会议室先聊一聊吧。"王思诚交代道，苏玺儿点点头，他独自一人走进大会议室。

那位陈先生自我介绍道："我是讯通科技的，陈延。"

讯通科技是全国第二大IT产品分销商，其规模和综合实力仅次于华夏数码，也是它们的主要竞争对手，王思诚以前在唯创工作的时候，就跟它们打过几次交道，当然，唯创的主要合作伙伴还是华夏数码。

"哪个yan？双火炎？"王思诚追问。

"魏延的延。"

"嗯。"王思诚点点头，心说还真跟那个反骨仔有点像，"那陈先生今天来，有什么事情吗？"

"市共青团那个项目，是不是你们中标了？"陈延问道。

王思诚眉头一皱，这不是刚刚才领到的中标通知书嘛！

"是啊，这事儿跟你们有关吗？"

"你们好意思吗？杀低价，抢标！"陈延一副趾高气扬的表情，"知道这是谁的地盘儿吗？"

"那你想怎么样？"王思诚可没那么容易被烂人激怒，他依然保持冷静。

"我劝你放弃中标。"

"凭什么？"王思诚立即怼了回去。

"你是唯创出来的吧？"陈延显然有备而来。

"那又怎么样？"

"华夏数码的舒文斌跟你很熟吧？"

"不管你对我的过去了解多少，这个标我们绝不会放弃。"这是苏玺儿好不容易拿下的项目，也是她第一次中标，王思诚必须要帮她把这些压力扛住。

269

"你想清楚后果再回答。"陈延略带威胁地缓缓说道,"这样吧,也快国庆节了,我就多给你几天时间考虑,国庆节之后如果我还没有得到满意的答复,那……"

"不用了。"王思诚毅然决然地打断道,"我现在就可以明确地拒绝你。"

"你不要不见棺材不落泪,不到黄河心不死。到时候有苦头等着你吃!"陈延继续放着狠话。

王思诚心想,威胁我?看守所我都进去过了,难道还怕你一个中年猥琐男不成?合着你还能找人拿刀砍我不成?现在是法治社会,谅你也没这个胆。

"陈先生,恕不远送。"

说完,王思诚做了一个请的手势,陈延更生气了,指着他的鼻子吼道:"你等着的!"

陈延走后,王思诚立刻打电话给舒文斌。舒文斌在电话那头对这个人也是嗤之以鼻,原来当年两人是同事,是华夏数码江城分公司选拔副总的直接竞争者,后来公司定了舒文斌,陈延就负气出走了,而且去了直接竞争对手讯通科技那里。

果然是反骨仔,王思诚心想,老子行得正、坐得直,谅他也要不出什么幺蛾子。

了解员工离职的秘密

王思诚稳了稳情绪,敲门走进了小会议室。

"怎么样?聊得如何?不打扰你们吧?"

"不打扰。"钱勇一直等着他进来。

"聊了些职业生涯规划的话题。"苏玺儿松了一口气。

"噢?"王思诚抽出凳子,坐了下来,"那就是把我们给规划掉了呗?"

"还真不是这个原因。"钱勇摇摇头。

"那是什么原因?我们现在形势这么好。"王思诚扬了扬手臂,表示不解。

"我要实话实说吗?"钱勇锁了锁眉头,表情拘谨,看上去显得还有些犹豫,"可能有些话会不太中听。"

"当然,知无不言,言无不尽。咱们同事一场,你都打算离开了,再怎么说对你也没有任何影响了,不是吗!"

苏玺儿严阵以待,提笔准备记录。

"我已经不看好这个项目的前景了。"

"噢?"王思诚觉得有必要把问题厘清楚,"等一会儿,我确认一下,你是不看好人体安检仪的市场前景,还是不看好我们能把人体安检仪做出来?"

"都有,但主要是后面那一点。"

"怎么会呢?"王思诚对钱勇的回答感到十分诧异,"整个研发过程你都一直是在参与的,你应该有信心才对啊。"

"正是因为我全程参与,所以我才越来越没有信心了。"

"为什么?"王思诚更加诧异了,"这话从何说起?"

"我觉得搞技术工作,就应该一门心思地趴在那上面,白天也想、晚上也想,甚至连睡觉做梦都想,那产品才能真正做出来。"

"嗯。"王思诚点点头,表示认同。

"一根筋,对吧?"苏玺儿插话道。

"对,就是一根筋。"钱勇回应道,"必须要有那种死磕到底的精神,像我以前单位的技术负责人,就是直接吃住都在实验室里的,没日没夜地干,兄弟们一看领导都这样了,大家也就跟着一起拼命,所以才有了后来的突破。"

王思诚听出来了,钱勇肯定是有所指向了,对某些人很不满意了。

"你是指我的投入度不够吗?"

"不不不,王总一直是身先士卒的。"

"没关系,你有话直说,如果是我的问题,我一定会作出调整。"王思诚尽可能打消钱勇的顾虑。

"是啊,别吞吞吐吐了。"苏玺儿也跟着老板的节奏。

钱勇咬了咬嘴唇,反正都要走了,干脆把气一股脑儿都撒了吧:"是胡教授,我觉得胡教授不是个能成大事的人,我们把自己的命运压在他身上,怕是所托非人了。"

"怎么会呢?他非常优秀好不好?"苏玺儿并不认同,她心里对学霸型的人有一种本能的膜拜。

王思诚向苏玺儿做了个不要打断的手势,他觉得有必要等钱勇先把话说完:"何以见得呢?"

"他是足够聪明,但是满脑子里想的都是怎么搞钱,怎么发财的事,哪是专心致志搞技术的人啊。"

"噢?"王思诚想想,此前胡宇晖借机在他的公司里入干股,以及唐若娴查出来他有关联交易的情况,说他爱钱也不是绝对没有可能,但喜欢钱就是错吗？"可以举个例子吗？"

"有一次他让我们帮他搬家。"

"我们？"王思诚问道。

"对啊，曹总、海云、柏涛，我们几个都一块儿去了。"

"你们帮他搬家？"苏玺儿的脑袋一时半会儿有点转不过弯。

但这种事情在王思诚看来，没有什么大不了，当年，他也帮自己的领导石亦冰处理过个人私事。

"然后呢？"王思诚不急于反驳。

"然后我们搬完才发现，那不是帮他搬家，而是帮他一个朋友搬家。"

"那你就当锻炼身体了呗！"苏玺儿安慰道。

"如果是这样也就算了，但我后来听说，他居然事后还收人家钱了。"

"啊？"苏玺儿很难想象，"这有点过分了吧，把你们当苦力给卖了。"

"你说来气不来气？"钱勇一脸不服的样子。

"这事情的确有些不妥。"连王思诚都觉得，这操作的确是有点过了，这不是几百块的事情，他不能仗着自己的智商高，把别人当傻子啊。

话题聊着聊着就聊开了。这钱勇原来是有心结啊，王思诚心想。

钱勇喝了一口水，继续说道："其实我们倒还好，真正被他呼来喝去的，是他手下的那几个研究生，也是干这个安检仪的主力，他们对他的意见老大了，但是又没有办法，他们不乖乖受压迫，他让他们毕不了业。"

"噢？还有这事？"这一点王思诚之前倒是没有想到，而且在有限的与那些研究生的接触过程中，他也的确没有发现什么异常，如果事实真如钱勇所说的话，那他的确有些失察了，他以为胡宇晖只是有点爱钱，不碍大事。

"老大打着各种自己的小算盘，下面的人也都是一副应付差事的心态，有个研三的快毕业了，经常在电脑上练习写代码，还时不时向柏涛打听，去软件公司做程序员是不是收入更高，说什么搞光学不好找工作，弄得柏涛也是哭笑不得。我们绑着这样的团队，能做出什么成果呢？"

钱勇的话让王思诚沉思，苏玺儿问道："可我看，样机不也做到了第三代吗？"

"那都是应付差事而已，乾江高新科技园区都给了将近一个亿了，总不可能啥也不做吧？"

"所以你就彻底放弃了，对吗？"苏玺儿问道。

"我总觉得这么糊弄，有点欺骗国家资助经费的感觉，我胆子小，不敢做太亏心的事情。"

"有这么严重吗？"苏玺儿不以为然。

原来是着急跳船跑路啊，王思诚心想，于是说："那你有什么建议吗？"

"说实话，我要有好的办法，早就跟公司说了。"

"真的一点儿也没有？"苏玺儿追问道。

"不管怎么说，我们还是很感激你能把实情给说出来。"王思诚微笑道，尽管他的心里此时已经愁云密布。

"哪里哪里，说不说对我都没什么区别，能够对公司有点帮助，哪怕是一丁点儿，那我也算是心安了。"

"这样吧，你的工作就到本周末吧，这几天跟子墨交接一下。"

"好的，谢谢王总。"

"需要我们给你写一封推荐信给下家单位吗？"

"不用不用。"钱勇摇摇手。

"那我跟小苏再单独聊一会儿。"

"好的。"钱勇站起身向门外走去，"那我先出去了。"

"咱们中标的那个项目，你尽快打电话给市共青团，约它们签合同。"看钱勇关上了门，王思诚向苏玺儿交代道。

"刚才那位陈先生，是为这件事来的吧？"苏玺儿猜得八九不离十。

"那哥们就是个搅屎棍，他想劝退我们，门儿都没有。"

"劝退？"苏玺儿好奇地问道。

"别理他，总之我们加快步伐，赶紧跟客户签合同。"

"嗯。"

"涂处长的协议你改好马上快递给他。"王思诚又提醒道。

"好的。"话音刚落，苏玺儿的手机又响了，这次是齐可欣打来的，她看看王思诚，指了指手机。

"你接吧，我暂时没有其他事了。"说罢，王思诚走出小会议室。

"亲爱的，我有个好消息！"齐可欣在电话那头很兴奋。

"什么好消息啊？"苏玺儿向后靠了靠座椅，一个人在会议室，她可以更放松一些了。

"有个客户邀请我们去投标了。"

"那说明蓝色之恋开始生效了嘛！"苏玺儿看着手中的中标通知书，自鸣得意。

"嗯，是的，确定有效果。"

"什么客户呀？"

"是一家国企，中国通讯。"

"就是那家实力最强的运营商？"这算什么好消息啊，苏玺儿心想，经验告诉她，一上来就想吃成个胖子，肯定没戏。

"是啊。"齐可欣的语气仍然透露着兴奋。

"那招标文件，客户让你给他提建议了吗？"苏玺儿也开始具备一些基本的招投标工作思路了。

"招标文件？招标文件不是招标公司负责吗？"

"《中标魔方手记》你没看吗？绿色的招标，那一章节？"

"噢，对对对。"齐可欣好像想了起来，"控标是吧？这倒还真没有。"

"那就有点悬了，说不定，是拉你去做分母的。"苏玺儿猜测道。

"做分母？什么意思？让我去陪标的意思吗？"

"嗯哼，法律规定至少需要三家嘛，少了流程走不下去的。"

"拉我去陪跑？不会吧？"齐可欣有点迟疑。

"防人之心不可无，多一个心眼没坏处。"

"我听客户的口气还是挺诚恳的，应该是想让我也去竞争一下吧。"齐可欣半信半疑。

"那招标文件现在挂网了吗？"

"刚刚挂出来，我已经下载了电子版，发给你看看。"

"发我微信吧，看完回你。"说罢，苏玺儿挂掉电话。

十分钟后，苏玺儿熟练地扫完一眼招标文件后，却感觉有些举棋不定，按照《抢标心法》来分析，这个项目只有 10 分的业绩分是客观分，而且要求不高，价格分也有只有 10 分，显然说明甲方也不期待看到价格竞争，剩下的 80 分都是主观分，这局面怎么看都不像是"萝卜"招标。要说有限竞争吧，那客观分也是拉不开差距的，难道甲方的心态真的是让所有投标人都公平竞争吗？不会吧？齐可欣的运气这么好？第一次去投标，就遇上这样的标！

"亲爱的，晚上咱们再详细研究一下呗，我这会儿有点忙。"

"好的。"满怀期待的齐可欣当天早早下班回了家。

"欣欣，这么早就回家了。"刚走进家门的苏玺儿就看见齐可欣在吃方便面，"咋还吃上垃圾食品了呢？"

"最近业绩不太好。"

"那你这是现代版的'卧薪尝胆'吗？"

"你这是又要嘲讽我了吗？"

"不不不，还真不是。"苏玺儿连忙澄清，"我的直觉告诉我，你现在的状态，已经离业绩大爆发的那一天越来越近了，砰……"

"那就借你吉言了。"齐可欣应承道，然后又问道，"你吃过了吗？"

"还没呢？我这不刚回家嘛！"

"那你坐着吧，我叫了外卖，麻辣小龙虾，一会儿就到了。"齐可欣指了指旁边的一个座位。

"可以啊，小欣同学，自己吃泡面，给我点好吃的。"苏玺儿放下手包，坐了下来。

"好吃的谈不上，外卖而已，现在要加紧干活儿，回头中标了，再请你吃大餐哈。"齐可欣又指了指桌上的标书。

"那我可得先给你打个预防针噢。"

"什么意思？"齐可欣差不多吃完了，她擦了擦嘴。

"不是我不想吃你这顿大餐啊，而是这个标，搞不好你写得再卖力，最后结果还是不中标呀！"苏玺儿感叹。

"即使上天只给我1%的机会，那我也要付出100%的努力。"

"那要是连1%的机会都没有呢？"苏玺儿继续反问。

"1%都没有？为什么？"

"你这个项目不是招标，是比选采购，虽然形式上很像招标，但时间压缩得比招标要短得多，招标至少有15天时间可以用来写标书，而这次的比选只有5天。"

"《招标投标法》里好像没有比选这一说。"齐可欣也翻过了相关法律的一些规定。

"是的，《中标魔方手记》里绿色的招标，那一章节有讲到，还有竞争性谈判、竞争性磋商、询价采购、框架协议采购、单一来源采购等。"

齐可欣翻了翻："是这个吧？我看这里有张表，专门分析了它们的差异。"

"对，就是这张表。"苏玺儿点了点头，然后指了指倒数第二行的最后一栏，"你看，比选就5天，所以你这次的时间太仓促了。"

"我仓促，人家也仓促，大家都是5天的准备时间。"

那可不尽然，客户真有想照顾的单位，搞不好它们早就把标书写完了，苏玺儿心想。

"你看，内容方面需要写的东西太多了，'对通讯行业法律服务的理解、服务方案及内容、服务流程及程序、服务承诺及保障、保密制度及措施、应急方案及措施、团队综合实力等'，总共加一块儿80分呢。"

"嗯，确实是时间紧、任务重，但是，人家能行，我凭什么不行？"齐可欣一股不服输的劲儿又冒了出来。

"这基本上就是命题作文了，如果你以前写过，或者有大篇幅的模板材料，那准备起来就会快很多，但偏偏你这次是第一次投标，这意味着全部都要从零开始写。"

"唐律师团队以前几乎没投过标，现成的模板材料是没有的。虽然所里面也有一些规章制度，但我下午都翻了一遍，大多数直接往标书里放的确是不太合适，所以还需要再整理一番。"

"所以，我说你1%的机会都没有啊！"在苏玺儿看来，这个标就应该放弃。

"那我也要拼尽全力，要让客户即使是放弃我，也是泪流满面无比惋惜地放弃我。"齐可欣偏不放弃，客户邀请她去投标，她就像看到救命稻草一样，希望拼命抓住它。

"哎呦喂，这话我还是第一次听，你就这么执着啊？"苏玺儿的眼神略带挑逗。

"客户虐我千万遍，我待客户如初恋。你上次教我的！"齐可欣用暧昧的眼神回望苏玺儿。

"孺子可教，看来这次我不帮你都不行了。"

"你是指导员嘛，我这个标能不能中，就全靠你了。"齐可欣的口气略带撒娇。

"靠我中标可不敢，尽人事，听天命吧。"苏玺儿一边翻到招标文件的评分标准，一边翻到《中标魔方手记》的第三章节，白色的投标。

"图文并茂法、庖丁解牛法、画龙点睛法、移花接木法、瞻前顾后法，这些都是什么意思？"齐可欣指着手记问道。

"这些都是写标的方法，也称为'写标技术'，但素材和内容，就需要你这个法律专业人士自己去搜集了。"

"嗯，素材我来想办法，那这些'写标技术'都分别是什么意思呢？"

"手册上都有解释的。图文并茂法，顾名思义，就是用图文并茂的方式呈现你的标书。"苏玺儿开始解释第一个，"标书不是小说，你不能只会码字，一行，一行，接着又一行。专家的评标时间是很有限的，他不可能逐字逐句去看，所以，你要学会用图或者表来呈现你的专业内容。"

"法律条文就是一行一行的，我们律师都看习惯了。"

"律师是'文字怪兽'，专家们可不是！你想让专家看标书如读法律条文吗？那他就让你吃土去。"苏玺儿大臂一挥。

齐可欣吐了吐舌头："那我应该怎么用图表呈现呢？"

"最简单的方式就是前面这张表了。"苏玺儿又翻回到绿色的招标那一章，"把各种采购方式放在一张表里对比，不仅重点突出，而且容易记忆。"

"但是这样的话，信息的完整性就很容易被破坏。"齐可欣吞吞吐吐。

"重点不在于你写了什么，而在于专家看了什么，以及记忆了什么，你要转变思维方式啊。"苏玺儿按了按自己的太阳穴。

"嗯……"齐可欣并不十分确定。

"你要是实在不放心，就把你的长篇大论的文字都跟在后面。"苏玺儿随口又说了个折中的办法。

"嗯！这是个好办法，要简单翻一翻，就看前面的图表；要详细看一遍，就看后面的具体文字描述。"

"那就这么办。"苏玺儿打了个响指。

"那下一个，庖丁解牛法呢？"齐可欣接着问道。

叮咚，门铃响了。"谁啊？"苏玺儿问道。

"外卖，放门口了。"门外传来声音，"垃圾我帮你带下去了，麻烦美女给个好评吧！"后面一句话的声音特别响亮。

"已经给你五星好评了。"在江城这样快节奏的大城市里打拼，谁都不容易啊，齐可欣立即冲到门口，打开防盗门把外卖拿了进来，"快，趁热吃。"她把外卖拿上餐桌。

"可把我给饿坏了。"苏玺儿一边说着，一边打开了外卖，久违的香味扑鼻而来，"你也一起来点儿吧！"

第十二章

创业路在何方

遭人暗算

国庆节后的第一个工作日，华康视讯、思诚腾达、江城科技大学三家单位共同开了一个总结会。按照项目任务书的时间规划，项目已经执行了一个季度，一年期的项目已经过去了四分之一，是时候需要总结一下工作进度，并规划好下一步的工作内容了。

三家单位凡是项目组的人员都到会了，加在一起共有大几十号人，为此王思诚还特意安排了一家星级酒店。当然，具体的联络工作其实是苏玺儿负责的，她现在俨然就是公司的大内总管，行政、秘书、市场、人事等多项工作一把抓。

按照王思诚的意思，这次整个会场布置得很特别，核心人员坐在一个长方形的会议桌上，而其他人员则坐在外围圈的椅子上。这样的安排其实很实用，因为主要是他们几个在开会，其他人与其说是来开会的，不如说是来旁听的。

按照中国式的会议哲学，人多的会议不重要，重要的会议人不多。苏玺儿明白，这个会议接近于全员参与，应该也就是走走形式罢了，加上会议室里的座位摆放方式，就更印证了这一点。然而，这个会的顺利程度还是远远超过了她的想象，每个需要阐述说明的人轮流上台，做着自己工作内容的总结和未来展望，康广源、王思诚、胡宇晖，你方唱罢我登场。有意思的是，整个会场里没有任何人提出异议，有的只是掌声和欢呼声，大家一团和气，似乎都对未来充满了信心；而苏玺儿则是机械地记录着会议笔记，时不时地还站起身拍几张照片，不到下午四点，会议就在一片愉快的气氛中圆满地结束了。

王思诚采取的办法是核心人物提前先开小会，先解决核心问题，再各自回去开会统一思想认识，最后才是大会，大会只是宣贯精神，传送指令罢了。当然，开小会时大家也需要求同存异，不能公然互接，其实他和胡宇晖之间的芥蒂确实是越来越多。

胡宇晖认为主要的功劳在自己，如果没有他的研究，仅凭王思诚这样一个市场人员，再怎么能干也不可能拿到那么多政府支持资金。而康广源就更让他不满了，前期的参与度最低，存在感几乎为零，最后却拿的资金最多，就因为他们公司大，这理找谁说去！

王思诚这边，对胡宇晖也是有些心怀不满，展会前借机问他索要公司干股的事情，搞关联交易损公肥私的事情，以及钱勇反映的一些生活上的小事情，都让他觉得胡宇晖有点过度贪图眼前的小利益了。但这些都不是关键，关键是胡宇晖要带领团队尽快完成技术攻关，把好的产品做出来，这才是大家能够长远合作的根基。

于是，三人一块儿开小会的时候，核心问题就是围绕产品展开的，王思诚觉得，产品是核心竞争力，如果产品的能力不足，那一切都是无源之水。胡宇晖却不这么认为，他觉得产品从不成熟到成熟有一个过程，科学研究有它自身的规律，切不能急躁冒进；而且即使产品暂时不成熟，也应该要尽快送到用户那里，一来项目任务中有至少十个准用户单位的现场测试要求，二来通过用户现场的检验反过来更能够发现问题，从而实现更精确的功能和性能方面的升级迭代。

但是，王思诚担心这会破坏他千辛万苦打下的客户关系。胡宇晖认为，如果这就会破坏客户关系，那你王思诚的水平也不咋的啊！国内人体安检仪产品目前大家都不成熟，客户心里是有预期的，而且这是送过去测试而已，客户肯定不可能直接就投入到生产系统里去，绝不会对用户的生产业务产生影响。

"即使不影响他们机场的业务，但现在的另一个关键问题是，不只是我们一家在测试，如果没有对比，我们大可不必担忧。"王思诚把他搜集到的关于北京同威的情况抛了出来。

"它们的情况我还能不了解吗？我经常在学术会议上碰到它们的人。"胡宇晖翻了翻资料和图片，一副满不在乎的口气，"你放心，它们没比我们好到哪里去，大家半斤八两而已。"

一时间两人有点相持不下，这时候，看了半天好戏，默不作声的康广源终于做起了和事佬："要我说，你们俩说的都对，各有各的道理。"这话说得好，两边都不得罪。

"先说思诚这边，他的担忧我觉得是有一定道理的，我们公司的监控产品以前是做企业级市场的，后来又进入了个人消费市场，我就感觉这两个市场的做法是截然不同的。把不成熟的产品先打入市场，然后再迭代，这是个人消费市场的标准做法，在这个市场企业可以大胆地试错，但一定要做到新、奇、快。现在的互联网大佬们之所以能够说得那么轻描淡写，主要是因为这里的试错成本非常低，全新的产品刚面世就敢铺向市场，他们丝毫不担心，因为总有些喜欢尝新的年轻人会下手，他们觉得不好，无非也就是浪费点银子，再不满就在网上骂两句，有些话虽然说得不中听，但对企业来讲，却也是找到了产品改进的方向。

"相对而言，企业级市场的情况可就完全不同了，客户的试错成本巨高，轻则被各种投诉，重则可能连位子都不保。所以，它们对稳定性、安全性的要求远远大过于猎奇心理，风险在它们心里始终是摆在第一位的，尤其是国有企业和政府单位更是如此，说得夸张点，有的时候宁可啥也不干也绝不能干出事故，所以，好不容易拿下的一个客户，当然哪个销售都不希望被产品拖了后腿。"

"就是嘛，康总分析得太对了。"王思诚附和道，康广源的这番话确实说到他的心坎里去了。

"当然,花开两朵,各表一枝。"康广源话锋一转,"我在华康也轮岗到研发部当过部门副总,我觉得吧,技术研发确实是需要一个过程的,尤其是这种大型装备,更不能操之过急,成百上千个零部件呢,哪有那么好弄,说得不好听一点,有的时候,为了成就研发过程而牺牲掉一批用户也是在所难免的。"

"就是嘛,一将成名万骨枯啊,没有一场划时代的革命是不需要任何牺牲的。"这回轮到胡宇晖附和了。

"以我们华康为例,别看现在这么风光,当年也曾经是非常艰难的。产品不行,公司的营收起不来,还要不菲的研发投入,最艰难的时候,甚至连发工资都是老板们每个月的头等大事,有一次眼看还有三天就要发工资了,财务说账上钱不够,公司高层紧急开会后决定,以大领导出差国外无法签字为由,发邮件通知全体员工本月推迟发放工资一个星期。"

"那后来呢?"王思诚关切地问道,这个故事让他身临其境。

"后来有惊无险,董事长利用他的个人人脉关系网搞到了一笔紧急贷款,才算准时发放了工资。"

"那还好。"王思诚点点头。

"不好。"康广源反言道,"有些民营企业,我们的同行,撑不过那个节骨眼儿,可能也就这么关门大吉了。"

"这就是倒在黎明前的黑暗了。"

"要我说,大家各让一步。"康广源提出自己的建议,"你呢,外企出来的,以往卖惯了好产品,属于舒服日子过惯了的那一类,所以,你要先转变观念,不要一上来就追求完美,那不现实,咱现在就是三十年前的国产汽车,才起步,知道吗?追赶是需要时间的,咱要有这样的心理准备,大不了咱多跟客户讲几句好话,多跟客户敬几杯白的,多跟客户赔几个不是呗,干擦屁股的事情那不正是体现我们市场人员的价值吗?"

王思诚微微点头,并不答话。

"研发团队呢,也要三军用命。"康广源十分注意说话的方式,虽然华康视讯是名义上的项目牵头单位,但他肯定不好直接向胡宇晖发号施令,"咱不怕差,怕的是比别人差,不是有这么一句话吗——这个世界,优秀的产品并不可怕,可怕的是比我们优秀的产品比我们优化的速度还要快。"

"放心,我们这边肯定不拖大家的后腿。"胡宇晖拍拍胸脯。

"我这边和思诚那边派过去的人,你尽管调遣,我们尽可能地给研发团队创造最好的外部环境。"

"前面那句话怎么这么耳熟呢?又感觉有点别扭。"眼见正事聊得差不多了,王思诚开始聊了起来,"什么优秀的产品比我们优化的速度还快,有点绕啊。"

"比你优秀的人并不可怕,可怕的是比你优秀的人比你还努力。"康广源回应道,"原话是这句,我改了一下。"

"改得挺好。"胡宇晖赞道。

王思诚点点头,若有所悟地问道:"为什么听过了很多道理,却依然过不好这一生?"

"嗯?"康广源以为王思诚提了个问题。

"今天总算有点明白了。"但王思诚是自问自答。

"明白什么了?"康广源追问道。

"因为,大量比我优秀的人都比我还努力。"王思诚站起身,卷起衣服的袖子,"走起,撸起袖子加油干!"

大会开完,带着人马回到公司的王思诚立马又陷入了新的麻烦,公司的大门紧闭着,门口却有四五个穿着深蓝色套装制服的国家机关工作人员围在那里,仿佛正等着他们的到来。

"请问你们找谁?"苏玺儿抢上一步问道。

王思诚一看这个架势,肯定又没什么好事。

"你们全体出动啊?"一位面容清秀、皮肤细腻的年轻小伙子质问道,"这要不是及时回来,我们还以为你们闻风而逃了呢!"

"我们又没做什么违法的事情，干什么要逃？"苏玺儿理直气壮。

"我们是市场监督管理局的。"小伙子回道，他胸前的执法记录仪正对着苏玺儿。

"请问有什么事情吗？"王思诚怎么看，都觉得这小伙子也就是个干活儿的，他眼光四处搜寻，想看看谁是领头的。

"我们接到针对贵公司的实名举报材料。"一位保养有方的中年女子厉言道。

应该她就是负责人了，王思诚料定。"这位领导怎么称呼？"

"姓林，双木林。"中年女子回应道。

"这是我们主任。"年轻小伙子在一旁介绍道。

"噢，林主任，请问是谁实名举报我们公司？"

"对不起，举报人的信息我们是保密的。"林主任明确拒绝。

"噢。那行。"王思诚点点头，不再追问，"那举报我们公司什么事呢？"

"串通投标。"

"串通投标？怎么可能？"苏玺儿矢口否认，她和王思诚对望一眼，微微点了点头，两人心有灵犀地感觉到，这件事肯定跟之前那个来公司搞事的中年猥琐男脱不了干系。

"可不可能我们查完了，自然会有结论。"小伙子跟苏玺儿算是杠上了。

你谁呀？领导都没吭声，轮到你在这里叽叽歪歪！苏玺儿心想。她十分不满意地白了那小伙子一眼。

"举报人是叫陈延吗？"王思诚又试探道。

"举报人的信息是保密的，还需要我再说一遍吗？"林主任已然有些许怒气。

尽管林主任守口如瓶，但王思诚料定举报人就是陈延，除此以外，他想不到还有其他可能，这家伙居然举报他们串通投标，这真是太可笑了，王思诚心想。市共青团的项目，他们可是单枪匹马去抢标的，怎么可能跟别人串通？想到这里，他的内心从容淡定了许多。真要是有串通投标，那也应该是去围标的其他单位干的,跟他们没有半毛钱关系。

其实,陈延大概率要搞事情,这一点王思诚是有心理准备的,因为国庆节之前,苏玺儿几次打电话给市共青团要求谈判签合同,对方却总说领导有事,在外出差,一时半会儿回不来,王思诚明白这就是要出状况的信号。所以,那哥们肯定是有备而来,绝不仅仅是吓唬吓唬他们,虚张声势而已。但让他万万没想到的是,陈延居然来了这么一手,这完全不像是一个混社会的人会玩的套路。他以为陈延会纠结一帮地痞流氓来公司找麻烦,没想到"武戏变文戏",这多少有点出乎意料,不过倒是印了那句俗话——流氓不可怕,就怕流氓有文化!但好在他吃一堑、长一智,不就是法律问题吗?这次他有专业的法律人士保驾护航。

"不好意思!"王思诚不再打听,转而问道,"我们公司有个专职律师,我把她喊来一块儿配合你们工作,你看行吗?"

"这当然可以!我们依法行政,贵公司有个懂法的,我们执法起来也更方便。"林主任并不介意。

"小苏,你通知一下唐律师,让她马上到公司来。"王思诚向苏玺儿交代道,她拿出手机退到一旁。

"那我们到公司会议室边坐边等吧。"王思诚拿出门禁卡刷卡。

"等等。"林主任做了个禁止的手势,"所有人不能动电脑,我们要封存带回去检查。"

"没问题,没问题!"人正不怕影子斜,王思诚表情轻松地满口答应,"我们都进会议室等,一会儿律师到了,履行完程序就行。"

"律师大概多久能到?"林主任问道。

"半个小时以内。"通完电话的苏玺儿回应道。

"那行,所有人进会议室。"林主任指挥道,众人随之鱼贯而入走进公司的大会议室就座。

"小苏,给林主任倒茶。"王思诚示意道。

"等等,不能出会议室。"林主任很是警觉。

"会议室里就有饮水机。"王思诚指了指门对面的角落,林主任不再阻止,苏玺儿开始给众人一一斟茶。

"小欧,执法记录仪可以先停一下。"林主任向那小伙子示意道。

"好的,林主任。"小欧抬起手在设备上操作了一下。

之后,众人便不再说话,不一会儿,公司的门禁铃就响了。

"是唐律师到了。"苏玺儿站起身,向外走去,"我去接她进来。"

"快去快回。"小欧一边叮嘱,一边又打开了机器。

"林主任您好,我是思诚腾达公司的全权代理律师唐若娴。"唐若娴将名片递了过去。

"基本情况唐律师都清楚了吧?"林主任将名片随手扔在桌上。

"如果电脑全部要搬走的话,这属于行政扣押。"

"没错儿。"林主任点点头。

"按照《中华人民共和国行政强制法》(下面简称为《行政强制法》)的程序,我是否可以核实一下您的执法身份证件?"

"没问题。"林主任递过证件,唐若娴看了看,上面是她微笑着的制服照,照片下面两个字:林芝。

紧接着,林芝出示了扣押决定书,并当场说明了采取行政强制措施的理由,当她说到"举报人举报贵公司在华康视讯集团有限公司2020—2021年度芯片采购项目上存在串通投标行为"时,王思诚顿生疑惑。

"什么项目?你再说一遍?"

"华康视讯集团有限公司2020—2021年度芯片采购项目。"林芝又读了一遍,接着她又告知了相关法律依据以及行政相对人依法享有的权利和救济途径,这些都是按照《行政强制法》的程序来执行的,王思诚却是心不在焉,他完全没有听进去,此刻的他,心中疑惑越来越大,难道不是市共青团的项目吗?难道不是陈延在背后搞鬼吗?这太蹊跷了吧,不可能啊,如果不是那家伙,那这会儿来翻一年多前的旧账,这时间也碰得太巧了点吧!这到底是怎么回事,他一时想不透。

哎呀！坏了！王思诚脑海里闪过一道凶光，那个芯片项目当时他确实是组织了三家公司去围标，而且三家公司的标书资料还都在苏玺儿办公位上的那台电脑里，甚至是在一个文件夹里，糟了糟了！这下可怎么办啊？他们搬回去一查，那是板上钉钉，没跑了啊，肯定会被发现的。

完了！完了！看样子这回是真的在劫难逃了，串通投标罪的入刑标准，违法所得数额在十万元以上就可以立案追诉了，那个芯片项目的收益怎么算都是远远超过十万的啊！一想到这里，王思诚霎时间有些慌了心神，心脏也不自觉地剧烈跳动，血压这会儿估计也是飙升状态，额头上随之冒出了豆大的汗珠。看着执法人员在打包电脑，他甚至有一瞬间的冲动，想冲上去把所有的电脑都统统砸掉，还好唐若娴看出了他的神情有些异样，缓缓地凑到他的耳边："有我在，别担心。"

王思诚心里暗暗叫苦，她哪里知道前面的那些故事啊。不过，唐若娴这么一说，倒也是让他稍微恢复了些许理智，砸电脑是没用的，关键的数据都在硬盘里，即使把外面的机箱砸得粉碎，里面的硬盘很可能也还是毫发无损。

提前留了一手

　　执法人员将公司的电脑搬走后，很多员工也就没法儿办公了，王思诚干脆让他们都提前回家了，公司里最后只剩下王思诚、苏玺儿和康若娴三个人。
　　三人坐在会议室里，气氛很是凝重，谁都不先说话。
　　其实，国庆节之前，陈延来公司叫嚣要挟的事情王思诚就找唐若娴沟通过，唐若娴从法律层面提了几条建议，王思诚也相应地做好了各方面的应对策略。今天在林芝说明执法原因之前，他们都以为这将是一场早已准备好的瓮中捉鳖游戏，没想到结果却是大大出乎意料，这让唐若娴也有点手足无措，而且对于此前那件她并不知情的事情，王思诚不安的神情让她感觉到，这里面恐怕并不简单。
　　苏玺儿心中也是很有疑虑，她怎么都无法将陈延和那个一年多前的项目挂起钩来。但她知道，此时唐若娴的疑虑恐怕比她心中的只多不少，但她不能先开口，在老板身边这么久，她也慢慢学会了，什么话可以说，什么话不可以说！唐若娴律师是出了名的疾恶如仇，那些见不得光的事情她不知道也就算了，真是让她知道了，大家都尴尬。
　　王思诚也很是矛盾，一年前的事情要不要跟唐若娴说清楚，他左右两难，唐若娴的正直他是有所了解的，而且现阶段他跟唐若娴也仅仅是工作上的交道而已，远没有到可以掏心掏肺的程度；但如果不说吧，这根刺可是就卡在喉咙管里了，后面的事情要怎么处理他也只能全靠自己了。苏玺儿倒是异常地沉着和冷静,脸上看不到一丝的表情变化,似乎内心没有一丁点波澜。王思诚转念一想,这也正常,出了事那可是他背着,跟她有什么关系?她只是来打工的,犯得着跟着一块儿紧张吗?

"这事儿我会持续跟进的,不管怎么说,要尽可能让他们早一点返还电脑,不然公司都没法正常运转了。"唐若娴看似说了句很重要的话,其实是在有意的避重就轻,"扣押决定书上的扣押时间是30日,真按这个来的话,公司要停转一个月,这谁能受得了?"

"那就有劳唐律师了。"王思诚正好借坡下驴。

"不客气,这是我应该做的。"唐若娴又问,"王总,还有什么其他事情吗?"

"没有了,唐律师你先忙吧。"王思诚又交代道:"小苏,你送一送唐律师吧。"苏玺儿将唐若娴送到了电梯间,目送着她离开。

等到苏玺儿回到公司会议室时,那里已经是烟雾缭绕了,苏玺儿被呛得直咳嗽,她抬手拨了拨眼前的烟雾。

"王总,您没事儿吧?"

"我没事。"王思诚掐灭烟头,站起身,"我们在外面聊两句吧。"

苏玺儿退出会议室,两人随即站在苏玺儿的办公位边上,王思诚没有坐下的意思,苏玺儿只好也跟着站着。

"芯片项目的事情恐怕还是不能跟唐律师交底。"王思诚叹气道,有些事情注定要靠自己。

"嗯,我也觉得,我闺蜜的这个师父可不是一般的正直。"

"那个小欧可能是个突破口。"王思诚思索着。

"小欧?"苏玺儿皱着眉头,完全想不起来老板说的是谁。

"就是坐在林主任旁边的那个小男生,前面一直在跟你呛的那个。"王思诚提示道。

"噢,是那个臭屁小子呀。"苏玺儿根本没有在意他叫啥。

"能不能,请你出马一趟?"王思诚特意用了敬语。

"我？"苏玺儿完全不明白要出什么马。

"那小子可能对你有意思。"

"对我有意思？"苏玺儿全然没有注意到，"不会吧？"

"你能不能假装接触他一下。"

"为什么？"

"当务之急，我们要先搞清楚举报人到底是谁。"

"噢，原来是这个意思。"苏玺儿明白过来了，"王总是想让我假装接触他，然后利用他对我的好感，把举报人信息摸清楚？"

"正是。"王思诚拐弯抹角，一直没好意思把话说得那么直白，"这样我们才好做下一步的对策。"

"用不着了。"苏玺儿摆摆手，很干脆地回绝了。

"我知道这的确很为难你。"这大概是王思诚第一次指派下属去用美人计，他都有点鄙视自己，但此刻的他也确实是想不出别的办法了，"你放心，我会一直在附近盯着你们，确保你的安全。"

"不不不，我不是这个意思。"苏玺儿连忙澄清。

"那是什么意思？"

"我的意思是，知不知道举报人是谁，根本没有任何意义。"

"为什么？"这回变成王思诚不明白了。

"因为不管举报人是谁，他都不可能举报成功的。"

"为什么？"这句话让王思诚更加不解了，"我们在那个芯片项目中的投标资料，三家公司的标书，全都在你的那台电脑里，那可是串通投标的证据啊。"

"但我早就删除了呀。"苏玺儿十分淡定地回应道，这也是她全程一直都那么从容的原因，因为她知道，他们啥也查不出来。

"什么？删除了？"王思诚惊讶得不敢相信自己的耳朵。

"是啊，删除了！"苏玺儿很是笃定。

"你确定删除了？"王思诚仍然觉得难以置信。

"当然确定！"苏玺儿一口咬定，"确定、肯定以及一定。"

王思诚一直在谷底飘荡的内心，开始燃起了一丝希望。

"你什么时候删除的？"

"很早就删除了。"

"我怎么不知道，真的删了吗？"

"上次你被公安局带走的时候，我就把电脑里所有可能有问题的投标资料都删除了。"

"怎么删的？不是扔到回收站里吧？"王思诚小心翼翼地确认着细节，文件在回收站里可是能够恢复的。

"不是回收站，是彻底删除。"

太好了，王思诚的心跳已经开始加速上扬。

"那你怎么想起来的？"

"律师教的呀！"

"好！好！"王思诚一拍手掌，一看时间也快七点了，"时间不早了，我送你回家吧。"

苏玺儿赶紧摆摆手："没事没事，我住的地方离公司很近，坐公交车回去就好。"

"那哪儿行啊，你帮了我这么大的忙，拯救公司于水火之中，我今天必须送你回家！"

眼见老板这么坚持要送她回家，苏玺儿感觉有点却之不恭了："那……"

"走吧！"

不一会儿，车就到达了目的地，苏玺儿向王思诚道了谢，从车上下来，不禁深深呼吸了一下，领导的车不好坐啊，紧张死了。

走着走着，突然有人在后面拍了拍她的肩膀。"小欣！"苏玺儿开心地叫了一声，"今天怎么这么早回家呀？"

"唐律师说，你们公司今天下午遇到点状况，她不方便直接问，让我私下找你打听打听，所以我就早点回来喽。"两人一路走，一路聊着。

"噢！那没事了，事情摆平了。"

"摆平了？怎么摆平的？"

"一言难尽。"

"摆平了你还这么心事重重的？不大对劲啊！"齐可欣看出了她有心事。

"我有吗？"苏玺儿拒不承认。

"唐律师说是你们此前的芯片项目出了问题，我记得你当时还跟我讨论过什么'串通投标'的。"

苏玺儿一回想，还真是。"你跟唐律师都说了？"

"当然没有，我哪敢什么都跟她说啊！"

"噢，那就好。"苏玺儿松了一口气，"千万不要乱说。"

"放心，我们律师口风紧着呢。"齐可欣自诩道，然后又问道，"欸，你是怎么把事情摆平的？"

"苗律师教我的，他让我把那些投标文件都删了。"

"苗毓伟？"

"嗯。"苏玺儿点点头。

"哦！原来是这样。"齐可欣得意地点点头，"我懂了。"

"你懂什么了？"

"难怪你今天心神不定，原来是因为他呀？看来，你也是标准的颜值控呀！"

"什么颜值控，你该不会以为，我对他有意思吧？"苏玺儿反应过来。

"要不然呢？"

"切！"苏玺儿不屑一顾，"我能看得上他？嘴上没毛，办事不牢！"

"怎么办事不牢？那还不是人家给你的建议，才帮你把事情摆平的！"

"那他也不是我的'菜'。"苏玺儿不以为然。

"那是谁啊？"齐可欣眼珠咕噜咕噜，想不出来还有谁，"你这保密工作，做得还真好嘛！"

"你省省吧，别瞎猜了。"苏玺儿开门，两人回到家中。

"我也觉得不对,如果真的跟苗律师谈了恋爱,你应该满面春风才对,但你现在这表情对不上号啊。"齐可欣一边坐入沙发,一边满脸认真地分析道。

"得得得,子虚乌有的事情,你就别捕风捉影了。"苏玺儿不想再继续这个话题了。

"真的不需要我帮你参谋参谋?"齐可欣反问。

"这事不需要你参谋,我自己能摆平。"

"怎么样?我就说你有心事吧!你看,我说得没错吧?"齐可欣暗暗得意。

好你个齐可欣,居然套我的话,苏玺儿心想,不行,不能再这么聊下去了,再这么聊下去,非得露馅不可。"我说小欣同学,你今天抽的什么风啊?非得上赶着给人当军师?"

"东风!"齐可欣向东竖了竖食指。

苏玺儿一愣,这怎么还接茬儿了:"东风?"

"抽东风!万事俱备,只欠东风!"

"什么意思?"苏玺儿摸不着头脑,"这都哪儿跟哪儿啊?你说清楚点儿。"

"上次你指导我的,中国通讯那个比选项目……"齐可欣还没来得及说完。

"你们中标了?"苏玺儿惊讶地问道,在她看来,这简直是不可能完成的任务。

"没有。"

"没有你还这么兴奋?"

"客户给我打电话了。"

"打电话?说什么了?"

"客户说,我们的方案写得太详细了,为它们考虑的也非常周到,而且报价也合适。总而言之,就是它们想要的那一家,是非常希望它们中标的。"

"然后呢?"苏玺儿坐等转折点。

"但是我们这次，因为领导提前有安排，所以只能……"

"我就说吧！"苏玺儿又一次等不及齐可欣说完，"早就有人在里面控标了，拉你过去，就是去打个酱油。"

"下次有差不多的机会，一定优先考虑……"齐可欣不紧不慢，娓娓道来。

"还下次？这你也信？"苏玺儿嘲讽道，"下次就不知道是哪一次了。"

"这样吧，我已经把你们推荐给我们的几家供应商了，它们那边……"

"等会儿，等会儿！你说什么？"苏玺儿觉得不对。

"他说，他已经把我推荐给它们公司上下游的几家单位了，让我去联络一下。"

"噢？居然有这事？"这倒是顿时让苏玺儿来了精神。

"嗯！"齐可欣点点头，"我联系了一两家，它们态度都非常友善，约我过去跟它们面谈。"

"真有效果？"

"是啊，它们给推荐过去的，客户说话的态度都不一样了，亲切了好多！"

"那真是万事俱备，只欠东风了。"苏玺儿点点头，心想，写个标书居然能把客户给写感动了，这她还是头一回听说。

"而且我都查过了。"做律师的，就是有这个便利，"这两家公司都是民营企业，规模也都不大，估计都不需要招投标流程就能定下来。"

"那太好了，没有招投标，那少很多'幺蛾子'了。"

"就是啊！所以，你说你对我这么大的恩情……"

"等会儿。"苏玺儿表情严肃地问道，"单子签成了，知道要做什么吗？"

"做什么？签完合同，当然是履行合同喽。"

"废话。"苏玺儿对答案并不满意，"你再想想？"

"噢，明白。"齐可欣反应过来，"'菩萨'显灵了，一定要及时去还愿！"

"这就对啦！"苏玺儿竖起大拇指。

"所以啊，你说你对我这么大的恩情，我无以为报啊，今天我总得为你……"齐可欣又把话题绕了回去。

"哇，你又来了！"苏玺儿亮起手掌，做阻挡状，随即跳离座位，迅速地逃回了自己的房间，哐的一声，门被锁上了。

脚踏实地往前走

苏玺儿和齐可欣近几个月来，职业发展都取得了不错的成绩。齐可欣顺利地通过了实习期，拿到了正式的律师执业证，并且也签约了三家民营中小企业，成了它们的法律顾问。虽然交易的金额并不大，但对于她这样的青年律师而言，能够这么快就建立起自己的客户群，着实不易。而苏玺儿更是顺风顺水，成为公司的总经理秘书，兼行政和人事的主管，在公司的权力可谓一人之下，万人之上，王思诚对她的信任度也越来越高。

公司层面，人体安检仪产品的开发进程也令人满意，在江城国际机场的测试也基本符合客户的预期。虽然暂时还没有达到能够正式商用的水平，但至少马东明还是非常认可的，他甚至还主动为思诚腾达公司引荐了战略投资人，投资人经过一番外围的调查后，也十分看好这个项目，再加上有政府方面的背书，所以，剩下的就是投多少资金，占多少股份的问题了。

当然，这里面的具体细节还是纷繁复杂的，例如：公司的合理估值是多少，对赌协议怎么签，是跟公司赌还是跟股东赌，等等。为此，双方已经进行了多轮的磋商和谈判，投资人也选定了一家律师事务所和一家会计师事务所对公司进行尽职调查。原本计划的进场时间是春节后的3月份，为此，苏玺儿也一直在进行着各方面的准备。

然而，3月初，突如其来的疫情反复让这一切瞬间停滞了，这一停，很快麻烦就来了，江城市的封控对民航业的打击几乎是毁灭性的，江城国际机场再一次从人声鼎沸跌落至门可罗雀，而人体安检仪产品的主要市场偏偏就是民航业的各大机场。如果客户都举步维艰了，市场也极度困难了，那投资人很可能会重新评估这笔投资的风险，这极大地增加了这笔投资的不确定性。而这笔投资又是王思诚必须要拿到的，重大项目的资金到6月份基本就会消耗殆尽，如果7月份还没有新的资金进来，那么公司势必又要面临生存危机了。所以，王思诚非常急切地希望这波疫情能够早点结束，早点恢复常态，就当这一切只是个插曲，然后双方就当疫情从来都没有发生过，该怎么继续合作就怎么继续合作。

但是，理想是理想，现实是现实，什么时候能够恢复正常谁也说不准。

屋漏偏逢连夜雨，船迟又遇打头风。不好的消息接踵而至，国内一架飞机突然坠机，这也成了疫情之后步履蹒跚的民航业的又一次重大挫折，更是成了压垮王思诚的最后一根稻草，因为投资人最终决定撤回了对思诚腾达公司的投资要约。

这个消息犹如晴天霹雳一样打在了王思诚的脑门上，那天他在电话里好说歹说，口舌都快费尽了，甚至都有些摇尾乞怜了，却仍然无济于事。接下来，他将又一次面临重大的公司困境，以往遇到类似困境时，王思诚还能通过积极行动去尽可能挽救不利的局面，而这一次他被迫居家，除了能打几个电话外，他感觉自己什么也做不了！

事实上，这笔投资进不来，他们即使能够完成重大项目任务书中的既定任务，公司也没有足够的资金来实现人体安检仪的产品化。退一步讲，即使是他们能够咬紧牙关完成产品化，但艰难经营的航空公司和机场公司又能够有多少购买需求呢？所以，站在投资人的立场上，它们选择在此时放弃这个项目，也许并非是一个很糟糕的决定。

此时的王思诚，日常工作事务无法推进，打电话联络其他投资人吧，人家在电话中都是说等疫情结束后再见面详聊，这让他感到自己就像一只趴在玻璃窗前的苍蝇一样——看似前途光明，实则无路可走。

然而，越是这个时候，人越需要克服焦躁，越需要沉着冷静。终于冷静下来的王思诚细细想了一番，觉得是时候要做出一些改变了，虽说原有的公司事务无法推进，但也不能整日无所事事吧！人心一旦散了，队伍还怎么带啊？必须要找些事情来做，让自己以及下属们都先忙起来，他这才发现，原来最不能忍受的其实不是忙得四脚朝天，而是闲得蛋疼！不过，具体要做些什么呢？一时半会儿，他也确实没想好。

众人拾柴火焰高，不如在公司的微信群里集思广益，大家讨论一下吧，王思诚心想。有意思的是，话题一经抛出，大家就开始积极地献言献策，你一言，我一语，公司的办公微信群里一时间好不热闹，看来大家都有点闲得发慌啊。

有酷爱健身的小伙子建议开直播带网友们一起跳健身操，也有成天逛淘宝的小姑娘建议开直播带货，还有爱拍老板的马屁精建议他直播开课讲学，讲讲他的营销心得和创业心得。最终，这些五花八门的想法都被王思诚一一否决了。

像直播健身，这事情倒是热闹，但一时半会儿变不了现，就算变现也是通过带货运动装备来实现的，这与公司的主营业务完全不搭边。直播带货就更不可能了，在网上买东西和在网上卖东西完全是两码事，没有巨额的流量前，恐怕你什么都卖不出去，更何况，思诚腾达公司的定位是做大型装备的，总不能在网上直接卖人体安检仪吧？想想这画风，都够滑稽的！

至于去网上开课讲学，那就更不靠谱了，王思诚既算不上学者，也并非教授，充其量也只不过是经历过一些实战罢了，顶多算个草莽英雄。再者说了，他也从来都没有讲过课，即使有那么点儿心得，他也未必能够很好地呈现出来，况且他能有什么心得？营销，这两年他都没有在营销的第一线了，"武功"自然是荒废了不少。再说创业，恐怕他最大的心得就是不要选择在疫情期间创业吧！其实，这些年网上的各种知识大咖还少吗？他王思诚懂的那点儿知识，这些知识大咖们能不懂吗？

不知道是固执，还是偏见，又或者是跟不上时代，总之，王思诚对这两年热门火爆的短视频平台、直播带货等创业热点始终都是敬而远之，这些行业在他看来都是在挣快钱，短视频的兴起让本就处于快餐时代的年轻人们变得更加浮躁，人们的闲暇时间因它而被切割得稀碎，更严重的后果是，许多年轻人也因此变得对系统化的学习和读书都了无兴趣，何谈让他们去深度思考和反躬自省。

而直播带货也只不过是一种新兴的销售渠道罢了，顾客的消费体验的确有所提升，随之而来就是巨大的流量和巨额的收益，但只要你冷静下来，仔细地思考一番就会知道，直播带货本身并不直接创造财富，它只不过是改变了财富的分配模式而已。但这些新兴的热点却总是让年轻的创业者们趋之若鹜，焦躁不安的他们就是热衷于赶风口，沉迷于借风势，谁都想做那只飘在风口上的猪，因为若不如此，他们就感觉自己仿佛又错过了一个亿。然而，热点就是热点，它来得快，去得肯定也不会慢。

其实，所有的建议，想来想去都是围绕互联网、围绕线上平台来展开的，这个思路是没有错的，毕竟宅居在家，线下的工作无法开展。但落实到具体，工作任务是什么？这的确需要颇费一番脑筋，而这其中，最让王思诚感兴趣的就是苏玺儿的提议了，因为她的提议很务实，也具有一定的可操作性，而且还可以和公司的主营业务相结合。最重要的是，这不是在娱乐客户，更不是在忽悠客户激情消费，而是实实在在地帮扶客户。

首先是前提，根据苏玺儿的分析，现在线下停滞，很多招投标活动被迫转到了线上。而且疫情两年来，据她的观察，越来越多的甲方单位都上线了自己的电子招投标平台，她自己也多次参与过类似的电子招投标，算是积累了一定的经验。

其次是市场机会，每一次市场的巨大变化，都是一次重新洗牌的过程，有人会在这样的过程中被淘汰出局，而也有的人能够在这样的过程中抓住机会，从而实现人生的崛起。具体到招投标的电子化发展进程，它也带来了很多变化，人工智能、大数据等新兴技术的涌现，使得通过围标和串标来谋取中标的套路已经越来越走不下去了，未来一定会是精准投标中标的时代。

最后是能力，事实上，自从苏玺儿知道写标书也可能把客户写感动之后，她就对《中标魔方手记》坚信不疑，一次偶然的机会，中国采招网的汪春凤临时找她客串，帮忙写一套电子标书，没想到获得了客户的极大认可。这真是无心插柳柳成荫，此后她又陆续利用自己的业余时间帮了几次忙，到后来干脆就发展成了固定的兼职业务。

于是，当大家都在微信群里广开言路的时候，她就提出了在网上帮客户代写电子标书的主意，其实就是把她原来个人的私活儿变成了单位的公活儿，即副业变主业。要说这个方案其实也并不花哨，甚至非常不热门、不抓眼球，然而它却十分实用，不需要走先积累流量再转化变现的路线，服务一个客户就有一份收益，关键是上手的难度也不高，至少在苏玺儿看来是如此。

至于投标内容方面，完全可以做一些取舍，只选择跟公司的主营业务具有一定相关性的行业和领域，如此一来，既可以维持公司在被封控期间的费用开销，又可以锻炼队伍的市场敏感性，特别是让技术团队也参与的话，他们可以通过真实的招标项目来更准确地了解客户的真实需求，从而为日后更好地完成产品功能的开发夯实基础。

说干就干，一百个想法也没有一个行动来得有效。4月1日愚人节这一天，王思诚决定在视频会议平台上向所有同事说明并解释他的决定，不知道这会不会是一个愚蠢透顶的决定，即使是，他也愿意像《愚公移山》里的愚公那样，将这份"愚"进行到底。很快，分工就确定了，王思诚负责与汪春凤联络对接，并筛选合适的项目，而苏玺儿则负责培训大家，并组织大家编写电子标书。

主观上王思诚倒是目标明确，想为相关行业提供服务，然而客观上，人家相关行业好像未必需要他的服务。连续一个星期，他接到的需求都是来自于完全不沾边的行业，什么配餐企业投标，什么厨具企业投标，还有什么人事外包企业投标，更离谱的是，消杀四害的企业也要去投标，虽然一个单也没有接，但也让他大开眼界，什么稀奇古怪的领域现在都需要招投标了。

而他真正感兴趣的IT与电子行业，反而是一个需求也没有接到，这不应该啊，王思诚心想，IT与电子企业参加招投标是刚需啊，怎么可能没需求呢？这行业20年前就开始招投标了啊！难道是因为他们是同行，所以避讳吗？不对，他们是以中国采招网的名义在承揽业务，而且汪总也并没有暴露他们，应该不是这个原因。

王思诚再仔细一琢磨，发现了问题所在：IT与电子行业20年前就开始招投标了，那不早就驾轻就熟了吗？至少大多数能一直存活的企业，招投标的能力肯定都是不差的。而其他行业之所以有需求，很可能与他们在招投标领域刚刚起步不久有关，真要是再过几年他们也都操作得熟门熟路了，那需求还有没有也就不好说了。

于是，王思诚决定不再挑肥拣瘦，而是利用他们目前在招投标领域的经验和知识，去服务其他行业。很快，公司的所有人都开始忙碌了起来，有人负责解构招标文件，提炼要点；有人负责在网上编写电子投标书；有的人负责最后的检查和校验。大家分工协作，层层递进，虽然无法见面，但热火朝天的工作氛围即使隔着屏幕也仍然能感受得到，世界上最近的距离不是我和你面对面，而是我和你隔着屏幕但彼此却能感受到对方的热度。

随着时间的推移，帮扶招投标的工作也收到了很好的成效，随之而来的是需求也在不断增多，这导致即使是在五一劳动节期间，他们也闲不下来。虽然他们并没有因此而赚得盆满钵满，却都乐在其中，原因是一份中标通知书所带来的喜悦是多少钱也买不回来的，特别是获得它是通过微弱的得分优势战胜了强大的竞争对手时，那感觉更是如此，因为那表示了他们的协助工作很可能就是决定项目成败的关键。

当然，随着客户对他们信任度的提高，各种新的问题也纷至沓来。有的客户会询问，投标投中了，但又被其他投标人质疑了，投诉了，应该怎么办？真没想到，帮客户投个标，居然还有售后服务问题！也有的客户会问到，招标文件一堆的条款都对他们不利，他们还想去投这个标，那应该怎么投？在王思诚看来，这就是典型的甲方有内定单位了，此时放弃其实也不失为一种好的选择，然而偏偏就是有人想搞事情。还有的客户会慌慌张张地问，项目本来都谈定了，招投标也就是走个过场，突然上面的大领导打招呼下来，局面瞬间被逆转，应该怎么办？

这些五花八门的问题，让王思诚意识到，这项服务其实完全可以进一步升级迭代，出现问题不可怕，客户的问题就是商家的机会，谁能够解决这些千奇百怪的问题，谁就能够把握住这些稍纵即逝的商机。他果断决定，开展招投标策略咨询服务，并由他自己亲自挂帅，为客户参与招投标的全过程提供全方位的咨询和辅导。

当然，一个篱笆三个桩，一个好汉三个帮，王思诚即使再有能耐也不可能三头六臂，营销和客户关系他在行，写标和投标有苏玺儿压阵，但质疑和投诉这类偏法律类的事务他们可就心有余而力不足了。于是，他想起了唐若娴，要想把这个全流程服务做出高品质，质疑和投诉必须要具有专业性，而法律不熟悉，这一块儿根本玩不转。

王思诚跟唐若娴电话一聊，双方立刻一拍即合，毕竟疫情封闭期间，律师们也是赋闲在家的，而且唐若娴还把齐可欣也一块儿拉了进来。其实这也是苏玺儿的意思，她们俩本来就是合租一屋的，以前两人都是各忙各的，虽然时常也有些私下的交流沟通，但工作上并没有直接的交集，而这回可好了，可算是姐妹同心，其利断金了。

疫情过后，春暖花开，在一片勃勃生机中，每个人都拥有了新的开始！

（全文完）

后　记

满怀对未来的希望，继续前进

　　1850年，美国报纸刊登了一则令无数平民百姓惊喜的消息："美国西部发现了大片金矿。"于是，美国历史上震撼人心的西部大移民运动开始了，无数梦想着一夜暴富的年轻人犹如潮水一般涌向那曾经是人迹罕至、荒凉萧条的西部不毛之地，滚滚人流，络绎不绝，那景象蔚为壮观。

　　经不起诱惑的犹太年轻人 Levi Strauss 辞掉工作后，加入了浩浩荡荡的淘金队伍，然而在到达旧金山之后，他看到的却是宛若蚁群的淘金者和一望无际的帆布帐篷，这让他的发财梦瞬间就碎了一地。这么多的人都蜗居在一个个帐篷里，他们都能实现自己的发财梦吗？他们都能手捧黄金满载而归吗？似乎不太可能！

　　但犹太人天生的经商基因还是让 Levi Strauss 找到了机会，既然无法从土里淘到黄金，那就为人数众多的淘金者们服务，从他们身上实现自己的梦想吧。于是，他先开日用品小店，后卖饮用水。但真正让他身名远播的，则是"帆布工装裤"。

　　当时，细心的他发现淘金者们的工作条件十分艰苦，衣裤经常要与石头、砂土摩擦，而棉布做的裤子很不耐穿，不出三五天就被磨破了。于是，他灵机一动，用原本打算做帐篷的厚帆布，制作出结实、耐磨的淘金工作裤。就这样，日后被称为"牛仔裤"的帆布工装裤在 Levi Strauss 手中诞生了，当时它被工人们叫作"李维氏工装裤"。

这就是鼎鼎大名的牛仔裤品牌Levi's的创始人Levi Strauss的创业故事，日后他又用一种名为"尼姆靛蓝斜纹棉哔叽"的面料取代帆布，并用黄铜铆钉钉在裤袋上方的两只角上，同时还在裤袋周围镶上了皮革边，传统的牛仔裤就此定型。

读到这则创业故事的王思诚颇有感慨，在今天的创业大潮中，像他这样的创业者又何尝不是故事里的淘金人呢？

创业者们想尽各种方法，整合各方资源，找技术、寻产品，谁都想像Steve Jobs一样，做出一款惊世骇俗的产品去改变世界，然而现实世界通常是极其残酷的，并不是所有人都能像Steve Jobs一样掘到金矿，更多的人只会被滚滚向前的历史洪流淹没。

王思诚机缘巧合之下短暂转变身位，从一个淘金人变成了服务于淘金人的人。这并不像故事里的Levi Strauss那样是主动为之，所以，他也不敢奢望他的人生能够像Levi Strauss一样辉煌，不过他切实地感受到自身的价值和被客户需要，原来他也可以为其他创业者的梦想尽一份绵薄之力，原来他也可以用自己的知识和经验去助人一臂之力。

历史总是习惯于去铭记那些站在巅峰的巨人。然而，一将功成万骨枯！那些为功臣名将们默默牺牲奉献的垫脚石也值得被记住，至少王思诚是这样想的。

他不确定未来他是否还要继续做一名创业者的帮扶人，又或者是回到疫情前的状态，作为创业者，去继续完成人体安检仪这一未竟的创业项目。

他只知道，他要在儿童节这天，带着周亚婷和两个孩子，一起去上海的迪士尼乐园，重新展翅翱翔，飞越地平线！